Kira Gembri

Ruby Fairygale – Das Vermächtnis der Geister

Alle Bände von **Ruby Fairygale**:

Band 1: Der Ruf der Fabelwesen
Band 2: Die Hüter der magischen Bucht
Band 3: Das Geheimnis der Tierwandler
Band 4: Das Tor zur Feenwelt
Band 5: Der verbotene Zauber
Band 6: Das Vermächtnis der Geister

Kira Gembri

Ruby Fairygale

Das Vermächtnis der Geister

Band 6

Mit Illustrationen von Verena Körting

Loewe

FSC
www.fsc.org
MIX
Papier | Fördert gute Waldnutzung
FSC® C014496

Klimaneutral
Druckprodukt
ClimatePartner.com/18521-2202-1001

ISBN 978-3-7432-1248-0
1. Auflage 2023

Umschlag- und Innenillustrationen: Verena Körting
Umschlaggestaltung: Johanna Mühlbauer
Printed in the EU

www.loewe-verlag.de

Inhalt

1. KAPITEL

Keine Ruhe vor dem Sturm

Selten hatten die Bewohner von Patch Island so ängstlich ausgesehen wie jetzt.

„Sie sind weg“, hauchte Tratschtanten-Tilda und drückte ihr Gesicht an Mr Murphy, den dicken Mops, als wäre er ein Kuscheltier. (Ein bisschen sah er auch so aus, denn wie jeden Herbst war Tilda vom Strick-Fieber gepackt worden und hatte ein pinkes Mäntelchen für ihn gemacht.) „Gestern Abend waren sie aber noch da, hab ich recht?“, fügte sie hinzu.

Mr O'Leary, unser Inselreporter, nickte heftig. „O ja, ganz bestimmt. Ich dokumentiere das jeden Tag, bevor ich meine Hühner in den Stall bringe." Er schwenkte seinen Notizblock, auf den er immer Ideen für seinen Roman oder für Zeitungsartikel kritzelte. „Bitte sehr, hier steht es: *Lage unverändert, alles im grünen Bereich.* Aber jetzt ..."

„Jetzt sind sie wie vom Erdboden verschluckt", ergänzte Pfarrer Morland mit Grabesstimme. „So wie unsere letzten Hoffnungen und Träume. Möge Gott uns beschützen!" Schwungvoll hob er die Arme, um jeden in seiner Reichweite zu segnen.

Noah schnaubte leise. „Also echt", sagte er. „Findet ihr nicht, dass ihr übertreibt? Immerhin geht es hier nur um ein paar Gartenmöbel!"

Tatsächlich umringten wir alle den Platz vor der Bäckerei, auf dem normalerweise zierliche Tische und Stühle standen. Kathleen musste sie heute Morgen weggeräumt haben, und wir wussten, was das bedeutete. Auch Noah hatte diese Inselweisheit bereits gelernt, als er vor fast fünf Monaten hierhergekommen war. Trotzdem behandelte er die Sache nicht mit dem nötigen Ernst – genauso wenig wie mein Bruder Flynn.

„Macht euch keine Sorgen“, sagte der und lächelte aufmunternd in die Runde. „Vielleicht hat sie das Zeug bloß reingetragen, weil niemand draußen in der Kälte sitzen will. Es ist ja schon November.“

Doch die anderen redeten weiter ängstlich durcheinander. Im November begann die Zeit der Winterstürme, und es war ein besonders schlimmes Unwetter vorausgesagt worden. Man war sich nur nicht ganz sicher, wann genau es auf die Westküste und die nahen Inseln treffen würde. Die Menschen von Patch Island verließen sich aber sowieso nicht auf das, was irgendjemand im Fernsehen über das Wetter sagte. Hier zählte bloß die Meinung eines echten Seemanns, und Kathleens Ehemann Cormack *war* Seemann.

Also bedeutete es Alarmstufe Rot, wenn die O’Sullivans ihre Gartenmöbel in Sicherheit brachten. Ende der Diskussion!

Als die Tür der Bäckerei sich öffnete, wurde es mucksmäuschenstill. Der alte Fergus kam ins Freie gehinkt, wie immer mit seiner zahmen Möwe Meinsmeins auf der Schulter. Ihm folgte sein Kumpel, der ständig röchelnde und mies gelaunte Ghul. „Bevor ihr fragt“, knurrte Fergus und ließ seinen Blick über das besorgte Grüppchen wandern, „ja, sie hat die Möbel reingetragen, weil der Sturm bald kommen wird. Aber das ist keine Entschuldigung!"

„Keine Entschuldigung wofür?", kam ich auch endlich mal zu Wort. Dabei beugte ich mich zu Schmuggel, der neben mir stand, und vergrub nervös die Finger in seinem Fell.

Fergus fixierte mich mit seinen käferschwarzen Augen. „Mich zu vergiften, Fräulein Fairygale", sagte er düster. „Mich kaltblütig hinzumeucheln, und das schon bei der ersten Mahlzeit des Tages …"

„Niemand wird hier vergiftet!" Kathleen war hinter Fergus aufgetaucht und stemmte ärgerlich die Hände in die Seiten. „Aber ich konnte Cormack unmöglich zum Einkaufen schippern lassen. Immerhin rast gerade ein Jahrhundertsturm direkt auf uns zu! Also habe ich alle Zutaten zusammengekratzt, die von letzter Woche noch übrig waren, und daraus etwas Leckeres gezaubert. Heute gibt es Zitronen-Kaffeecreme-Torte mit einem Hauch von dunklem Bier!"

„Davon will *ich* mich jedenfalls nicht anhauchen lassen", raunzte der alte Fergus. „Obwohl ich eigentlich vorhatte, mir noch schnell ein paar Pfunde anzufuttern. Der

Sturm könnte mich ja wegpusten wie nix!“ Vorwurfsvoll klopfte er sich auf den mageren Bauch.

„Dann solltest du meiner neuen Kreation vielleicht doch eine Chance geben“, erwiderte Kathleen streng.

„Das heißt, der Sturm wird tatsächlich so schlimm, wie die Wetterfritzen glauben?“, warf Mr O'Leary ein. Er hielt seinen Bleistift über den Notizblock, und ich konnte sehen, dass seine Hand vor Aufregung zitterte.

Kathleen wandte sich von Fergus ab und atmete tief durch. „Ganz recht“, bestätigte sie. „Cormack sagt, am besten machen wir uns alle bereit. Es kann jetzt nicht mehr lange dauern.“

„*Verwüsten, verwehen! Die Glieder verdrehen*“, röchelte der Ghul, der selten etwas Hilfreiches beizutragen hatte. Diesmal aber nickten die anderen, als hätte er genau das ausgesprochen, was sie insgeheim alle befürchteten.

Noah griff nach meinem Arm. „Kommt, gehen wir nach Hause“, raunte er Flynn und mir zu.

„Aber wir wollten doch Kuchen fürs Frühstück besorgen!“, protestierte ich.

„Fergus hat recht: Kathleens neue Kreation klingt wirklich nicht sehr verlockend“, meinte Noah gedämpft und zog mich hinter sich her. „Außerdem ist es nicht gut für dich, wenn du dir dieses Getratsche anhörst. Du bist ja kreidebleich im Gesicht!"

„Unwetter machen mich eben nervös, das war schon immer so." Mit klammen Fingern hielt ich die Hundeleine noch ein bisschen fester, während wir das Inselzentrum verließen. Heftige Böen fegten über die Hügel, brachten Schmuggels Schlappohren zum Flattern und zerrten an meinen Haaren. Bestimmt hätten die meisten Menschen bereits jetzt von einem Sturm gesprochen, aber unsere kleine Insel war weitaus Schlimmeres gewöhnt – und ich wusste, dass es an diesem Tag noch viel schlimmer kommen würde. Abgesehen vom Thema Kuchen war Kathleen normalerweise sehr entspannt. Nie und nimmer hätte sie uns in Alarmbereitschaft versetzt, wenn die Lage nicht ernst gewesen wäre!

Trotz meiner Jacke fühlte ich mich bis auf die Knochen durchgefroren, als wir schließlich zu Hause ankamen. Nana und Mam waren gerade dabei, den Frühstückstisch zu decken. Lächelnd schauten sie uns entgegen, aber mir fiel auf, dass Nana schnell das Radio ausgeschaltet hatte. „Gab's was Neues im Wetterbericht?", fragte ich sofort.

„Eigentlich nicht." Mam zögerte, dann zwinkerte sie uns zu. „Ich finde es nur immer noch komisch, dass sie

diesen Sturm Billie genannt haben. Ich meine: *Hilfe, hier kommt Billie!* Das klingt nicht gerade so, als müsste man sich in Acht nehmen."

„Aber vielleicht sollten wir das", rutschte es mir heraus. Schon in der nächsten Sekunde bereute ich es, weil mich jetzt alle mitleidig anschauten.

„Ruby bekommt nie genug Schlaf, wenn die Wellen zu laut sind", sagte Nana und drückte mich auf einen Stuhl. „Hier, Süße, trink erst mal einen Tee. Der weckt die Lebensgeister und schenkt dir neuen Mut!"

Verlegen steckte ich meine Nase in die dampfende Tasse. Der Spezialtee aus Schafgarbe, Salbei und Brennnessel hatte schon immer eine beruhigende Wirkung auf mich gehabt, aber was noch wichtiger war: Er sorgte dafür, dass Mam, Flynn und ich unsere Pooka-Kräfte unter

Kontrolle halten konnten. Sogar bei starken negativen Gefühlen – und wahrscheinlich sah ich gerade so aus, als könnte ich mich gleich in ein bibberndes schwarzes Mäuschen verwandeln!

Nach den ersten paar Schlucken kam mir meine Angst selbst ein bisschen übertrieben vor. In unserer Stube mit den niedrigen Holzbalken und dem warmen Kamin war es so gemütlich, dass das Heulen des Windes in die Ferne zu rücken schien. Diese Stunde am Morgen, bevor Nana zur Arbeit ging, hatte ich schon immer geliebt. Es war sogar noch schöner, seit wir nicht mehr nur zu zweit, sondern zusammen mit Mam, Flynn und Noah beim Frühstück saßen. Bloß mein Dad lag nicht wie sonst mit Schmuggel vor dem Kamin. Er schlief nachts im Wartezimmer der Praxis und hatte heute Morgen keine Lust gehabt, uns auf unserem Spaziergang zu begleiten.

„André hat von mir schon was zu essen bekommen", sagte Mam, als könnte sie meine Gedanken lesen. „Ich glaube, der braucht heute seine Ruhe. Irgendwie hat er so einen Ausdruck in den Augen wie früher, wenn …" Sie verstummte, griff nach dem Marmeladenglas und schob sich einen vollen Löffel in den Mund. Das war eindeutig ein Ablenkungsmanöver! Mam hatte zum Glück vor einer

Weile aufgehört, Dad wie Luft zu behandeln – manchmal ging sie sogar mit ihm spazieren, aber von ihrer Zeit als Paar erzählte sie mir nie. Ich konnte ihr ansehen, wie erleichtert sie war, als im nächsten Moment das Telefon schrillte.

Eine angebissene Scheibe Toast noch in der Hand, eilte Nana zum Apparat. „Guten Morgen, Brenda!“, sagte sie. Dann lauschte sie kurz, drehte uns den Rücken zu und sprach mit gesenkter Stimme weiter. „Das halte ich nicht für notwendig“, hörte ich sie murmeln. Und: „Kann ich mir kaum vorstellen.“ Und: „Ernsthaft, ihr macht euch alle viel zu sehr verrückt.“

Nachdem sie aufgelegt hatte, kam sie seufzend wieder an den Tisch. „Brenda fragt, ob ihre Kanarienvögel während des Sturms im Keller besser aufgehoben wären“, erzählte sie. „Aber vor allem wollte sie sich über Tilda beschweren. Sie glaubt nämlich, dass die sich heimlich an ihren Computer im Graham's Inn gesetzt und *das Google* verwendet hat.“

Noah prustete in seine Tasse. „Wie kommt Brenda denn darauf? Tilda geht doch nie ins Internet!“

„Tja, anscheinend hat Tilda erwähnt, dass sie in der Bibliothek Bücher mit Unwetter-Überlebenstipps raussuchen wollte. Aber jemand hat ihre ganze Ordnung durcheinandergebracht, deswegen konnte sie nichts finden." Nana schüttelte den Kopf und wiederholte: „*Unwetter-Überlebenstipps*, also wirklich! Die Leutchen drehen allmählich durch." Mit zwei energischen Happen verputzte sie ihren restlichen Toast, dann machte sie sich auf den Weg zur Praxis, wo wahrscheinlich schon ihre Kollegin Winnie auf sie wartete. Ein Fauchen und Pfeifen schallte durch den Flur, als sie die Haustür öffnete, und die Fensterscheiben klirrten. Vor Schreck ließ ich beinahe den Löffel in meinen Haferbrei fallen. Schnell zwang ich mich zu einem Lachen und tat, als fände ich Tildas Aufregung genauso komisch wie die anderen. Es half ja nichts, wenn ich allen mit meinen unerklärlichen dunklen Vorahnungen auf die Nerven ging.

Doch tief in meinem Inneren spürte ich, dass wir diesen Sturm nicht unterschätzen durften. Irgendetwas würde heute noch passieren – etwas, womit keiner gerechnet hatte. Und ich konnte mir kaum vorstellen, dass es etwas Gutes war.

2. KAPITEL

Zurück auf zwei Beinen

In den folgenden Stunden gab ich mein Bestes, die Aufgaben für den Fernunterricht zu erledigen. Dann verkrümelte ich mich auf die Tierpflegestation. Wir hatten mal wieder die Kater des Pfarrers zu Gast: zwei verspielte Raufbolde, die mich hoffentlich auf andere Gedanken bringen würden. Doch die beiden Mini-Tiger schienen zu spüren, dass etwas anders war als sonst. Anstatt sich wie wild auf das Stöckchen zu stürzen, mit dem ich vor ihnen über den Boden fuhr, spähten sie nur mit glühenden Augen aus ihrer Kuschelhöhle. Ja, sie saßen gemeinsam in *einer* Höhle, ohne sich zu verhauen! Bei diesem Anblick wurde mir klar, dass sie genauso besorgt auf das Heulen vor den Fenstern lauschten wie ich.

„Hey", sagte Noah, zog mir das Stöckchen aus der Hand und pikte mich damit leicht in die Rippen. „Wir haben doch schon mal einen Sturm zusammen durchgestanden. Da ist auch alles gut gegangen, hab ich recht?"

„Du meinst im Sommer, als dieser kleine Selkie fast ertrunken wäre?"

„Nein! Ich meine im Sommer, als *alles gut gegangen ist*", betonte Noah.

„Nachdem *der kleine Selkie fast ertrunken wäre*", wiederholte ich ebenso stur wie er.

Noah seufzte. „Du musst dich wohl davon überzeugen, dass alle in Sicherheit sind, die dir am Herzen liegen. Vorher gibst du keine Ruhe, stimmt's?"

„Stimmt genau!" Ich nahm ihm das Stöckchen wieder ab und tat, als zeichnete ich damit einen Haken auf die Kuschelhöhle der Katzen. „Check", sagte ich, drehte mich zur Seite und machte dieselbe Bewegung vor Noah. „Und check."

Gleich darauf spürte ich, dass meine Wangen heiß wurden. *Alle, die dir am Herzen liegen …* Der Satz schien zwischen uns in der Luft hängen zu bleiben und machte mich furchtbar verlegen. Zum Glück reagierte Noah so nett, wie es nur ging. „Dann werde ich mir mal an dir ein Beispiel nehmen", sagte er und stand auf.

„Was hast du vor?", fragte ich (während ich das blöde Stöckchen in meiner Hosentasche verschwinden ließ).

„Ich bitte die anderen, dass wir heute schon früher zur magischen Pflegestation gehen. Damit du dich endlich entspannen kannst!"

„Gute Idee, ich sag schnell Nana Bescheid." Erleichtert flitzte ich an ihm vorbei nach draußen – und wurde von einem solchen Windstoß getroffen, dass es mir den Atem verschlug. Es dauerte einen Moment, bis ich wieder Luft bekam. Mit gesenktem Kopf musste ich mich gegen die Böen stemmen, während ich quer über den Hof rannte. Noch ehe ich die Praxis erreicht hatte, flog die Tür auf, und Nana kam mir entgegen.

„Gehen wir zu den Fabelwesen!", riefen wir genau gleichzeitig über das Brausen hinweg, dann verzog Nana den Mund zu einem schiefen Grinsen.

„Zwei Schlaue, ein Gedanke", sagte sie und kämpfte mit ihrem flatternden Kittel. „Wenn wir noch länger warten, könnte der Heimweg zum Problem werden. Winnie ist schon vor einer Weile gegangen. Ich glaube, die passt heute Nacht zusammen mit Bauer Orin auf seine Schafe auf. Dieser *Billie* wird langsam doch ungemütlich! Lass mich nur schnell meinen Rucksack und eine wärmere Jacke holen." Sie lief weiter zum Haupthaus, während ich ins Wartezimmer der Praxis schlüpfte. Es kostete mich meine ganze Kraft, die Tür hinter mir zu schließen. Drinnen war es so dämmrig, dass ich den schwarzen Hund kaum erkennen konnte.

„Kommst du, Dad? Letzte Gelegenheit für einen Spaziergang heute!", sagte ich und beugte mich vor. Mein Vater reagierte nicht. Still kauerte er in seinem Korb, das Nackenfell ein bisschen gesträubt. „Frische Luft wird dir guttun", beharrte ich, während die anderen draußen bereits nach mir riefen. „Auch, wenn es sehr wilde, eisige Luft ist." Um ihn zu überzeugen, drückte ich die Tür einen Spaltbreit auf. Jetzt verließ André tatsächlich den Korb, aber nur, um in den hintersten Winkel des Wartezimmers zu flüchten.

Nana, die einen Blick hereinwarf, lachte leise. „Nun sieh sich das einer an! Deine Angst vor Stürmen hast du anscheinend von ihm geerbt", meinte sie, während sie die

Kapuze ihrer Jacke fest unter ihrem Kinn zusammenschnürte. „Wenn du möchtest, kannst du mit André hierbleiben. Wir sind sowieso bald zurück, und manche Fabelwesen sehen ihn immer noch nicht allzu gern."

Das stimmte leider. Seit mein Dad an einem Mittel gegen magische Kräfte geforscht hatte, war er in der Feenwelt nicht gerade beliebt. Etwas unschlüssig schaute ich zwischen ihm und Nana hin und her, dann nickte ich. André wirkte so nervös, dass ich ihn nicht alleine zurücklassen wollte. Nana und die anderen würden mir ja gleich erzählen, ob auf der magischen Pflegestation alles in Ordnung war.

„Macht es euch inzwischen gemütlich!", rief Nana mir noch zu, dann eilte sie davon.

„Hast du gehört?", wandte ich mich wieder an meinen Vater. „In der Stube ist es viel gemütlicher als hier. Also nix wie rüber!" Ich öffnete die Tür noch ein bisschen weiter, und der Sturm riss sie mir aus der Hand. Mit einem Krachen prallte sie gegen die Mauer. Von demselben Windstoß wurden mir die Haare ins Gesicht gepeitscht, sodass ich nichts mehr sehen konnte. Hektisch wischte ich mir über Stirn und Wangen, packte dann meine Locken und stopfte sie unter den Kragen meines Pullovers. „Jetzt sollten wir aber wirklich schnell –“, setzte ich an und schaute wieder ins Wartezimmer.

Mir blieb der Rest des Satzes in der Kehle stecken. Der Boden war übersät von Zeitschriften und Flyern, die der Wind vom Regal gefegt hatte … und dazwischen stand ein Mann in einer weißen Kapitänsjacke.

„Dad?“, brachte ich mühsam hervor. Meine Stimme war so dünn, dass der Sturm sie komplett übertönte. Stolpernd wich ich zurück, und der Schreck in Andrés Augen – seinen menschlichen, grauen Augen in seinem menschlichen, bleichen Gesicht – wurde noch etwas größer. Wahrscheinlich dachte er, dass ich gleich vor ihm Reißaus nehmen würde. Stattdessen tastete ich nach der Tür und zog daran, bis ich es geschafft hatte, sie zu schließen.

In der plötzlichen Stille glaubte ich, meinen eigenen schnellen Herzschlag hören zu können. André hatte sich nicht vom Fleck gerührt. Er stand genauso kerzengerade da wie am Ende des Sommers, als er mich vor dem Hoftor abgepasst hatte. Zu diesem Zeitpunkt hatte ich noch keine Ahnung gehabt, dass er mein Vater war. Ich hatte ihn für einen grausamen Fabelwesenjäger gehalten, der versuchte, die magische Pflegestation zu überfallen. In Wirklichkeit war er nur aus einem Grund nach Patch Island gekommen: um mich zu finden.

Ich schüttelte den Kopf, um die Furcht von damals loszuwerden. *Es hat sich nichts verändert*, dachte ich. *Nur seine Gestalt.* Trotzdem wusste ich einen Moment lang nicht, wie ich mit ihm reden sollte. Es machte eben doch einen Unterschied, ob man einen Hund vor sich hatte oder einen erwachsenen Mann in Uniform! „Das … das hat bestimmt mit dem Sturm zu tun“, stotterte ich, und meine Stimme klang immer noch heiser. „Er ist eine Naturkraft, und Naturkräfte können Verwandlungen auslösen. Genau wie Meerwasser und …“

„… starke negative Gefühle, ich weiß.“ Dad verschränkte die Arme vor der Brust. Zusammen mit seiner Kapitänsjacke und seiner steifen Haltung sah das ziemlich streng aus. Aber ich nahm an, dass er einfach nicht wusste, was er sonst mit seinen Armen machen sollte – er hatte ja lange Zeit keine gehabt. Nach einem Räuspern fuhr er fort: „Darum ist es mir auch schon letzte Nacht passiert, als ich einen Albtraum hatte. Und in der Nacht davor.“

„*Es?*“, wiederholte ich fassungslos. „Du meinst, du bist

jetzt schon mehrmals in deine alte Gestalt zurückgekehrt, ohne dass irgendjemand davon wusste?!"

„Schmuggel hat es mitbekommen. Aber der ist nicht gerade ein Klatschmaul."

Täuschte ich mich oder hatte mein Vater mir gerade zugezwinkert? Anscheinend versuchte er, die Situation ein bisschen aufzulockern. So gut es ging, riss ich mich zusammen und griff erneut nach der Türklinke. „Auf den Schreck brauche ich ganz dringend was Süßes", schnaufte ich.

Diesmal folgte mir mein Dad, als ich über den Hof sprintete. Wenige Minuten später standen wir zusammen in der Küche, ich hatte den Teekessel aufgesetzt und knabberte an einem Schokokeks aus unserer Notfall-Vorratsdose. Auch Dad aß manierlich einen Keks, ohne einen einzigen Krümel fallen zu lassen.

„Also, jetzt mal von vorn", sagte ich und schluckte. „Hast du denn gemerkt, dass das Anti-Magie-Mittel in dir abgeklungen ist?"

Dad schüttelte den Kopf. „Es kam wie aus heiterem Himmel", sagte er mit seinem leichten französischen Akzent. „Ich wusste ja selbst nicht, wie viel von dem Mittel ich mir gespritzt hatte. Wäre auch möglich gewesen, dass ich noch jahrelang in Hundegestalt feststecke! Aber in den vergangenen Nächten bin ich plötzlich als Mensch aufgewacht. Ich vermute, dass es ein Zusammenspiel aus meinen Albträumen und dem nahenden Sturm war, das die Verwandlungen ausgelöst hat. Beim ersten Mal habe ich mich vor Schreck sofort wieder zurückverwandelt, doch beim zweiten Mal konnte ich mir einen Spaziergang zum Inselzentrum nicht verkneifen. Ich wollte so gern wieder das Internet benutzen, in ein paar guten Büchern schmökern …"

Da ging mir ein Licht auf. „Also bist du heimlich in der Bibliothek gewesen! Und im Graham's Inn warst du auch!" Ich starrte ihn ungläubig an, dann entschlüpfte mir ein Kichern. „Oje, damit hast du Brenda und Tilda ganz schön durcheinandergebracht."

Dad zog bedauernd die Schultern hoch. „Das tut mir ehrlich leid. Wenn es nach mir gegangen wäre, hätte niemand etwas von meinen Besuchen gemerkt. Ich war schon nervös genug, als ich im Freien herumgeschlichen bin. Meine weiße Jacke ist nicht gerade unauffällig", erklärte er, aber ich hörte ihm kaum noch zu. Vielleicht lag es an der Schokolade oder am Duft des Spezialtees, dass sich mein Schreck inzwischen verflüchtigt hatte. Nun spürte ich eine freudige Aufregung, die mit jeder Sekunde stärker wurde.

„Ist dir eigentlich klar, wie toll das ist?", platzte ich heraus. „Ich kann's kaum erwarten, den anderen davon zu erzählen! Dad, du bist sozusagen erlöst und kannst jetzt wieder alles machen, was du willst: nicht nur lesen und im Internet surfen, sondern auch …"

„Ja, was?" Ernst schaute mein Vater mich an. *„Ma fille*, was würdest du an meiner Stelle tun? Ich durfte doch nur so lange hierbleiben, weil ich euch ein bisschen an Schmuggel erinnert habe – an einen Streuner, harmlos und nett und ohne bekannte Vergangenheit. Wenn mich alle wieder als Mensch sehen, ist das vorbei. Mir ist dein erschrockener Blick vorhin nicht entgangen."

„Das war doch nur im ersten Moment!", beteuerte ich, aber Dad schüttelte den Kopf.

„Bei deiner Mutter wird das bestimmt anders sein. Ich habe ihr leider viel zu viele schmerzhafte Erinnerungen bereitet."

Gerne hätte ich widersprochen, doch ich fürchtete, dass er recht hatte. Mam und Dad waren getrennt, seit Mam mit mir schwanger gewesen war. Als Reaktion auf die Schwangerschaft hatte Dad nämlich gerufen, er würde *dieses Problem auf jeden Fall beseitigen.* Zwar hatte er damit nur meine Wandlerkräfte gemeint, aber für Mam hatte es sich so angehört, als wollte er auch mich loswerden. In Tiergestalt war sie geflohen, und kurz nach meiner Geburt hatte sie mich für dreizehn Jahre verloren. Streng genommen war das zwar nicht Dads Schuld gewesen, doch das Unglück hatte nun mal mit seinem Hass auf Magie begonnen.

„Also“, sagte ich nach einigem Grübeln, „wie soll es nun weitergehen?“

„Vielleicht könnten wir diese Veränderung für uns behalten. Wenigstens eine Weile?“ Die Stimme meines Vaters klang jetzt beinahe flehend. „Derzeit ist meine übliche Gestalt immer noch die eines Hundes. Ich müsste mir Mühe geben, um dauerhaft ein Mensch zu bleiben. Bis sich das Medikament restlos aus meinem Körper verflüchtigt hat, würde ich gern alles so lassen, wie es ist: Ich möchte auf dieser Insel bleiben … dabeisitzen, wenn du deine Schulaufgaben machst … und mit Keela spazieren gehen.“

Sollte das bedeuten, er verzichtete freiwillig auf seine

wahre Gestalt, nur um bei Mam und mir zu sein? Der Gedanke verschlug mir kurz die Sprache, doch gleich darauf hob ich entschlossen das Kinn. „Weißt du, eigentlich mag ich keine Geheimnisse", sagte ich, „aber sie kommen trotzdem ständig zu mir, und deines kann ich sogar verstehen." Feierlich reckte ich eine Hand in die Luft. „Darum schwöre ich, es für mich zu behalten – auf diesen letzten Schokokeks."

Dad blinzelte verwirrt, dann lächelte er. Plötzlich sah er nicht mehr streng aus, sondern richtig nett. „Da bin ich froh", antwortete er und brach sich ein Stück von dem Keks ab. „Das hier sind übrigens die besten und einzigen Kekse, die ich seit langer Zeit gegessen habe."

„Was für ein elendes Hundeleben", kommentierte ich, aber Dad schüttelte den Kopf.

„Finde ich nicht", sagte er mit Nachdruck. „Es ist gut so, wie es ist."

Und wir stießen unsere Kekshälften aneinander, als wären es Sektgläser.

3. KAPITEL

Pyjamaparty zwischen Feen

Kurze Zeit später machten wir uns auf den Weg zur magischen Pflegestation. Vorher hatte ich Dad eine Tasse Spezialtee serviert, damit er seine Magie besser in den Griff bekam und sich nicht mehr unabsichtlich verwandelte. Außerdem hatte ich ihn dazu überredet, seine Kapitänsjacke auszuziehen: „Dieses weiße Ding ist wirklich zu auffällig, wenn du doch mal wieder nachts als Mensch herumspazieren willst. Ich hab was viel Besseres für dich!" Eilig lief ich in mein Zimmer, um die

Jacke zu verstecken. Als Ersatz brachte ich Dad den dicken schwarzen Pullover, den Nanas Mam einst für ihre beste Feenfreundin gestrickt hatte.

„Eigentlich war der dazu gedacht, Felicitys Flügel zu verstecken“, erklärte ich. „Aber sie besucht momentan gar keine anderen Orte in der Menschenwelt als Patch Island, und hier kennt sie sowieso jeder. Da ist es sinnvoller, wenn du ihn zur Tarnung benutzt!“

Also hatte André den Pullover übergezogen, und ich fand, dass er damit viel … dadhafter aussah als in seiner Uniform. Fast tat es mir leid, als er wieder in Hundegestalt vor mir stand; dann beschloss ich, mich ebenfalls zu verwandeln. Mit vier Beinen erreichte man die magische Pflegestation sehr viel schneller!

Als wir ins Freie kamen, fegte mich die Wucht des Sturmes beinahe von den Pfoten. Es fühlte sich an, als würde uns ein unsichtbarer Riese zwischen seinen Pranken hin und her schleudern. Wäre ich die menschliche Ruby gewesen, hätte ich womöglich auf der Stelle kehrtgemacht, mich in mein Zimmer geflüchtet und die Bettdecke über den Kopf gezogen. Aber als Hund tickte ich ein bisschen anders.

‚Das ist der Hammer‘, jubelte ich in Tiersprache und

sprang um Dad herum. ‚Ich rieche Sachen von ganz, ganz weit her! Und schau dir all die Blätter an, die da wirbeln! Die muss ich schnell mal verjagen, o ja, aaalle verjag ich die oder fang sie ein und packe sie mit den Zähnen – und was glaubst du, was hier für tolle Stöcke durch die Gegend fliegen?!'

‚Wenn wir nicht machen, dass wir weiterkommen, werden *wir* vielleicht bald durch die Gegend fliegen', warnte Dad. Er lief voraus durch das Hoftor, das klappernd in den Angeln hing, und ich sauste hinterher. Zum Glück fand Hunde-Ruby es manchmal genauso toll, jemandem nachzulaufen, wie auf eigene Faust verrücktzuspielen.

Als wir den Nordstrand erreicht hatten, war meine Begeisterung allerdings verschwunden. Entsetzt starrte ich auf das tosende Meer hinaus. Ich konnte mich nicht erinnern, jemals so hohe Wellen gesehen zu haben! Schnell verwandelte ich mich zurück, damit ich mir im Vergleich dazu nicht ganz so winzig vorkam. Dann riss ich die Schuppentür auf und wurde zusammen mit Dad über die Schwelle geweht.

Was mich im nächsten Augenblick traf, war keine Böe, sondern ein Durcheinander aus strohblonden Zöpfchen und Glitzerflügeln. „Rubylein!“, jauchzte Felicity und wirbelte mit mir im Kreis. „Du bist doch noch gekommen! Wir hatten gerade überlegt, wer dich am besten holen soll!“

André flüchtete vor ihrem Geflatter unter den Behandlungstisch, wo auch schon Schmuggel mit leidender Miene hervorlugte. „Mich holen?“, fragte ich. „Ich dachte, es kommen alle bald wieder nach Hause …“ Meine Stimme wurde immer leiser, während ich mich staunend umsah. In letzter Zeit war die magische Pflegestation fast leer gewesen: Die Meerjungfrauen hatten sich in ruhigere Gewässer zurückgezogen, sodass nur ein einsamer alter Selkie in einer der Wannen schwamm, und ein Kobold mit gebrochener Nase bekam schon seit Tagen keinen Besuch mehr. Wahrscheinlich hatten seine Kumpels Angst, vom Sturm erfasst zu werden – immerhin waren sie gerade mal so groß wie Gummistiefel. (Als Ersatz warfen sie nun jede Nacht bekritzelte Steine durch das Feenportal nach Patch Island, auf denen halb nette, halb unverschämte Botschaften standen: *Du wirst hier wirklich sehr vermisst, obwohl du so ein Fischkopf bist.* Oder: *Wir würden dir gern winken. Uns fehlt sogar dein Stinken.)* Auch Feen hatten wir schon eine Weile nicht mehr zu Gesicht bekommen. Jetzt aber schwebten Mädchen mit hüftlangen Haaren vor allen Fenstern und blickten konzentriert nach draußen.

„Was ist denn hier los?“, fragte ich verblüfft.

„Oh, das sind nur die nettesten Leutchen aus der Feenschule“, trällerte Felicity. „Sie haben eingewilligt, mitzukommen und zu helfen, weil ich ja dummerweise ein Jahr lang nicht zaubern darf. Aber für mich allein wäre dieser Sturm auch ein bisschen zu viel. Außerdem könnte es sein, dass ich das eine oder andere winzige Nickerchen gehalten habe, als Wettermagie im Unterricht an der Reihe war!“

„Du hast damals so laut geschnarcht, dass ich für meinen gezauberten Donner eine goldene Blüte bekommen habe“, ergänzte ein Feenmädchen in unserer Nähe. „Dabei sind Gewitter nicht gerade meine Spezialität. Aber im Sturmschutz habe ich mir meine Auszeichnung redlich verdient!“ Und sie machte eine zierliche Handbewegung, die so aussah, als wollte sie etwas durch das Fenster schleudern. Kurz sah ich ein magisches Funkeln, dann schien das Klirren der Scheibe ein bisschen leiser zu werden.

Aufgeregt drückte ich Felicitys Hand. „Du meinst, diese Feen sind gekommen, um die magische Pflegestation vor dem Unwetter zu schützen?“, flüsterte ich.

„Aber ja! Ich konnte doch nicht zulassen, dass hier alles weggepustet wird, oder?“ Strahlend zupfte Felicity mir ein paar Blätter aus den Haaren, sortierte sie nach ihrer Größe und steckte sie sorgfältig wieder hinein. „Ich schätze, dieser Schuppen ist heute Nacht der sicherste Ort auf ganz Patch Island. Und das ist auch gut so, wenn man bedenkt, wer gerade bei euch gelandet ist!“

Bevor ich weiterfragen konnte, streckten Noah und Flynn die Köpfe aus der Meerjungfrauen-Abteilung. Aufgeregt winkten sie mir zu. „Ruby, hierher! Das musst du dir ansehen!“ Schon waren sie wieder verschwunden, und ich beeilte mich, zu dem künstlichen Sandstrand zu kommen.

Der Name „Meerjungfrauen-Abteilung“ war eigentlich nicht ganz richtig, denn genauso oft wie Meerjungfrauen hatten wir hier Selkies zur Pflege. Die waren allerdings so zurückhaltende, sanfte Wesen, dass sie lieber unerwähnt blieben. Auch unser aktueller Patient dümpelte nur still in dem Heilbad, das er wegen seiner Hautkrankheit bekommen hatte. Wahrscheinlich behielt er mit Absicht seine Seehundgestalt, damit man ihn in Ruhe ließ.

Nana und Mam knieten aber gar nicht neben seiner Wanne, sondern neben einer anderen, die bei meinem gestrigen Besuch noch leer gewesen war. Als Noah und Flynn mich näher schoben, erkannte ich etwas Rundes, Schuppiges im seichten Wasser. Vor Staunen klappte mir der Mund auf. „Ist das etwa … ein Drachenei?“, hauchte ich.

„Seeungeheuerei“, verbesserte Nana und lächelte zu mir hoch. „Siehst du diesen türkisfarbenen Schimmer? Zum Glück haben es ein paar Meerjungfrauen entdeckt, als es allein im finsteren Ozean herumgewirbelt ist. Muss wohl aus seinem Nest getrieben worden sein, obwohl die Mütter normalerweise sehr gut auf ihre Eier aufpassen. Die sind nämlich furchtbar empfindlich!“

„Und was machen wir jetzt damit?“ Ich kauerte mich zwischen Nana und Mam und stützte das Kinn auf den Wannenrand.

„Nun, wir behalten es genauestens im Auge. Wenn es bis morgen nicht rissig oder kalt geworden ist, hat es sein Missgeschick wohl unbeschadet überstanden. Aber bei diesem Sturm können wir es auf keinen Fall zu uns nach Hause tragen!“

„Umso besser, dass Felicity ihre Mitschülerinnen geholt hat“, sagte Mam und strich sanft über das Ei. Ich hatte gedacht, dass es hart wäre, doch die Schale verformte sich unter Mams Fingern wie Wackelpudding. „Ist André eigentlich mit dir zusammen hergekommen?"

Diese Frage wirkte so beiläufig, als würde Mam sich kaum für die Antwort interessieren. Aber ich ließ mich nicht täuschen. Immerhin war sie die Erste gewesen, die an Dad gedacht hatte! „Der ist hier, alles okay", sagte ich schnell.

„Gut." Einen Moment lang hielt Mam ihren Blick noch auf das Ei gerichtet, ehe sie den Kopf hob. Mit blitzenden Augen schaute sie in die Runde. „Was haltet ihr davon, hier zu übernachten?", fragte sie und musste lachen, als Flynn sich sofort in den warmen Sand plumpsen ließ.

Auch ich fand ihren Vorschlag toll. Noch nie war ich eine ganze Nacht lang auf der magischen Pflegestation geblieben! Natürlich hatten wir keine Schlafanzüge dabei, doch abgesehen davon wurde der Abend genau so, wie ich mir eine Pyjamaparty immer vorgestellt hatte: Wir aßen Snacks aus dem Vorratsschrank, dann verwandelte sich der Selkie extra in einen älteren Herrn, um uns eine gruselige Meereslegende zu erzählen, und am Ende gab es sogar eine Kissenschlacht. Jedenfalls flitzte der Kobold immer wieder keckernd an uns vorbei und warf uns sein winziges Federbett ins Gesicht.

Schließlich lagen wir in Decken gekuschelt rund um die Wanne, aus der ein schwaches türkisfarbenes Leuchten drang. Für eine Weile hatten Nana und Mam das Ei abwechselnd beobachtet, aber nun waren sie beide eingedöst. Auch die anderen schienen tief und fest zu schlafen. Nur die Feen harrten vor den Fenstern aus, um ihre Schutzmagie anzuwenden, und wurden dabei von Felicity mit Bonbons versorgt.

Es war ein schönes Gefühl, dass zur Abwechslung die Fabelwesen auf uns aufpassten statt umgekehrt. Leider bekam ich trotzdem kein Auge zu. Der Sturm konnte uns hier vielleicht nichts anhaben, aber ich hörte immer noch sein wildes Brausen, und die Wellen donnerten gegen die Felsküste. Unbehaglich rollte ich mich zusammen … und hätte vor Schreck beinahe aufgeschrien, als mich jemand an der Schulter berührte.

„Pst! Ich bin's doch nur." Im Licht des Eis schimmerten Noahs Augen meeresblau. Er rappelte sich auf und streckte mir eine Hand entgegen.

„Wohin gehen wir?", wisperte ich, nachdem ich mich aus meiner Decke geschält hatte.

„In eine andere Abteilung."

„Ähm, okay." Verdattert ließ ich mich auf die Beine ziehen. „Wobei es in der Banshee-Abteilung natürlich sehr kühl ist", flüsterte ich weiter. „Und nach Moder stinkt. Und ich glaub, die letzte Patientin hat an alle Grabsteine grünen Schimmel gezaubert …" Dann erst wurde mir klar, dass Noah mich gar nicht auf den künstlichen Friedhof führen wollte.

„Was machen wir denn im Drachengehege?", fragte ich, während ich ihm durch die Gittertür folgte. Noah suchte ein gemütliches Plätzchen zwischen den Felsen, ließ sich dort mit gekreuzten Beinen nieder und befahl überdeutlich: *„Es herrsche Ruhe!"*

Der Effekt war ungefähr so, als hätte man ein Radio mit schlechtem Empfang ausgeschaltet. Von einer Sekunde auf die andere verstummte das Rauschen des Unwetters und der Wellen. Die Gitterstäbe dieses Geheges waren nämlich verzaubert: Benutzte man die magische Formel, ließen sie nichts mehr durch – kein Drachenfeuer und auch keinen Lärm.

„Du hast doch gesagt, dass der Sturm dich nervös macht", erklärte Noah. „Da dachte ich, du würdest dich hier vielleicht wohler fühlen. Willst du meinen Hoodie als Kissen?" Und er schlüpfte aus seinem schwarzen Kapuzenpullover. Als er mit verstrubbelten Haaren daraus auftauchte, starrte ich ihn immer noch an.

„Das … ist echt nett von dir", stammelte ich.

„Freu dich nicht zu früh. Der Kobold hat mir beim Abendessen Chipskrümel in den Ausschnitt geworfen und gekräht: *Was mich wirklich sehr bestürzt: Der Mensch ist noch nicht gut gewürzt!* Aber vielleicht sind die schon alle weg." Noah schüttelte den Pulli kurz, bevor er ihn zusammenfaltete.

„Nein, ich meine, dass du dir bei dem ganzen Trubel solche Gedanken um mich machst!" Während ich das sagte, verwandelte sich mein Kopf leider zum zweiten Mal an diesem Tag in eine Glühbirne. Es wurde sogar noch schlimmer, als Noah mir fest in die Augen schaute.

„Mach ich doch immer, Ruby", sagte er.

Dann legte er sich neben mich, und im selben Moment wusste ich mit absoluter Sicherheit, dass ich ihn küssen wollte. Nein, ich *musste* es tun! Seit unserem ersten Kuss waren viele Wochen vergangen, und wenn es jetzt nicht passierte – während eines Jahrhundertsturms, versteckt in einem Drachengehege –, dann würde es vielleicht nie wieder passieren. Also richtete ich mich mit pochendem Herzen auf und sah ihn an. Fragend erwiderte Noah meinen Blick … da verlor ich allen Mut. „Gutenacht!", stieß ich hervor und ließ mich auf den Rücken fallen.

Noah lachte. Er beugte sich über mich und starrte mit weit aufgerissenen Glupschaugen auf mich herunter, so wie ich es eben bei ihm gemacht hatte. „Gutenacht!", wiederholte er in genau demselben Tempo. „Hast du's jetzt echt so eilig, einzusch…"

Weiter kam er nicht. Kurz entschlossen streckte ich die Arme aus, schlang sie um seinen Nacken und drückte meine Lippen auf seine. Dabei schien mein Puls zu explodieren, und ich spürte ein warmes Kribbeln vom Kopf bis zu den Zehenspitzen. Schlimmer als bei jeder Verwandlung und tausendmal schöner!

Einige Sekunden lang erwiderte Noah meinen Kuss, dann spürte ich sein Grinsen gegen meine Lippen. Als ich zu ihm hochschaute, stellte ich fest, dass seine Augen gar kein leuchtendes Seeungeheuerei nötig hatten. Sie strahlten sogar hier im Halbdunkel wie das Meer an einem sonnigen Tag.

„Schlaf gut, Ruby“, sagte er leise und strich mir eine verirrte Haarsträhne aus der Stirn. „Übrigens kapier ich nicht, was alle gegen diesen *Billie* haben. Ich für meinen Teil finde ihn ziemlich cool.“

4. KAPITEL

Die absolute Katastrophe

Nana blickte uns erstaunt entgegen, als Noah und ich am nächsten Morgen in die Meerjungfrauen-Abteilung kamen. „Nanu, ihr seid schon munter?“, fragte sie, setzte sich gähnend auf und schob ihr Piraten-Kopftuch zurecht. Auch die anderen begannen jetzt, sich verschlafen zu regen.

„Ja, wir wollten mal sehen, ob noch was im Vorratsschrank ist“, behauptete Noah, ohne mit der Wimper zu zucken. Er schreckte allerdings zusammen, als der Kobold mit weit aufgerissenen Augen unter einer der Decken hervorschoss.

„IHR HABT“, fing das Kerlchen an und schnappte nach Luft. (*Euch geküsst*, hörte ich ihn schon kreischen und wollte am liebsten im Boden versinken.) „… BESTIMMT DAS LETZTE SAHNEBONBON GEGESSEN! Dabei hab ich es extra dreimal abgeleckt, damit jeder weiß, dass es mir gehört!“

„Dann ist es ja gut, dass wir diese Köstlichkeit nicht angerührt haben“, sagte ich erleichtert. Noah drückte verstohlen seinen Arm gegen meinen, und ich musste grinsen. Sosehr ich es auch versuchte, meine Mundwinkel wollten nicht mehr nach unten wandern. Das mulmige Gefühl in meinem Bauch war verflogen, und ich fühlte mich so leicht wie ein Sommerwölkchen. Das lag aber nicht nur an Noah, sondern auch daran, dass die Sturmböen viel leiser klangen als am Abend zuvor.

„Das Schlimmste hätten wir überstanden!“, meldete eine der Feen, dehnte sich und schüttelte ihre Flügel.

„Genau wie das Kleine da.“ Mam hatte sich über die Wanne gebeugt und legte ihre Hand auf das Ei. „Lauwarm und kein einziger Sprung! Dann kann das Ungeheuerchen wohl noch ein paar Tage lang friedlich wachsen, oder?“

„Sieht ganz so aus.“ Auch Nana untersuchte das Ei und nickte zufrieden. „Ich denke, wir können es jetzt problemlos nach Hause mitnehmen, um es weiterhin zu beobachten. Außerdem würde ich gerne sehen, wie es unseren beiden Pflegekatern nach dieser Sturmnacht geht!“

Sofort lief ich in den Untersuchungsbereich, um einen Eimer zu holen. Ich füllte ihn mit Wasser und durfte das Ei dann hineinheben. Es war ganz schön schwer und ziemlich glitschig. Einerseits war ich froh, als ich es heil abgelegt hatte – andererseits hatte ich das Gefühl, dass an diesem Tag ohnehin nichts mehr schiefgehen würde.

So ist das manchmal mit unerklärlichen Gefühlen: Sie können einen vor Gefahren warnen, aber auch fürchterlich täuschen.

Auf dem Heimweg plapperten wir alle gut gelaunt durcheinander. Flynn und Noah trugen zusammen den Eimer, Felicity schlug Saltos zwischen den herumwirbelnden Blättern, und Nana sagte, nach all dem Süßkram freue sie sich auf ein riesiges Omelett mit Käse zum Frühstück.

Natürlich sahen wir, dass der Sturm viele Spuren auf Patch Island hinterlassen hatte. Überall lagen abgerissene Zweige, Bauer Orins Ställe hatten ein paar Dachschindeln verloren, und auf halbem Weg stießen wir auf ein knallgelbes Schultertuch, das garantiert Tratschtanten-Tilda davongeflogen war. Aber das alles kam mir nicht weiter schlimm vor. Unsere kleine Insel hatte mal wieder gezeigt, dass sie stärker war als jedes Unwetter! Fröhlich rannte ich mit Schmuggel an der Leine voraus bis zum Hof, und Dad hielt mit uns Schritt.

Er war es, der als Erster wie angewurzelt stehen blieb. Ein Winseln drang aus seiner Kehle, während er die Ohren flach an den Kopf drückte.

„Was ist denn?“, fragte ich und lief ahnungslos noch ein paar Schritte weiter. „Du willst doch bestimmt auch gleich an den warmen Kamin …“

Dann sah ich es ebenfalls, und meine Stimme erstarb. In diesem Moment wurde mir bewusst, dass ich mir die falschen Sorgen gemacht hatte. Ich war nervös gewesen, weil den Pflegetieren etwas hätte zustoßen können, den Inselbewohnern, den Fabelwesen oder der magischen Pflegestation. Doch kein einziges Mal hatte ich an die Tierarztpraxis gedacht.

„Das darf nicht wahr sein“, hörte ich Nana flüstern, während sie langsam auf das niedrige Gebäude zuging.

„Kinder, bleibt zurück“, warnte Mam. „Das Dach könnte noch mehr einstürzen!“

Trotzdem stolperte ich mit weichen Knien bis zu einem Fenster, um ins Innere der Praxis zu blicken. Zerbrochene Balken und Schutt häuften sich auf dem Fußboden und den Möbeln. Der Raum, in dem ich Nana so oft bei der Arbeit zugesehen hatte, wirkte vollkommen fremd. Auch sie selbst schien dort nicht mehr hineinzugehören. Ängstlich hielt ich den Atem an, als sie sich ihren Weg durch die Trümmer bahnte. Niemand hätte Nana jetzt stoppen können, das wusste Mam. Darum stellte sie sich nur wortlos an meine Seite und legte mir einen Arm um die Schultern. Gemeinsam warteten wir, bis Nana wieder ins Freie kam.

Ihr Gesicht war bleich, beinahe grau. Mit einer müden Handbewegung nahm sie ihr Tuch vom Kopf und fuhr sich durch die kurzen Haare. „Der Dachstuhl war bestimmt morsch“, sagte sie leise. „Ich hatte keine Ahnung, wie sehr, sonst hätte ich mich längst darum gekümmert. Jetzt ist es für alles zu spät."

„Aber man kann das Dach ja reparieren!", rief ich. „Bauer Orin kennt sich mit so was aus, und Cormack sicher auch!"

„Ruby, Süße", bremste mich Nana und schüttelte leicht den Kopf. „Es geht nicht nur um das Gebäude. Die Einrichtung wurde vollkommen zerstört. Röntgen- und Ultraschallgeräte kosten viele Tausend Euro, dieses Geld habe ich einfach nicht."

Der Klang ihrer Stimme trieb mir die Tränen in die Augen. Schnell wischte ich mit dem Handrücken über mein Gesicht. Es nützte doch nichts, jetzt zu verzweifeln – aber ich konnte Nana ansehen, dass sie genau das tat. Dabei hatte ich sie noch nie zuvor ohne Hoffnung erlebt. Ganz egal, welches Problem es zu bewältigen gab: Sie krempelte einfach die Ärmel hoch und packte es an. Allerdings brachte ihr dieser Fleiß tatsächlich nur wenig Geld ein. Die Inselbewohner waren unsere Freunde, von denen wollte sie sich nicht teuer bezahlen lassen, und die Fabelwesen behandelte sie kostenlos.

„Was ist mit den Feen?", fragte ich in bettelndem Ton.

„Vielleicht wären manche bereit, ihre Goldschätze zu teilen …“

Bevor Nana etwas erwidern konnte, plumpste Felicity neben uns auf den Boden. Ihre Flügel hingen herab, als wären sie plötzlich zu schwach, um sie zu tragen. „Ich fürchte nein“, piepste sie traurig. „Ihr habt doch geschworen, kein krankes oder verletztes Fabelwesen jemals auszunutzen. Wenn die Feen dafür bezahlen müssten, dass ihr sie gesund macht … dann würden sie das wahrscheinlich als gebrochenen Eid empfinden. Sie wären gekränkt und würden nie wieder in die Menschenwelt kommen. Ihr wisst ja, wie misstrauisch viele aus dem Feenvolk sind!“ Felicity zog die Nase hoch. „Ach, wenn ich doch bloß noch mein Gold hätte, dann …“

„Du hast dein Gold an Nanas Mam verschenkt, damit sie sich diesen Hof leisten konnte“, erinnerte Flynn sie. Er streckte eine Hand aus und legte sie Felicity vorsichtig auf den Arm. „Ohne dich gäbe es die Tierarztpraxis also gar nicht.“

„Ja, die Tierarztpraxis, die jetzt unflatterig kaputt ist!“ Felicity stampfte mit einem Fuß, schüttelte Flynns Hand allerdings nicht ab. Vermutlich wusste sie, dass mein schlauer Bruder mal wieder recht hatte.

Noah vergrub plötzlich das Gesicht in den Händen. „Seit *Monaten*“, hörte ich ihn gegen seine Handflächen stöhnen. Dann ließ er die Arme fallen und schaute Nana verzweifelt an. „So lange wohne ich jetzt schon bei dir, und du hast keinen Cent dafür bekommen! Ich sollte gleich meinen Vater anrufen, damit er dir was überweist. Wozu ist er schließlich ein weltberühmter Architekt?“

„Du wirst nichts dergleichen tun!“ Jetzt klang Nana wieder so resolut wie sonst, obwohl sie immer noch sehr blass war. „Erstens würde ich von deinem Vater kein Geld annehmen, und zweitens ist er noch wochenlang auf Geschäftsreise. Wir wollten ihm doch erst nach seiner Heimkehr verraten, dass du aus dem Internat weggelaufen bist! Wenn er jetzt zusätzlich zu seinem ganzen Stress davon erfährt, wird er höchstens sauer und lässt dich abholen. Damit wäre niemandem geholfen!“

„Vielleicht schon“, murmelte Noah düster. „Ich esse ziemlich viel und verbrauche jede Menge Strom, das geht ja auch ins Geld …“

„Schluss jetzt, ich will nichts mehr davon hören. Auch nicht von dir, Keela!“, rief Nana, als Mam tief Luft holte. „Mir wird schon was einfallen, alles klar? Ich finde immer eine Lösung, so wahr ich Cleo May Collins heiße! Und nun lasst uns bitte endlich reingehen. Wir sollten froh sein, dass unser Zuhause heil geblieben ist!“ Mit diesen Worten stampfte sie energisch zum Haupthaus hinüber. Wir anderen wechselten stumme Blicke, ehe wir ihr hinterherschlichen. Niemand hatte es ausgesprochen, aber bestimmt hatten es alle gedacht:

Wenn es keine Tierarztpraxis mehr gab – wie lange würde dieser Hof noch unser Zuhause bleiben?

5. KAPITEL

Ein Brief und ein französischer Stein

In den Tagen nach dem Sturm zeigte sich, dass jeder von uns eine andere Art hatte, mit riesengroßen Problemen umzugehen.

Nana saß stundenlang an ihrem alten Laptop und surfte im Internet. Ich hatte keine Ahnung, was genau sie da machte – aber wenn es ihr half, die Nerven zu behalten, wollte ich sie nicht stören. Flynn stürzte sich in seine

Schulaufgaben, als hoffte er, dadurch noch klüger zu werden und eine geniale Lösung zu finden. Mam überwachte das Ei, kümmerte sich mit Winnie um die Tiere und erledigte auch die meiste Arbeit auf der magischen Pflegestation, um Nana den Rücken freizuhalten. Noah ließ sich kaum noch blicken und aß fast nichts, als wollte er auf diese Weise möglichst wenig zur Last fallen.

Und ich? Ich verwandelte mich in eine Art übergroße Heinzelfrau. Von früh bis spät streifte ich durchs Haus und über den Hof, auf der Suche nach Dingen, die ich putzen, sortieren oder wegräumen konnte.
Ich wollte wenigstens *irgendetwas* in Ordnung bringen, wenn mich schon der Anblick des Schutthaufens mit schrecklicher Hilflosigkeit erfüllte. Am liebsten hätte ich auch gekocht, aber da machten mir die Inselbewohner einen Strich durch die Rechnung: Täglich klopfte einer von ihnen an die Tür und brachte einen dampfenden, randvollen Topf oder etwas Gebackenes mit. „Gebt Bescheid, wenn wir sonst noch was tun können“, murmelten sie, und ich wusste, dass sie es ernst meinten. Aber die Leute von Patch Island waren alle nicht reich, und Nana hätte sich sowieso kein Geld von ihnen geliehen. Also behauptete

ich jedes Mal: „Danke, wir kommen schon zurecht.“ Dann machte ich mich wieder an die Hausarbeit, sammelte benutztes Geschirr und Schmutzwäsche ein – bis ich auf die Kapitänsjacke meines Vaters stieß. Ich hatte ganz vergessen, dass die in meinem Schrank versteckt war. Mechanisch begann ich, ihre Taschen zu leeren, und ertastete in einer davon Papier. Es war ein Umschlag, der so mitgenommen aussah, als hätte er bereits ein paar Runden in der Waschmaschine hinter sich. In Wirklichkeit musste er damals zusammen mit Dad in die Wanne voll Meerwasser gefallen sein. Erst durch Dads Verwandlung in einen Menschen war der Brief samt der Jacke wieder aufgetaucht.

Vorsichtig strich ich das wellige Papier glatt und las die Adresse. Es war ein Ort in Frankreich, und darüber stand in sorgfältigen Kugelschreiber-Buchstaben: *Dorothée et Raphaël Lavall.*

Mein Herz vollführte einen Satz. Das mussten meine Großeltern sein! Die erfolgreichen Pillenhersteller, von denen Mam und Dad mir auf dem Kutter erzählt hatten! Jetzt fielen mir auch Dads Versuche ein, mich von seinem Anti-Magie-Mittel zu überzeugen: Er hatte mir vorgeschwärmt, dass ich mit ihm in einem großen Haus leben würde, sobald ich von meinen Wandlerkräften „geheilt" wäre. Ich dürfte auf die beste Schule gehen, und er wollte mir ein eigenes Segelboot schenken …

Kaum war ich bei diesem Gedanken angelangt, stürmte ich los. Mit wehenden Haaren polterte ich die Treppe hinunter und lief dann ohne Jacke nach draußen. Es war nebelig und kalt, aber Dad hielt sich jetzt trotzdem viel im Freien auf. Anscheinend tickte er so ähnlich wie Noah und versuchte, in dieser schwierigen Zeit allen aus dem Weg zu gehen.

Ich fand ihn an der Rückseite des Haupthauses, zusammengerollt unter einer Gartenbank. Noch während ich auf ihn zurannte, wurde ich von einer fiebrigen Hitze erfüllt. Ich hatte mich bisher nie im Laufen verwandelt, aber mit meiner liebsten Tiergestalt klappte das erstaunlich gut. Schon kippte ich vornüber und huschte auf vier Hundepfoten zu Dad unter die Bank.

‚*Ma fille,* was ist denn los?', hörte ich seine erstaunte Stimme in meinem Kopf.

‚Du weißt doch, was los ist!', sprudelte ich hervor und klopfte mit meinem Puschelschwanz auf den Boden. ‚Die

Praxis ist völlig zerstört, genau wie Nanas wichtigste Geräte, und wenn wir kein Geld auftreiben, kann sie hier nicht länger als Tierärztin arbeiten!‘

Verwirrt legte mein Vater den Kopf schief. ‚Das habe ich natürlich mitbekommen. Aber warum bist du deswegen jetzt so aufgeregt? Du wirkst ja fast, als würdest du dich über etwas freuen.‘

‚Weil ich vielleicht eine Lösung gefunden habe!‘ Ich musste mich sehr zusammenreißen, um nicht ein paar ausgelassene Runden durch den Kräutergarten zu drehen. Als Menschen-Ruby hätte ich dieses Gespräch bestimmt peinlich gefunden, aber in Hundegestalt machte ich mir keine Gedanken über Zurückhaltung und Bescheidenheit. Darum freute ich mich einfach nur, dass unsere Lage

nicht mehr so trostlos aussah wie bisher. ‚Dad, du hast mir damals auf dem Kutter allen möglichen Luxus versprochen, und ich hab dir gesagt, dass ich das nicht brauche‘, erinnerte ich ihn. ‚Aber jetzt – jetzt brauche ich etwas. *Wir* brauchen etwas. Du fändest es doch auch gut, wenn die Praxis wieder repariert werden könnte, oder?‘ Mir entschlüpfte ein bettelndes Fiepen, während Dad mich aus großen Augen anschaute.

‚Ruby', sagte er langsam, *‚ma petite* … Wenn ich Geld hätte, würde ich es dir geben. Doch der Verkauf von Sedimax hat nie besonders viel eingebracht, weil es kein geprüftes Medikament war und ich es nur inoffiziell an ein paar Tierärzte verkaufen konnte. Schlimm genug, dass ich das getan habe! Den Gewinn habe ich fast vollständig in meine Forschungsarbeit gesteckt. Und die wenigen Ersparnisse waren alle auf dem Kutter, mit dem diese abscheuliche Mrs Silverton davongefahren ist …'

‚Aber du meintest, dass es uns beiden an nichts fehlen würde', beharrte ich. ‚Dabei hast du nicht an den Verkauf von Sedimax gedacht, hab ich recht? Du wolltest eigentlich Kontakt zu deinen Eltern aufnehmen. Zu meinen Großeltern, Dorothée und Raphaël Lavall!'

Mein Vater zuckte zusammen. Sein Nackenfell sträubte sich, und es sah aus, als schwankte er zwischen Abwehr und Traurigkeit. ‚Ja', gab er widerstrebend zu. ‚Kann sein, dass ich gehofft habe, wieder mit ihnen in Kontakt zu treten und vielleicht auch in ihrer Firma mitzuarbeiten. Ich hatte schon einen Brief an sie verfasst, den ich bei nächster Gelegenheit abschicken wollte. Aber das war davor.'

‚Wovor?', bohrte ich nach, obwohl ich genau spürte,

dass Dad lieber nicht über dieses Thema sprechen wollte. Mit meiner feinen Hundenase konnte ich sein Unbehagen sogar riechen.

‚Vor deiner Entscheidung, ein Fabelwesen zu bleiben. Und vor meiner Entscheidung, diesen Beschluss zu akzeptieren.'

Das traf mich wie ein Schwall eisiges Wasser. ‚Du meinst, es … es ist zu schlimm, dass ich freiwillig ein Pooka …'

‚Nein, das ist es kein bisschen!', fiel Dad mir ins Wort. Er drehte den Kopf und stupste mich leicht mit der Schnauze an. ‚Ich hoffe, du weißt, wie sehr sich meine Sicht auf Magie verändert hat. Aber meine Eltern sind nie mit mir und meinen Fähigkeiten zurechtgekommen. In ihren Augen war ich ein *bon à rien* … Ein Taugenichts, der seine Prüfungen nicht schafft, der wild und unbeherrscht ist und sich nirgendwo einfügen kann. Als ich mein Studium abgebrochen habe, kam es zu einem furchtbaren Streit. Ich bin fortgelaufen, und wir haben jahrelang nichts voneinander gehört. Irgendwann ist es ihnen allerdings gelungen, das Postfach ausfindig zu machen, das ich auf dem Festland eingerichtet hatte. Ich war ja die meiste Zeit mit dem Kutter unterwegs, aber hin und wieder musste ich Sedimax-Lieferungen losschicken und holte bei dieser Gelegenheit auch meine Post.‘

‚Sie haben dir geschrieben?‘, fragte ich, obwohl ich ahnte, was nun kommen würde.

‚Ganz recht – um mir noch einmal ordentlich ihre Meinung zu geigen. Ihr ganzer Groll und ihre Enttäuschung steckten in diesem Brief. Ich solle ihnen für immer fernbleiben, und sie kündigten an, mich zu enterben.‘

Bei dieser Erzählung fühlte ich mich wie ein pelziges Häufchen Elend. Ich winselte, und André nickte auf äußerst menschliche Weise mit dem Kopf. ‚Tja, so sind die beiden. Hart gegen sich selbst, aber noch mehr gegen andere. Glaub mir, von ihnen würden wir keinen Cent für die Praxis bekommen. Es tut mir leid.‘

‚Mir auch‘, antwortete ich geknickt. ‚Entschuldige bitte, dass ich davon angefangen habe.‘

Dad schien noch etwas sagen zu wollen, aber ich kroch bereits unter der Bank hervor und verwandelte mich zurück. Die Verlegenheit, die ich als Hund kaum gespürt hatte, holte mich jetzt mit voller Wucht ein. Was war mir da bloß in den Sinn gekommen? Nicht nur, dass ich meine fremden Großeltern um Geld hatte bitten wollen – meinetwegen musste Dad nun wieder an den schrecklichen Streit mit den beiden denken! Hastig zwang ich mich, ihm zuzulächeln, um meine Enttäuschung zu überspielen. Dann lief ich ins Haus und wäre fast mit Nana zusammengestoßen, die gerade aus ihrem Zimmer kam. In einer Hand hielt sie einen Stapel Papier.

„Du kannst doch nicht ohne Jacke draußen herumrennen“, ermahnte sie mich. „Komm mit, ich koche uns einen Tee.“

Dankbar folgte ich ihr in die Stube, wo sie den Papierstapel auf dem Esstisch ablegte. „Was ist das alles?“, fragte ich und beugte mich über das oberste Blatt.

„Ach, nur ein paar Sachen, die ich ausgedruckt habe“, antwortete Nana. „Möglichkeiten für Kredite, Fördergeld-Anträge für Wildtierpflege, eben so was. Ist zwar alles sehr unwahrscheinlich, aber wer etwas erreichen will, muss jeden Stein umdrehen.“ Ihre Stimme klang angestrengt vergnügt. „Sag mal, wohin sind denn die Schokoladenkekse verschwunden? Ihr Kinder könnt richtige Kobolde sein! Egal, irgendwo hab ich hier noch Buttergebäck …“

Während sie im Küchenschrank herumkramte, saß ich wie festgefroren auf meinem Platz. Ich hatte nur die ersten paar Seiten durchgeblättert, um mir die Ergebnisse von Nanas Recherche anzusehen, da war mir eine fett gedruckte Überschrift ins Auge gesprungen: **Stellenausschreibung – Tierarzt-AssistentIn**. Darunter standen eine kurze Beschreibung des Jobs und eine Adresse.

Eine Adresse mitten auf dem Festland. Weit weg vom Ozean und unserer geliebten kleinen Insel!

Übelkeit stieg in mir auf, und die Stube begann, sich um mich zu drehen. Das konnte doch nicht wahr sein! Dachte Nana ernsthaft darüber nach, von hier wegzuziehen? Ich würde sie natürlich begleiten, aber was sollte aus unseren Freunden werden? Aus den Menschen, Tieren und Fabelwesen, die hier zurückblieben? Wenn ich großes Glück hatte, würde es an unserem neuen Wohnort ein Portal in die Feenwelt geben, sodass ich wenigstens zu Besuch kommen könnte. Aber die magische Pflegestation würde trotzdem schließen müssen, genau wie die Tierarztpraxis von Patch Island!

„Süße, ist alles in Ordnung mit dir?", drang Nanas Stimme undeutlich durch das Rauschen in meinen Ohren. „Wieso schüttelst du denn die ganze Zeit den Kopf?"

„Ich hab vergessen, was du vorhin gesagt hast“, antwortete ich heiser. „Irgendein Spruch über Steine …“

Mit einem Schulterzucken wandte Nana sich zum Herd. „Wer etwas erreichen will, muss jeden Stein umdrehen“, wiederholte sie.

Ich atmete tief durch. „Genau“, sagte ich, und im Stillen fügte ich hinzu:

Auch, wenn dieser Stein in Frankreich liegt.

6. KAPITEL

Mein Plan nimmt Gestalt an

Schon am selben Abend lieferte Nana mir zufällig das perfekte Stichwort.

„Ihr Lieben, ich werde am Montag mit dem Postschiff zum Festland fahren und ein paar Tage wegbleiben“, verkündete sie beim Essen (es gab einen Eintopf mit Kartoffeln und Schafkäse, den Winnie gebracht und garantiert zusammen mit Bauer Orin gekocht hatte). „Ich möchte gern mit ein paar Banken über Kredite sprechen. Außerdem gibt es einige Tierschutz-Organisationen, die vielleicht meine Arbeit auf Patch Island unterstützen könnten …“

Und du willst Bewerbungsgespräche führen, schoss es mir durch den Kopf. *Bewerbungsgespräche, die uns alle ganz weit von Patch Island wegbringen.*

Ich ließ ein Stück Kartoffel von meiner Gabel fallen und setzte mich kerzengerade hin. „Darf ich mitkommen?“, fragte ich.

Entschlossen schüttelte Nana den Kopf. „Du, das wäre viel zu stressig und auch echt langweilig für dich.“

„Doch nicht zu deinen Terminen!“, erklärte ich mit pochendem Herzen. „Ich dachte, wir könnten gemeinsam zum Festland fahren, und dann besuche ich endlich mal meine Verwandten?“

Ich hatte genau das gesagt, was ich meinte – trotzdem wusste ich, dass Nana es anders verstehen würde. Und da kam es auch schon: „Du möchtest den Pookas einen Besuch abstatten?“, fragte sie überrascht. Gleichzeitig konnte ich ihr ansehen, wie erleichtert sie war, dass ich mich nicht an ihre Fersen heften wollte. Sie wechselte einen Blick mit Mam, dann huschte ein Lächeln über ihr Gesicht. „Eigentlich ist das eine sehr schöne Idee. Du hast sie ja damals nur kurz getroffen, und zu diesem Zeitpunkt wusste noch keiner von euch, dass ihr verwandt seid. Was meinst du, Keela?“

Mam überlegte einen Moment. „Es würde bestimmt allen Kindern guttun, wenn sie mal etwas Abstand zu den Sorgen hier gewinnen“, sagte sie schließlich. „Flynny stand meiner Schwester Orla immer sehr nah. Soll ich sie anrufen und fragen, ob ihr die nächste Woche bei ihr verbringen dürft?“

„Au ja!“, rief ich aus – vielleicht ein kleines bisschen zu begeistert, ehe ich mich an die Jungs wandte. „Ihr habt doch auch Lust, oder?“

„Äh, klar“, sagte Flynn und schaute mich mit leicht zusammengekniffenen Augen an.

Noah sagte nichts. Er schaute mich *nur* mit zusammengekniffenen Augen an.

Gleich nach dem Abendessen passten die beiden mich vor meiner Zimmertür ab. „Du hast gelogen“, stellte Noah ohne Umschweife fest.

Hastig schlüpfte ich in mein Zimmer und winkte Noah und Flynn hinter mir her. „Woher wisst ihr das?“, zischte ich.

„Du hast dein Lügen-Gesicht aufgesetzt“, sagte Flynn.

„Jap", stimmte Noah zu. „Weit aufgerissene Augen und eine zuckende Nase."

„Wie ein nervöses Kaninchen", beendete mein reizender Bruder die Erklärung.

Ich schnitt ihm eine Grimasse. „Aha. Und warum haben Mam und Nana dann nichts davon gemerkt?"

„Wahrscheinlich hielten sie es für dein Schlechtes-Gewissen-Gesicht. Weil du Urlaub machen möchtest, obwohl hier gerade alles den Bach runtergeht."

Auweia, so hatte ich das noch gar nicht gesehen! Etwas verlegen zog ich die Schultern hoch, aber dann gab ich mir einen Ruck. „Ich will keinen Urlaub machen, sondern hab vielleicht eine Lösung für unsere Probleme!", platzte ich heraus. So schnell ich konnte, erzählte ich den beiden von meinem Plan. Während ich sprach, veränderte sich Flynns Gesichtsausdruck immer mehr. Am Ende sah er selbst fast wie ein nervöses Kaninchen aus.

„Du willst heimlich nach Frankreich reisen, damit du zwei Leute um Geld bitten kannst, denen du noch nie zuvor begegnet bist?", fragte er kopfschüttelnd. „Merkst du eigentlich, wie verrückt das klingt?"

„Wenn du es so zusammenfasst, ja", gab ich zu. „Aber ich bin nicht verrückt, sondern verzweifelt! Stellt euch vor, Nana müsste einen Job auf dem Festland annehmen – das wäre furchtbar für uns, für alle Bewohner von Patch Island und für die gesamte Feenwelt! Oder glaubt ihr, dass die Fabelwesen uns in einer kleinen Wohnung mitten in irgendeiner Stadt besuchen würden? Vielleicht können wir dann auch gar nicht mehr alle zusammenwohnen, und … und das darf einfach nicht passieren."

Flynn senkte den Kopf. Er sagte nichts, doch es war ihm anzusehen, dass er diese Vorstellung ebenfalls schrecklich fand.

„Außerdem ist die Reise zu meinen Großeltern gar nicht so kompliziert", fuhr ich fort. „Ich hab die Adresse gegoogelt, als Nana vorhin eine kurze Pause an ihrem Laptop eingelegt hat. Von Dublin gibt es eine Fährverbindung nach Frankreich, und dann könnte ich den Bus nehmen. Oder sogar ein Taxi, dafür hab ich gerade genug gespart. Also, wo liegt das Problem?"

In Wirklichkeit kam mir der Gedanke, mich in Frankreich zurechtfinden zu müssen, ganz schön gruselig vor. Ich sprach vielleicht fünf Wörter Französisch und kannte mich besser mit Schafen und Feenhunden aus als mit

Bussen und Taxis. Doch das durfte ich mir jetzt nicht anmerken lassen. Irgendwie würde ich es schon bis zum Haus der Lavalls schaffen!

Noah hatte bereits einen Schritt weitergedacht. „Was ich nicht verstehe, Ruby: Hat André nicht gesagt, dass seine Eltern Fabelwesen hassen?", fragte er gedehnt. „Wie kommst du dann darauf, dass sie etwas mit dir zu tun haben wollen?"

„Dad meinte, es gab vor allem Streit, weil er sich nirgendwo einfügen konnte. Er hat seine Prüfungen nicht geschafft, das Studium abgebrochen … Deswegen fanden seine Eltern, er wäre ein Taugenichts. Aber das bin ich ja nicht, oder?" Ein bisschen hilflos schaute ich Noah an. „Ich hab meine Kräfte unter Kontrolle, und überhaupt ist das alles vierzehn Jahre her. Kann doch sein, dass sie sich seitdem verändert haben! Auf jeden Fall muss ich es wenigstens versuchen. Sonst werde ich mich für immer fragen, ob es vielleicht geklappt hätte, versteht ihr das?"

Ein paar quälend lange Sekunden verstrichen, während die Jungs über meine Worte nachdachten. Dann straffte Noah die Schultern. „Ja, ich versteh das", sagte er fest. „Und ich komme mit. Du glaubst doch wohl nicht, dass ich dich alleine nach Frankreich abdampfen lasse, oder?"

Beinahe hätte ich gejubelt, aber ich legte mir schnell eine Hand auf den Mund. Mein Lächeln war allerdings so breit, dass es bestimmt hinter meinen Fingern hervorlugte. „Danke, danke, danke!“, flüsterte ich und drehte den Kopf zu Flynn.

Der fuhr sich stöhnend durch seine blonden Haare. „Ich schätze, dann muss ich mich um euer Alibi kümmern“, sagte er. Es klang, als hätten wir ihn mit vorgehaltener Pistole dazu gezwungen. Mein Bruder tat gerne supervernünftig, doch ich wusste, dass er in Wirklichkeit genauso abenteuerlustig war wie ich. „Außerdem werden wir Felicitys Hilfe brauchen“, fuhr er fort, „das bedeutet, ihr müsst sie ebenfalls von eurem Plan überzeugen.“

„Ich rede gleich morgen früh mit ihr“, versprach ich, „obwohl ich schon ganz genau weiß, was sie antworten wird.“

„Und zwar?“, fragte Flynn stirnrunzelnd.

Noah und ich wechselten einen Blick, dann grinsten wir beide. *„Flattertastisch, Rubylein“*, sagten wir wie aus einem Mund.

7. KAPITEL

Auf und davon

Erstaunlich viele Inselbewohner kamen am Montagmorgen zum Pier, um sich von uns zu verabschieden.

„Was ist denn los?“, fragte ich Tratschtanten-Tilda, die mir einen grell orangefarbenen, selbst gestrickten Schal um den Hals legte. In ihren Augen sah ich es verdächtig glitzern. „Wir sind doch in einer Woche wieder da!“

„Natürlich“, sagte Tilda gepresst. „Ich mache mir ja auch gar keine Sorgen. Nur mein Murphybaby kommt mir ein bisschen ängstlich vor.“ Sie deutete mit zitternder Hand auf den Mops zu ihren Füßen, der sich gerade seelenruhig hinter einem Schlappohr kratzte.

„Euch ist also klar, dass wir nicht vorhaben auszuwandern?“, erkundigte sich Noah.

„Absolut“, beteuerte Kathleen. Trotzdem überreichte sie ihm ein gigantisches Proviantpaket, das ihn fast in die Knie gehen ließ.

„Ich bin sowieso nur hier, um die Post abzuholen“, erklärte Brenda Graham würdevoll, während sie beim Beladen des Karrens auffällig trödelte. Dabei hatte sie es sonst immer schrecklich eilig, die Briefe und Pakete ins Gasthaus zu schaffen! Kein Zweifel: Die Inselbewohner wussten genau, wie viel für uns alle auf dem Spiel stand. Fast schien es, als ahnten sie nicht nur von Nanas Plänen, sondern auch von meinen.

„Wartet!“, ertönte eine heisere Stimme, nachdem wir bereits an Bord des Postschiffs gegangen waren. „Verflixt noch mal, ein alter Mann ist doch kein Rennpferd!“ Fergus galoppierte den Pier entlang – vielleicht nicht wie ein Rennpferd, aber zumindest wie ein aufgeregter Ziegenbock. Meinsmeins flatterte auf seiner Schulter wild mit den Flügeln, und der Ghul hoppelte grummelnd hinterher. „Hier, ich hab was für euch“, schnaufte Fergus und hielt seine Faust über die Reling. Zwischen seinen knotigen Fingern steckte ein Strauß vierblättriger Klee.

„Du meine Güte, wie hast du die denn alle gefunden?“, fragte Nana, während sie das Sträußchen entgegennahm.

„Hab tagelang gesucht“, sagte Fergus in seinem typisch mürrischen Tonfall und stieß dem Ghul einen Ellenbogen in die Seite. „Los, verabschiede dich, Mr Ghul!“

„Zerbröseln, zerzupfen. Die Augen ausrupfen“, röchelte der Ghul.

„Danke, ihr Lieben.“ Nana reichte drei der Kleeblätter an Noah, Flynn und mich weiter, dann legte das Postschiff mit lautem Tuten ab. Mam, die ganz vorne auf dem Pier stand, ließ Schmuggels Leine fallen und schickte uns mit beiden Händen Luftküsse.

Die anderen Inselbewohner winkten heftig, nur Fergus stand mit den Fäusten in den Hosentaschen da und schaute uns finster hinterher.

„Hm“, machte Noah, nachdem wir schon einige Meter auf den schaukelnden Wellen zurückgelegt hatten. „Bei meinem Klee ist das vierte Blättchen mit Leim angeklebt worden.“

„Bei meinem auch", bemerkte Flynn.

„Der gute alte Fergus", sagte Nana und schüttelte mit einem schiefen Lächeln den Kopf.

Ich aber hatte festgestellt, dass mein vierblättriger Klee absolut echt war. Vorsichtig steckte ich ihn in meine Jackentasche und spürte dabei den Brief an *Dorothée et Raphaël Lavall,* den mein Vater niemals abgeschickt hatte. Natürlich würde ich ihn auf keinen Fall öffnen, aber ich wollte ihn bei mir haben, falls ich die Adresse vergaß – und als eine Art Beweis. Sonst würden mir meine Großeltern womöglich gar nicht glauben, dass ich ihre Enkelin war. Allerdings hoffte ich immer noch, dass alles klappen würde. Vielleicht brauchte ich ja wirklich nur eine klitzekleine Portion Glück.

„Ich hab unserer Tante schon geschrieben", raunte Flynn verschwörerisch, nachdem Nana zu einem Plausch mit dem Postboten ins Führerhäuschen gegangen war. Er lehnte sich zwischen Noah und mir an die Reling und hielt sein Handy so, dass wir die Nachricht lesen konnten:

Hey, Tante Orla! Wir wurden leider aufgehalten. Es genügt also, wenn du eine Stunde später zum Abholen an den Hafen von Merrymill kommst. Freu mich schon, bis dann!

„Hoffentlich ist sie wirklich noch nicht dort, wenn wir anlegen“, murmelte Noah in den salzigen Wind. „Und hoffentlich kommt Nana nicht auf die Idee, mit uns zusammen auf sie zu warten!“

Doch als das Postschiff in Merrymill eintraf, war von Mams Schwester nichts zu sehen – und Nana wurde merklich nervös. „Ich muss eigentlich gleich weiter, sonst verpasse ich meinen ersten Termin“, sagte sie, während sie hektisch von einem Fuß auf den anderen trat. Ausnahmsweise trug sie keine Gummistiefel, sondern schicke Schuhe mit Absätzen. „Glaubt ihr, dass Orla es vergessen haben könnte?“

„Aber nein“, entgegnete Flynn und tat, als würde er wieder eine Nachricht lesen. „Sie hat mir geschrieben, dass sie ein bisschen zu spät kommt.“ Er blickte sich kurz um, dann zeigte er auf ein kleines Café am Rand des Hafens. „Wir sollen dort drin auf sie warten. Tante Orla kennt die Besitzerin, und sie meint, es ist nett da.“

Verblüfft schaute ich meinen Bruder von der Seite an. Der konnte ja lügen wie gedruckt! Nana wirkte von seiner Schwindelei jedenfalls absolut überzeugt. Beruhigt nickte sie ihm zu, dann nahm sie uns nacheinander in die Arme.

„Habt eine schöne Zeit, meine Süßen“, sagte sie. „Ich bin sicher, wenn wir uns wiedersehen, wird sich alles geklärt haben. Auf die eine oder andere Art.“

„Ja, auf die eine oder andere Art“, stimmte ich zu und spürte einen Kloß im Hals. „Bis bald, Nana!“

Wir liefen zu dem kleinen Hafencafé und warteten hinter einem der Fenster, bis wir Nana nicht mehr sehen konnten. (Der Besitzer war übrigens kein bisschen nett. Ständig nörgelte er uns an, ob wir nun etwas bestellen oder bloß Abdrücke unserer Rotznasen hinterlassen wollten.) Als die Luft rein war, sagte Flynn: „Also, ich werde Tante Orla erzählen, dass Ruby sich nicht von ihrer Oma trennen konnte, und dass Noah lieber bei ihr bleiben wollte als bei mir. Zum Glück kennt sie euch noch nicht gut genug, um das zu durchschauen.“

„Ist ja auch nicht *total* gelogen.“ Noah klopfte Flynn freundschaftlich auf die Schulter. „Dann machen wir jetzt mal, dass wir wegkommen, Hüter unseres Alibis. Viel Spaß bei den Pookas!“

Wir rannten los, und ich verkniff mir mit aller Kraft, noch einmal zu meinem Bruder zurückzublicken. Sowieso wurde ich immer nervöser, je näher wir dem Feenwelt-

Portal von Merrymill kamen. Als wir zuletzt hier gewesen waren, hatten wir Mrs Silverton einen Besuch abgestattet. Um genau zu sein, waren wir heimlich in ihr Haus eingedrungen, hatten uns mit ihrem Komplizen Mr Bennet angelegt und Dads Aufzeichnungen darüber zerstört, wie man ein magietötendes Mittel herstellt. Bestimmt hasste Mrs Silverton uns seitdem mehr denn je – und sie war eine der gehässigsten Personen, die ich kannte.

„Jetzt schau dich doch nicht die ganze Zeit so ängstlich um", keuchte Noah, während wir mit unseren vollgestopften Rucksäcken einen Hügel hinaufeilten. „Denkst du, die Schreckschraube hüpft plötzlich hinter einem Busch hervor, um uns sämtliche Haare auszureißen?"

„Zuzutrauen wär's ihr jedenfalls", sagte ich verbissen. Ich konnte erst wieder richtig durchatmen, als wir den kreisrunden dunklen Fleck im Gras sahen. Etwas Hellgelbes lugte daraus hervor, das man aus der Ferne für ein Häufchen Stroh hätte halten können. Doch sobald wir vor dem Portal abbremsten, schoss auch der Rest von Felicitys Kopf ins Freie.

„Hallihallo", zwitscherte sie und strahlte uns an. „Ich war schon ganz kribbel-bibbelig, wo ihr so lange bleibt! Rein mit euch, ihr Butterblümchen … Oh, ich meine natürlich: Noah Arons, hiermit lade ich dich magieloses Wesen in die Feenwelt ein!"

„Magieloses Wesen", wiederholte Noah trocken. „Wie nett!" Und er zog mich auf das Portal, das sich erst nach der Einladung für ihn geöffnet hatte.

Im nächsten Augenblick lagen wir auf einer kleinen Wiese voller Farnwedel. Das blasse Licht des Novembervormittags hatte zu einer rötlichen Dämmerung gewechselt, so als ginge hier gerade die Sonne unter. Außerdem war es mild wie an einem Abend im Hochsommer. „Dann wollen wir mal, Rubylein!" Felicity flatterte kurz kopfüber, um mir auf die Füße zu helfen. „Im Wald müssen wir flitzflügelig schnell sein. Wir wollen ja nicht meinem Onkel begegnen, oder?"

„O Gott", stöhnte ich, „Nocturno hätte mir gerade noch gefehlt. Was treibt der eigentlich so in letzter Zeit? Jetzt, wo er nicht mehr zaubern und irgendwelche Leute mit einem Feenbann belegen darf …"

„Ich glaube, er versucht, sich mit seiner Strafe abzufinden", erzählte Felicity leise, während sie uns an den mächtigen Bäumen des Feenwalds vorbeiführte. „Letztens habe ich gesehen, dass er Blumen gepflückt hat wie ein ganz normaler Elf …

Allerdings hat er dabei noch böser dreingeschaut als eine Schlickschleimschlange."

Diese Vorstellung heiterte mich ein bisschen auf. Im Gegensatz zu Felicity hatte der Nachtelf sein einjähriges Magie-Verbot absolut verdient! Mit neuem Mut huschte ich weiter, bis wir wieder zu einer Lichtung kamen. Hier wuchsen grellbunte Blumen und wabbelige Riesenpilze, die einen süßlichen Duft verströmten. Außerdem gab es nicht nur *eine* dunkle Stelle im Gras, sondern gleich zwei.

„Das hier ist das Portal nach Dublin, erinnerst du dich?", fragte Felicity und deutete auf einen der beiden Flecken. „Zu eurem Glück befindet sich der Ausgang ziemlich nahe am Hafen. Zu eurem Pech landet ihr mitten im Vorgarten einer Frau, die ungebetenen Besuch nicht ausstehen kann!"

„Da muss sie wohl durch“, sagte Noah. „Bist du bereit, Ruby?“

„Nein, ist sie nicht!“, rief Felicity beinahe schrill. Sie sauste auf mich zu und gab mir einen dicken Schmatz auf jede Wange. „So, jetzt ist sie bereit“, erklärte sie dann mit ungewöhnlichem Ernst. Widerstrebend flatterte sie zur Seite, um uns Platz zu machen, und ich schenkte ihr ein möglichst tapferes Lächeln.

„In einer Woche sind wir heil und gesund wieder da“, versprach ich. „Vielleicht kann ich dir eine echt französische Pflanze mitbringen?“

„Ein Gänseblümchen“, bestellte Felicity schnell. „Und lasst euch bloß nicht von irgendwelchen Gartengeräten pik…“

Ihr Satz endete abrupt, während Noah und ich durch das Portal fielen. Von einer Sekunde auf die andere wurde es wieder grau, nebelig und kalt. Ich schnappte nach Luft, als wäre ich aus der warmen Badewanne aufgetaucht. Benommen schaute ich in die Glupschaugen eines Gartenzwergs, der jetzt neben mir stand – da öffnete sich über uns krachend ein Fenster.

„HA!“, kreischte eine Frauenstimme. „Was, zum Teufel, wollt ihr hier? Raus damit oder ich rufe die Polizei!“

Verflixt, hielt die etwa den ganzen Tag am Fenster Wache? Geistesgegenwärtig streckte ich die Arme aus, ergriff den Gartenzwerg und reckte ihn in die Luft. „Was für ein … herrliches Exemplar“, stammelte ich. „Wie viel wollen Sie für den? Einer mit Schubkarre fehlt noch in meiner Sammlung!“

Die Frau blieb einen Moment lang still. Vermutlich wählte sie gerade die Nummer der Polizei, oder sie sammelte ihre Kraft, um in den Vorgarten zu springen. Ängstlich spähte ich zu Noah, der sich fluchtbereit aufgerappelt hatte … da stieß die Frau ein entnervtes Schnauben aus. „Hab ich von meiner Schwiegermutter bekommen, das schreckliche Ding“, brummte sie. „Ihr könnt ihn haben, wenn ihr auf der Stelle verschwindet!“

Das brauchte sie uns nicht zweimal zu sagen. Mit dem Gartenzwerg in den Armen stürmte ich los, und Noah blieb dicht an meiner Seite. Nachdem wir auf die Straße hinausgerannt waren, ächzte er: „Ich kann nicht glauben, dass das funktioniert hat!“

„Ich kann nicht glauben, dass ich mit einem Gartenzwerg durch Dublin laufe“, gab ich zurück und musste vor Erleichterung kichern. Unsere Reise hatte zwar etwas holprig angefangen, aber wir waren noch mal glimpflich davongekommen. Hoffentlich würde ab jetzt alles glattgehen!

Tatsächlich fanden wir den Hafen, ohne uns zu verirren. Wir konnten uns auf dem Weg dorthin sogar Zeit lassen, weil die Fähre erst am Nachmittag ablegen sollte. Staunend betrachteten wir die vielen Häuser, Autos und Menschen – jedenfalls bekam *ich* kaum den Mund zu, denn anders als Noah war ich einen solchen Anblick überhaupt nicht gewohnt. Zum allerersten Mal kaufte ich mir in einer Großstadt eine Portion gebratenen Fisch mit Pommes, schloss Bekanntschaft mit einem echten Großstadthund und wurde von Noah davor gerettet, in einen echten Großstadt-Hundehaufen zu treten. Am Hafen verfütterten wir die letzten Pommes an ein paar Möwen, die sich sogar noch frecher benahmen als Meinsmeins … und schließlich standen wir vor der Fähre nach Frankreich.

Wobei ich zuerst meine Zweifel hatte, ob sie das wirklich war. Ich hatte sie mir natürlich nicht so klein vorgestellt wie Cormacks Kutter, aber dieses Schiff übertraf all meine Erwartungen. Mächtiger als jedes Gebäude von Patch Island ragte es in den wolkenverhangenen Himmel, und unzählige Menschen standen davor Schlange. Als wir endlich an der Reihe waren, kribbelte es in meinem Bauch wie von tausend Ameisen. „Zwei Jugendliche und ein Zwerg“, sagte ich in dem nervösen Versuch, einen Scherz zu machen.

Der Mann hinter dem Schalter verzog keine Miene. „Geht nicht“, sagte er knapp.

„Wir lassen den Gartenzwerg auch gerne hier“, bot Noah an, aber der Mann schüttelte ungeduldig den Kopf.

„Zwei Jugendliche – das geht nicht“, erklärte er. „Es dürfen keine minderjährigen Personen ohne erwachsene Begleitung an Bord kommen.“

„*Wie bitte?*“ Ich hatte das Gefühl, den Boden unter meinen Füßen zu verlieren. Beinahe wäre mir der Zwerg aus den Armen gerutscht. „Aber … aber wir sind doch keine Babys mehr!“

„Ach, wirklich? Dürfte ich dann vielleicht eure Ausweise sehen?“

Wie ein Fisch auf dem Trockenen klappte ich den Mund auf und zu. Der Schreck hatte mir komplett die Sprache verschlagen. „Wir fahren zu unseren Großeltern“, sprang Noah hastig für mich ein. „Die erwarten uns morgen in Frankreich …“

„Ändert nix. Vorschriften sind Vorschriften." Der Mann lehnte sich ein wenig nach links, um den Wartenden hinter uns zuzuwinken. „Der Nächste, bitte!"

Eine munter schnatternde Familie marschierte an uns vorbei, und wir stolperten aus der Schlange. Noah dachte wenigstens noch daran, unser Geld für die Tickets wieder einzustecken, während sich in meinem Kopf alles zu drehen schien. Unsere ganze Mühe, die Aufregung der letzten Tage und die viele Lügerei … sollte das jetzt völlig umsonst gewesen sein?

Niedergeschlagen beobachteten wir, wie eine lange Reihe von Autos und Motorrädern über eine Rampe auf das Schiff rollte. Bald schon kamen Menschen an die Reling, winkten und fotografierten. Andere Menschen am Hafen winkten zurück. Es herrschte ein fröhliches, buntes Durcheinander, aber ich fühlte mich wie in einem bösen Traum. Vor allem, als die Rampe hochgeklappt wurde und die Fähre sich in Bewegung setzte. Begleitet von schaumigen Wellen und dem Kreischen der Möwen fuhr sie aufs offene Meer hinaus – ohne uns. Wir saßen hier fest, und unser Plan war gescheitert, noch bevor er richtig begonnen hatte!

Was danach geschah, konnte ich mir selbst kaum erklären. Plötzlich löste sich meine Vernunft in Luft auf, und es blieb nur eine verzweifelte Entschlossenheit zurück, die mich ganz und gar ausfüllte.

Mit einem Plumps landete mein Rucksack auf dem Boden. „Nimmst du den mal?", hörte ich mich sagen, und ich drückte Noah den Gartenzwerg in die Arme. Dann überrollte mich eine Hitzewelle. Kitzelnd wuchs mir ein Federkleid, während Noah sich in einen Riesen zu verwandeln schien.

In einen fassungslosen, überrumpelten Riesen, der mich nicht mehr stoppen konnte.

„Ruby …!", drang seine Stimme noch zu mir durch. Im nächsten Moment breitete ich meine winzigen Flügel aus und schoss der Fähre hinterher.

8. KAPITEL

Das Anwesen der Lavalls

Wenn ich etwas Gutes über meine Reise in Vogelgestalt sagen konnte, dann das: Ich wurde immerhin nicht seekrank. Dabei dauerte die Fahrt mehr als achtzehn Stunden und wurde in der Nacht ganz schön schaukelig. Außerdem ahnte ich, dass ich normalerweise ein schlechtes Gewissen gehabt hätte – Noah ohne Vorwarnung im Hafen stehen zu lassen, war definitiv nicht okay gewesen. Aber mein Sturmschwalbenköpfchen bot für reuevolle Gedanken nicht genug Platz. Ich hoffte einfach, dass Noah mit seinem Handy und unserem gemeinsamen Ticket-Geld ohne Schwierigkeiten zu Flynn und den anderen Pookas gelangen konnte. Bestimmt würde er längst bei ihnen sein, noch ehe ich in Frankreich ankam.

Abgesehen davon fühlte ich mich während der Überfahrt furchtbar elend. Verschwommen bekam ich aus den Gesprächen der Passagiere mit, dass es auf diesem Riesenschiff ein Restaurant, eine Bar und einen Laden gab. Normalerweise hätte ich das gerne mit eigenen Augen gesehen, doch nun traute ich mich um nichts in der Welt durch die Türen. Stattdessen kauerte ich am Oberdeck, zog den Kopf ein und gab mein Bestes, den Großteil der Reise zu verschlafen. Der eisige Wind machte mir viel weniger aus als die Menschen, die leider trotz des schlechten Wetters immer wieder ins Freie drängten. Mit ihren klobigen Schuhen trampelten sie an mir vorbei, und ihre dröhnenden Stimmen brachten mich zum Zittern. Das alles wurde am nächsten Tag sogar noch schlimmer. Auf die stürmische Nacht war ein kalter, aber strahlend schöner Morgen gefolgt, und ständig kam jemand an die Reling, um sich vor dem glitzernden Ozean fotografieren zu lassen. Als eine Gruppe Touristen schließlich auf mich aufmerksam wurde und auch Fotos von *mir* machen wollte, hatte ich genug. Mit einem genervten Pfeifen schwang ich mich in die Luft und flüchtete von Bord. Irgendwie spürte ich, dass das Land nicht mehr weit entfernt war –

und wirklich: Schon bald erblickte ich die felsige Küste. Auf dem Weg dorthin schlug ich abwechselnd mit den Flügeln und ließ mich dann ein Stück über die Wellen gleiten, was riesigen Spaß machte. Ich genoss das Gefühl von Freiheit so sehr, dass ich beinahe vergaß, warum ich eigentlich hier war.

Du musst zur nächsten Stadt, Schwalben-Ruby!, ermahnte ich mich selbst und dachte gleich darauf: *Bäh, nicht schon wieder Menschen. Ich bleibe lieber am herrlichen Ozean, um mir das eine oder andere Krebslein zu fangen …*

Nur mit Mühe konnte ich mich zwingen, nach einer Ansammlung von Häusern Ausschau zu halten. Als ich endlich eine Küstenstadt gefunden hatte, landete ich in einer leeren Gasse und verwandelte mich zurück. Kaum stand ich wieder auf zwei Menschenbeinen, wurde ich von unangenehmen Gefühlen überschwemmt: Ich war erschöpft, ängstlich und einsam, und außerdem quälte mich der

Hunger. Mit knurrendem Magen begann ich, durch die Straßen zu wandern, und kaufte mir schließlich in einer Bäckerei ein belegtes Baguette. Dann hielt ich eine halbe Ewigkeit nach einem Taxi Ausschau. Als ich eines erspäht hatte, verrenkte ich mir fast den Arm, um den Fahrer herbeizuwinken.

„Bonschur", nuschelte ich, zog den Briefumschlag aus meiner Jackentasche und deutete auf die Adresse. „Wie viel kostet es ungefähr bis dorthin?"

Der Taxifahrer antwortete in schnellem Französisch. Es war ein dermaßen langes Wort, dass es unmöglich eine Zahl sein konnte – doch als ich dem Mann mein restliches Erspartes zeigte, nickte er. Ich kletterte ins Auto, und schon brausten wir los. Erleichtert lehnte ich mich zurück, obwohl der Typ einen ziemlich waghalsigen Fahrstil draufhatte. Die Kobolde wären vor Vergnügen bestimmt in Johlen ausgebrochen! Ich dagegen war einfach nur froh, dass ich auf diese Weise schneller bei meinen Großeltern sein würde. Dann musste ich mir nicht mehr über sie und ihren Streit mit Dad den Kopf zerbrechen, sondern bekam endlich Gewissheit …

„Et voilà", riss mich der Fahrer aus meinen Gedanken. Er bremste so scharf ab, dass ich ein Stück nach vorn

rutschte. Wie erstarrt blieb ich auf der Sitzkante hocken, während ich aus dem Fenster sah.

„Das ist es?", hauchte ich. „Das Zuhause der Lavalls, sind Sie sicher?"

„Mais oui!", sagte der Mann gereizt. Er nahm alle Geldscheine von mir entgegen und gab ein kümmerliches Wechselgeld zurück. Die Kosten für die Fahrt hierher hatte ich eindeutig unterschätzt, aber das interessierte mich jetzt nicht im Geringsten. Mit klopfendem Herzen stieg ich aus, und das Taxi raste zurück auf die Zufahrtsstraße, die von hohen, uralten Bäumen gesäumt war. Ich hatte sie für eine öffentliche Allee gehalten, doch anscheinend gehörte diese Straße zum Grundstück der Lavalls.

Erst jetzt bemerkte ich die Rasenflächen zu beiden Seiten, die seltsam zurechtgestutzten Hecken, die steinernen Bänke, Skulpturen und Springbrunnen. Es hätte mich nicht gewundert, auch eine Märchenprinzessin zu sehen, die singend mit einer goldenen Kugel spielte.

Noch viel beeindruckender als dieser Park war das Haus selbst. Seine verwitterten Mauern waren zum Teil von Efeu überwuchert, aber das änderte nichts an seiner einschüchternden Wirkung. Mächtige, nebelverhangene Türme teilten das Gebäude in mehrere Abschnitte, und dazwischen gab es unzählige Vorsprünge und Erker, von denen einige mit Kreuzen geschmückt waren. Ein bisschen erinnerte mich das Ganze an ein Kloster – wenn auch an ein sehr luxuriöses Kloster. Neben dem Haus entdeckte ich nämlich einen riesigen Pool und etwas weiter entfernt einen Tennisplatz. Wie es aussah, waren meine Großeltern nicht bloß wohlhabend, sondern wirklich reich. Vielleicht sogar adelig! Auf einmal kam ich mir mit meinen ausgelatschten Turnschuhen und Tildas selbst gestricktem Schal vor wie im falschen Film.

Langsam betrat ich die Treppe, die zum Haupteingang führte. Das dunkle Tor ließ mich an ein weit aufgesperrtes, zahnloses Maul denken. Ich schüttelte den Kopf, um diese Vorstellung zu vertreiben, und erklomm die Stufen. Fast rechnete ich damit, dass es einen eisernen Ring zum

Anklopfen geben würde, doch im Torbogen versteckte sich eine moderne Klingel. Ich drückte auf den Knopf und machte mich auf eine lange Wartezeit gefasst. Wenn man in diesem Haus ganz hinten in einem Zimmer saß, musste man ja fast eine Wanderung unternehmen, um die Eingangstür zu erreichen! Es sei denn, natürlich, man hatte Dienstboten … Jetzt begann ich, trotz der Kälte zu schwitzen. Wie, um Himmels willen, sollte ich einem wildfremden Menschen erklären, wer ich war? Und dann auch noch auf Französisch?!

Ich schreckte zusammen, als auf der anderen Seite des Tores ein Scheppern ertönte. Vermutlich wurden mehrere Riegel zurückgeschoben, dann schwang einer der beiden Torflügel auf. Ein Mann kam zum Vorschein, der schicke Hosen, ein blaues Hemd und eine Anzugjacke trug. Er musste ungefähr vierzig Jahre alt sein und war vielleicht der Butler, der oberste Hausdiener oder wie das hieß. Verflixt, ich hatte eindeutig zu wenige Prinzessinnen-Filme gesehen!

„Oh … salut?“, grüßte er mich mit einem erstaunten Lächeln. Dabei verformte sich das schmale dunkle Bärtchen, das seinen Mund einrahmte.

„Bonschur", gab ich wieder meine beeindruckenden Französisch-Kenntnisse zum Besten. „Bitte entschuldigen Sie die Störung. Mein Name ist Ruby Fairygale, und ich bin aus Irland hergekommen, um das Ehepaar Lavall zu besuchen. Sind sie gerade zu Hause?"

Der Mann starrte mich an. Sein Bärtchen zuckte wieder, aber jetzt lächelte er nicht mehr. Womöglich hatte er kein einziges Wort verstanden.

„Dorothée und Raphaël Lavall", sagte ich überdeutlich. „Sprechen Sie zufällig Englisch? Also, es wäre wirklich nett, wenn Sie die beiden holen könnten. Ich bin ihre Enkelin und würde gern …"

Pfeifend schnappte der Mann nach Luft. „Ihre Enkelin?", wiederholte er mit einem leichten Akzent, der mich an Dad erinnerte. „Das kann nicht wahr sein. Nein, unmöglich. Bist du etwa … *Andrés Tochter*?"

„Ja! O ja, genau die bin ich!" Begeistert strahlte ich ihn an. Er hatte mich nicht nur verstanden, er kannte sogar meinen Vater! Aber bevor ich noch etwas sagen konnte, wechselte der verblüffte Gesichtsausdruck des Mannes zu Entsetzen. Er taumelte zwei Schritte rückwärts, fuhr sich mit der Hand über den

Mund und schluckte hörbar. Dann schob er die Augenbrauen zusammen, als müsste er angestrengt nachdenken.

„Mein liebes Mädchen“, sagte er endlich, „es tut mir von Herzen leid, dich enttäuschen zu müssen. Noch dazu, nachdem du so eine weite Reise auf dich genommen hast … Aber du kannst deine Großeltern nicht sprechen. Die beiden sind vor ein paar Monaten verstorben.“

9. KAPITEL

Ein altes Haus und neue Verwandte

Zehn Minuten später saß ich in einem Salon, der mit unserer Wohnstube zu Hause rein gar nichts gemeinsam hatte: An den Wänden prangten Ölgemälde, von der Decke hing ein Kronleuchter, und es gab einen riesigen Kamin aus Marmor. Davor standen ein paar seidig glänzende Sofas.

Ich war viel zu niedergeschlagen, um diese Einrichtung

gebührend zu bewundern. Zwar sagte ich mir, dass ich nicht wirklich traurig sein konnte – meine Großeltern waren ja Fremde für mich gewesen. Aber jetzt würde ich auch niemals die Chance bekommen, sie kennenzulernen.

Der Mann mit dem Bärtchen, der sich inzwischen als René vorgestellt hatte, legte mir eine Hand auf die Schulter. „Ich verstehe, dass das ein Schock für dich ist", sagte er sanft. „Wenn es dich ein bisschen tröstet, kann ich dir versichern, dass Raphaël und Dorothée nicht leiden mussten. Es ging alles so schnell, dass sie zum Zeitpunkt ihres Todes vermutlich in bester Stimmung waren. Ihr Autounfall ereignete sich auf dem Weg zu einem Abendessen mit Freunden … Trotzdem ist es natürlich eine Tragödie."

„Sie wussten nicht einmal, dass es mich gibt", rutschte es mir heraus. Ich ließ den Kopf hängen und wischte mir mit dem Ärmel über die Nase – was in diesem edlen Raum bestimmt sonst nie jemand tat.

„Davon hatte ich auch keine Ahnung", antwortete René. „Umso mehr freue ich mich, es jetzt zu erfahren! Als Andrés Cousin zweiten Grades bin ich ja so etwas wie dein Onkel."

Damit brachte er mich dazu, den Kopf wieder zu heben. „Ich hab einen Onkel?", fragte ich verblüfft, und er schmunzelte ein bisschen über diese Frage.

„Ganz recht! Ich bin sogar der nächste noch lebende Verwandte deines Papas. Allerdings hatten wir als Kinder nicht viel miteinander zu tun. Als ich ein enges Band zu Raphaël und Dorothée geknüpft habe, war André bereits fortgezogen." Er machte eine Pause, und ich ahnte, worauf er hinauswollte.

„Du meinst, nach dem schlimmen Streit", sagte ich.

René stieß einen Seufzer aus. „Er hat dir also davon erzählt, ja? Eine traurige Geschichte. Manchmal scheint die Chemie zwischen Eltern und Söhnen einfach nicht zu stimmen."

Schnell drückte ich die Lippen zusammen, damit ich mich nicht verplapperte. Die Chemie – von wegen! Offensichtlich ahnte René nichts von Dads Wandlerkräften. Meine Großeltern mussten ihm den Grund für ihren Streit verheimlicht haben, und ich fand den Zeitpunkt nicht richtig, um das zu ändern. Onkel René kam mir zwar sehr nett vor, aber dieses Thema wollte ich ihm lieber schonend beibringen. Fehlte gerade noch, dass er mich von Anfang an für verrückt hielt!

„Jedenfalls habe ich mich bemüht, die Wogen zu glätten“, erzählte mein Onkel weiter. „Leider erfolglos. Als André nicht zurückkam, begann ich, mich um die alten Herrschaften zu kümmern. In ihrer Firma war ich ohnehin schon länger beschäftigt, da konnte ich auch gleich bei anderen Dingen mit anpacken. Nach einigen Jahren standen wir uns sehr nahe, aber ich hätte niemals gedacht, dass sie mich als eine Art Sohn betrachteten. Erst ihr letzter Wille hat mir die Augen geöffnet, weil sie sich wünschten, dass ich alleine für ihr Haus und ihre Firma zuständig bin. Ihren richtigen Sohn haben sie vor lauter Wut gar nicht im Testament erwähnt.“ Ein bisschen ängstlich schaute René mich an, aber ich nickte bloß. Von Dad wusste ich ja bereits, dass seine Eltern ihn enterben wollten. Diese Drohung hatten sie also wahr gemacht.

Mein Onkel atmete auf – vielleicht hatte er befürchtet, ich könnte beleidigt sein. „Wohl oder übel bin ich deshalb nach ihrem Tod hier eingezogen“, sagte er und ließ seinen Blick durch den Salon schweifen. „Ein wundervolles Haus, wenn auch nicht genau das, was ich mir für meine Familie vorgestellt hatte …“ Er unterbrach sich und wischte seine Worte mit einer schnellen Handbewegung beiseite. „Aber ich will nicht undankbar sein. In der Firma arbeite ich liebend gern, ihr gilt meine ganze Leidenschaft.“

„Da werden Medikamente hergestellt, oder?“, fragte ich.

„Entwickelt und hergestellt, genau. Es ist ein altes Familiengeschäft. Umso trauriger, dass unsere Familie so zerrissen ist.“ Onkel René verstummte und legte die Stirn in Falten. Obwohl er genauso gut Englisch konnte wie Dad, schien er jetzt nach den richtigen Worten zu suchen. „Entschuldige bitte, dass ich dich das fragen muss“, sagte er stockend, „aber wie bist du eigentlich hergekommen? Ich meine, so ganz allein und ohne Gepäck?“

Damit hatte er mich kalt erwischt. Nervös flocht ich die Fransen meines Schals zu kleinen Zöpfchen, während ich mir hastig eine Antwort zurechtlegte. „Ich ... also, ich bin hergekommen, obwohl mein Dad dagegen war. Aber ich wollte doch endlich meine Großeltern kennenlernen! Leider hat mir auf der Fähre jemand den Rucksack geklaut, dann hab ich ein Taxi genommen und nun bin ich eben hier.“ Ich merkte selbst, wie komisch meine Geschichte klang. Hätte ich das mit dem geklauten Rucksack nicht gleich zu Beginn erwähnen müssen? Und wusste René vielleicht, dass Minderjährige gar nicht allein auf die Fähre gelassen wurden?

Doch mein Onkel wirkte weder misstrauisch noch verwirrt. Er nickte nur und sagte dann mit warmer Stimme: „Du hast sehr viel von André, nicht wahr? Dieselbe Entschlossenheit … und du siehst ihm sogar ähnlich."

Ich hatte keine Ahnung, was ich darauf antworten sollte. *Wenn du wüsstest,* wie *ähnlich ich ihm sehen kann,* schoss es mir durch den Kopf, und ich stellte mir Dad und mich in Hundegestalt vor. Ehe ich dieses Bild loswerden konnte, klapperten irgendwo in der Nähe Absätze.

Onkel René schreckte auf. „Oh, das ist meine Frau, deine Tante Erin. Bitte warte einen Moment, ich will sie schnell auf deinen Besuch vorbereiten. Sie kann mit Überraschungen nicht so gut umgehen!" Er zwinkerte mir zu und eilte aus dem Salon. Etwas benommen blieb ich auf dem Sofa hocken, während gedämpfte Stimmen durch die Tür drangen. Also hatte ich außer Mams Schwester Orla noch eine andere Tante – und hatte Onkel René nicht etwas von einer ganzen Familie gesagt? Beim Gedanken an Cousins oder Cousinen wurde mir beinahe schwindelig, aber auf eine gute Art. Dafür, dass ich bis vor wenigen Monaten ein Findelkind ohne bekannte Herkunft gewesen war, wuchs meine Verwandtschaft nun rasend schnell!

Endlich öffnete sich wieder die Tür, und Onkel René

kam mit einer blonden Frau herein. Oder mit einer *Dame*, wie ich mich im Stillen selbst korrigierte. Noch nie hatte ich jemanden kennengelernt, der sich so sorgfältig kleidete – aber auf Patch Island wären hochhackige Stiefel, ein enges Samtkostüm und eine Perlenkette auch reichlich unpraktisch gewesen. Zu diesem Haus passte das Outfit allerdings perfekt.

„Guten Tag, Ruby", sagte Tante Erin und reichte mir die Hand. „Ich kann dir gar nicht sagen, wie gerührt ich bin, dich kennenzulernen. Dass es dich gibt und du trotz der vielen Streitigkeiten hierherkommen wolltest … das ist wie ein Wunder aus heiterem Himmel." Sie schaffte es, diese Worte völlig gefasst auszusprechen, so als wären sie einfach nur Höflichkeiten. Aber ein bisschen konnte ich ihr die Gefühle schon ansehen: Auf ihren Wangenknochen zeigten sich rote Flecken, und sie musste ein paarmal blinzeln.

„Nun mach doch das Mädchen nicht verlegen", mahnte Onkel René lächelnd. „Sag ihr lieber, was wir gerade besprochen haben!"

„Ach ja." Tante Erin holte tief Luft und steckte sich das schulterlange, glatte Haar hinter die Ohren. „Weißt du, eigentlich könnte der Zeitpunkt deiner Ankunft kaum besser sein! Wir feiern nämlich am Samstag das alljährliche Herbstfest der Lavalls. Deine Großeltern haben diesen Ball geliebt, und wir wollten die Tradition ihnen zu Ehren aufrechterhalten. Das wäre doch ein wunderbarer Anlass, dich unseren Freunden und Bekannten als neues Familienmitglied vorzustellen! … Natürlich nur, wenn du so lange bleiben möchtest", fügte sie hinzu. Mit großen, bittenden Augen schaute sie mich an, und jetzt war ich diejenige, die gerührt war. Wie konnte ich da Nein sagen? Zum Glück gingen Nana und Mam sowieso davon aus, dass ich die ganze Woche wegbleiben würde. Ich musste bloß Noah und Flynn Bescheid geben, damit die beiden sich keine Sorgen um mich machten.

„Danke für die Einladung", sagte ich schnell, „das klingt echt toll. Ich hätte nie gedacht, dass ich mal auf einen Ball gehen würde! Bei uns auf Patch Island wird nur einmal im Jahr getanzt, nämlich am Geburtstag unserer Bäckerin, weil sie das romantisch findet. Aber der alte Fergus kann beim Tanzen schon fast gefährlich werden mit seinen spitzen Ellenbogen …" Etwas beschämt brach ich ab. O nein, da ging mal wieder mein aufgeregtes Geplapper mit mir durch! So fein wie möglich schob ich hinterher: „Jedenfalls wäre ich sehr gerne dabei, wenn ich darf. Könnte ich nur kurz euer Telefon benutzen, um das zu klären?"

„Es gibt mehrere Anschlüsse, auch hier", sagte Tante Erin und deutete zu einem Apparat an der Wand, der mir bisher gar nicht aufgefallen war. „Wenn du lieber ungestört sein möchtest, kannst du zum Beispiel ins Billardzimmer gehen. Das ist direkt nebenan."

„Okay, bin sofort zurück!" Ich flitzte in die Eingangshalle, öffnete die nächste Tür und gelangte in einen Raum mit einem wuchtigen, dunkelgrün bespannten Tisch. Darüber hingen mehrere Bilder von Weingläsern, Blumen und Obstschalen. Sogar die gemalten Äpfel und Birnen sahen irgendwie vornehm aus!

Behutsam griff ich nach dem glänzenden Hörer des Wandtelefons und drückte auf die Tasten. Während Noah im Internat gewesen war, hatte ich ihn so oft zu erreichen versucht, dass ich seine Nummer auswendig konnte. Es knackte zuerst ein wenig in der Leitung, dann hörte ich seine Stimme.

„Hallo?"

Augenblicklich begann ich zu strahlen. „Hey, hier ist Ruby! Wie schön, dass ich dich erreiche", sprudelte ich aufgeregt hervor. „Ich bin heil bei den Lavalls angekommen und wollte dich gleich mal auf den neuesten Stand bringen. Die schlimme Nachricht ist, dass meine Großeltern leider schon gestorben sind. Jetzt wohnen meine Tante und mein Onkel hier – na ja, eigentlich sind sie nur entfernt mit mir verwandt. Trotzdem haben sie mich eingeladen, mindestens bis Samstag zu bleiben! Da feiern sie einen Ball, ist das nicht irre? Aber so was passt genau zu diesem Haus. Es ist beinahe ein Schloss, mit Pool und Tennisplatz und … und ich stehe gerade in einem *Billardzimmer.* Kannst du dir das vorstellen? Ein eigener Raum, der nur dazu da ist, um mit bunten Kugeln zu spielen!" Ich lachte atemlos, während ich auf Noahs Antwort wartete.

Er ließ sich ziemlich viel Zeit damit. „Ja, das ist wirklich irre“, sagte er schließlich gedehnt. „Du willst doch nicht ernsthaft so lange in Frankreich bleiben, oder?“

„Doch, deswegen rufe ich ja an“, erklärte ich und runzelte ein bisschen die Stirn. „Um dir Bescheid zu sagen …“

„Aha. So, wie das in letzter Zeit mit dir läuft, muss ich für diese Info wahrscheinlich dankbar sein.“ Noah klang dermaßen finster, dass ich mir genau vorstellen konnte, wie er die Augenbrauen zusammenzog.

„Du bist sauer“, stellte ich verblüfft fest.

„Natürlich bin ich sauer! Hast du eine Ahnung, wie sich das angefühlt hat, als du einfach abgehauen bist? Stell dir mal vor, ich hätte so was gemacht!“

„Das war nicht in Ordnung, schon klar“, beeilte ich mich zu sagen. „Tut mir ehrlich leid. Aber ich musste schnell eine Entscheidung treffen, sonst wäre ich wahrscheinlich niemals hier gelandet!“

„War doch jetzt sowieso umsonst“, sagte Noah. „Deswegen könntest du auch gleich wieder zurückkommen.“

Ich versteifte mich. „Und warum, wenn ich fragen darf?“

„Weil dein Plan gescheitert ist! Oder glaubst du, irgendwelche entfernten Verwandten spendieren dir eine neue

Praxis … und vielleicht auch ein *Billardzimmer*, wenn du dich bis Samstag bei ihnen beliebt machst?"

Seine Worte fühlten sich an wie eine kalte Dusche. Es war mir schon die ganze Zeit unangenehm gewesen, dass ich hier um Geld hatte bitten wollen. Vor allem nach der überraschenden Todesnachricht und dem freundlichen Empfang durch Erin und René! Noah ließ es jetzt so klingen, als würde mich nichts anderes interessieren als der Reichtum der Lavalls.

Einen Moment lang war ich zu gekränkt, um etwas zu erwidern, doch dann siegte die Wut. „Weißt du, was?", fragte ich laut. „Du hast das alles schon aus Prinzip blöd gefunden, sobald ich das tolle Haus erwähnt habe. Weil du nämlich vor genau solchen Sachen immer davongelaufen bist! Aber das hier ist nicht Schloss Greenwood, okay? Gescheiterter Plan hin oder her, ich möchte meine Verwandten gerne kennenlernen. Also, wenn du nichts Nettes zu sagen hast, dann … dann … bonschur!"

Ich wartete ein paar Sekunden, doch am anderen Ende der Leitung herrschte nur eisiges Schweigen. Da legte ich knallend den Hörer auf. Meine Ohren glühten vor Zorn – und vor Verlegenheit.

Auweia, war das ein doofes Gespräch gewesen. Ich

musste mich glatt vor dem feinen Obst auf den Gemälden schämen! Plötzlich wollte ich nichts lieber, als Noah gleich noch mal anzurufen, aber ich beherrschte mich. Er sollte ruhig ein bisschen Zeit haben, um über seine Worte nachzudenken. Also schnitt ich der vornehmsten Birne bloß eine gequälte Grimasse und trottete dann schweren Herzens zurück in den Salon.

10. KAPITEL

Unterwegs mit den Zwillingen

Erin und René erwarteten mich mit einem Lächeln, aber sie wirkten auch besorgt. „Ist alles in Ordnung?", erkundigte sich meine Tante, während sie mich prüfend musterte.

„Alles super", sagte ich schnell und bemühte mich, meine schlechte Laune abzuschütteln.

Tante Erins Lächeln wurde ein bisschen breiter. „Wunderbar. Weißt du, wir haben gerade auf die Uhr gesehen und festgestellt, dass der Privatunterricht gleich zu Ende ist. Hättest du Lust, deine beiden Cousinen kennenzulernen?"

Das heiterte mich ein wenig auf. „O ja! Wie alt sind sie denn?"

„Claire ist dreizehn, und Nadine ist fünf Minuten jünger", sagte Onkel René. „Sie sind eineiige Zwillinge."

„Und zufällig genauso alt wie ich!", ergänzte ich begeistert. „Verstehen sie denn Englisch?"

„Aber natürlich", versicherte mir mein Onkel. „Die Lavalls legen seit jeher großen Wert auf eine gute Ausbildung, zu der auch intensiver Englischunterricht gehört. Ich habe sogar in Irland studiert und dort meine liebe Erin kennengelernt. Unsere Töchter wachsen also zweisprachig auf."

Jetzt begriff ich, warum meine Tante gar keinen französischen Akzent hatte. Erleichtert wandte ich mich in Richtung Tür, doch Onkel René hielt mich zurück. „Erin wird den beiden von deinem Besuch erzählen, während ich dir noch rasch etwas erkläre." Er warf seiner Frau einen vielsagenden Blick zu, und sie ging nach einem kurzen Nicken hinaus.

Verwirrt schaute ich meinen Onkel an, dessen Miene plötzlich ernst geworden war. „Ruby", begann er, „ich möchte dich bitten, deinen Vater und den ganzen … Familienkrieg nicht vor Claire und Nadine zu erwähnen. Es wäre sehr kränkend für die beiden, dass André vollständig mit seiner Verwandtschaft gebrochen hat. Diesen Kummer würde ich ihnen gerne ersparen – sie haben es auch so schon schwer genug."

„Wie meinst du das?", fragte ich unbehaglich.

„Nun, die Zwillinge werden leider seit ihrer Geburt von einer Lungenkrankheit geplagt. Aufregung kann ihren Zustand verschlechtern, aber am schlimmsten sind ihre Allergien. Beispielsweise gegen Tiere! Schon die kleinsten Spuren Fell oder Federn lösen bei ihnen Atemnot aus. Als wir hier eingezogen sind, hingen zahlreiche Jagdtrophäen an den Wänden – du weißt schon, ausgestopfte Vögel, Hirschköpfe und so weiter. Die mussten wir umgehend entfernen."

Bekümmert hob er die Schultern, und ich wusste vor lauter Mitleid gar nicht, was ich sagen sollte. Um die Jagdtrophäen war es natürlich nicht schade, aber dass meine Cousinen auch nie in die Nähe von lebendigen Tieren durften, fand ich absolut schrecklich.

„Deshalb ist die Pharmazie für mich weitaus mehr als

nur ein Familiengeschäft, verstehst du?“, fuhr Onkel René fort. „An ihr hängt meine ganze Hoffnung, Claire und Nadine irgendwann ein normales Leben ermöglichen zu können … Aber jetzt genug von den ernsten Themen! Die beiden werden sich riesig freuen, dich kennenzulernen. So alleine in diesem großen Haus sind sie oft sehr einsam.“

Er öffnete die Tür und führte mich quer durch die Eingangshalle zu einer Treppe. Ihre breiten Marmorstufen gaben mir das Gefühl, in einem Schloss oder wenigstens in einem prunkvollen Museum zu sein. Während ich eine Hand über das Geländer gleiten ließ, hätte ich mit der anderen Hand bestimmt prinzessinnenhaft meinen Rock angehoben – wenn ich denn einen Rock getragen hätte und keine fleckigen Jeans.

Oben angekommen, klopfte Onkel René an eine der hohen Türen. „Das Studierzimmer“, flüsterte er mir zu. Tante Erin öffnete, und ich sah hinter ihr einen Raum mit zwei mächtigen alten Schreibtischen. Darauf – etwas unpassend – standen nagelneue Laptops, und hinter jedem lugte ein blasses Gesicht hervor.

„*Mes chéries,* hier bringe ich euch eure Cousine Ruby“, verkündete René und machte eine feierliche Geste. „Ich wette, ihr werdet euch großartig miteinander verstehen!“

Die Zwillinge erhoben sich von ihren Stühlen. Sie hatten ebenso seidig-blondes Haar wie ihre Mutter, aber es reichte ihnen nicht nur bis auf die Schultern, sondern fast bis zu den Ellenbogen. Mit ihren hübschen, spitzen Gesichtern erinnerten sie mich ein bisschen an Feen.

„Hallo, ich bin Claire", grüßte eine von ihnen höflich. Sie hatte ein Muttermal an der Wange und unterschied sich so von ihrer Schwester. „Freut mich, deine Bekanntschaft zu machen …" Dann musste sie plötzlich grinsen. „Hey, kennst du dich zufällig mit Filmen aus? Nadine und ich haben seit Kurzem einen YouTube-Kanal."

„Die Leute mögen Zwillinge, und auf gruselige alte Häuser fahren sie besonders ab", ergänzte Nadine. Vergnügt klappte sie ihren Laptop zu. „Beim Drehen unserer Homestory können wir dir gleich alles zeigen!"

Ich verschwieg, dass ich vom Filmemachen keinen blassen Schimmer hatte und dass ich auch nicht wusste, was eine Homestory war. Die doppelte Freude der Zwillinge riss mich einfach mit. Wie von selbst erwiderte ich ihr Grinsen und versprach: „Bin dabei! Sagt mir nur, was ich machen muss."

Und genau das taten sie. Obwohl meine Cousinen so zerbrechlich aussahen, waren sie kein bisschen schüchtern. Resolut drückten sie mir eine Kamera samt Mikrofon in die Hand, als würden sie mich schon ewig kennen. Ich hatte zwar nicht das Gefühl, die geborene YouTuberin zu sein, und von den vielen Anweisungen der Zwillinge schwirrte mir bald der Kopf, aber die spannende Hausführung machte das alles wieder wett.

Château Lavall, wie Claire und Nadine ihr Zuhause nannten, war sogar noch erstaunlicher als gedacht. Es gab zwölf Schlafzimmer und vierzehn Bäder, außerdem massenhaft Räume, die mir niemals in den Sinn gekommen wären: ein Nähzimmer, ein Klavierzimmer, ein Frühstückszimmer, einen Großen und einen Kleinen Salon … Bald war ich davon so durcheinander, dass ich mich ohne die Hilfe der Zwillinge sicher verlaufen hätte.

„Überall dürfen wir aber leider nicht hin", meinte Claire entschuldigend. „Zum Beispiel ist der Festsaal gerade tabu, weil er für den Ball gründlich sauber gemacht wird. Und das oberste Stockwerk bleibt sowieso immer abgeschlossen. Dort ist Papas neues Labor."

„Und das von *Maman*", sagte Nadine. „Sie ist Papas Assistentin, seit er so viel arbeiten muss. Am Morgen fährt er in die Firma, und abends geht er jetzt immer zum Forschen nach oben."

„Arbeitet er denn mehr als früher?“, fragte ich vorsichtig. Mir fiel ein, was Onkel René über seinen Beruf gesagt hatte: dass darin seine ganze Hoffnung lag, den Zwillingen irgendwann ein normales Leben zu ermöglichen. Doch den beiden schien er das nie so erklärt zu haben.

„Ja, viel mehr“, seufzte Claire und verdrehte ihre hellblauen Augen. „Wenigstens hat er versprochen, morgen schon am Nachmittag heimzukommen und mit uns in die Stadt zu fahren. Wir brauchen vor dem Herbstball dringend einen neuen Haarschnitt.“

„Und am Freitag geht's mit *Maman* zum Kleider-Shopping“, fügte Nadine so nahtlos hinzu, dass ich lachen musste. Die beiden ergänzten sich wirklich perfekt.

Claire legte bei meinem Lachen den Kopf schief. „Du freust dich wohl auch auf den Ball?“, fragte sie, und ich nickte schnell. Die Zwillinge sollten nicht glauben, dass ich mich über sie lustig machte.

Gerade öffnete Claire den Mund, um noch etwas zu sagen, da ertönte ein zweistimmiges Piepsen. Mit genau derselben Bewegung schauten die Zwillinge auf ihre Armbanduhren.

„Was war das denn?“, fragte ich verblüfft.

„*Maman* gibt Bescheid, dass das Abendessen fertig ist", antwortete Nadine. „Den Rest zeigen wir dir ein andermal. Los, neue Cousine, ab ins Speisezimmer!"

Mit zierlichen Schritten eilten die Zwillinge vor mir her, während ich immer noch ihre Kamera umklammert hielt. Um ehrlich zu sein, fühlte ich mich ganz schön überfordert. An Feenportale hatte ich mich mittlerweile gewöhnt, aber das hier war eine völlig neue Welt. Eine, in der die Uhren offenbar nicht die Zeit anzeigten, sondern Botschaften. Eine Welt mit Servierwägelchen, auf denen kunstvoll angerichtete Speisen herbeigeschoben wurden. Und, wie ich leider feststellen musste: eine Welt mit winzig kleinen Portionen.

„Hat es dir geschmeckt?", fragte Tante Erin nach dem Abendessen und schaute mich vom Ende der langen Tafel freundlich an.

„Und wie", antwortete ich, während ich etwas verzweifelt die Reste auf meinem Teller zusammenkratzte.

Tante Erin schmunzelte. „Ich erinnere mich lebhaft daran, was ich früher in Irland zu Abend gegessen habe. Lauter schwere Eintöpfe, Kartoffeln und streng riechenden Kohl … Dabei ist ein leichtes Nachtmahl doch viel bekömmlicher. Aber wenn du möchtest, bringe ich dir später noch einen kleinen Imbiss auf dein Zimmer."

Ich nickte dankbar und versuchte gleichzeitig, meine Überraschung zu verbergen. Auf *mein* Zimmer? Eigentlich war ich davon ausgegangen, dass ich bei den Zwillingen schlafen würde. Das hätte ich mir lustig vorgestellt, aber natürlich gab es hier mehr als genug Räume für alle.

Wir wünschten einander eine gute Nacht, dann wurde ich von einem schweigsamen Hausmädchen zu „meinem" Zimmer geführt. Auf einem riesigen Bett mit deckenhohen Pfosten lagen schon Zahnbürste und Zahnpasta, ein Stück Seife und ein ordentlich gebügeltes Nachthemd bereit. Nachdem ich mich im angrenzenden Badezimmer gewaschen hatte, klopfte es sanft an der Tür. Tante Erin kam auf leisen Sohlen herein, in den Händen ein Glas Orangensaft und einen Teller mit zwei Keksen.

„Ich habe dir ein Nachthemd von den Zwillingen herausgesucht", sagte sie und musterte mich von Kopf bis Fuß. „Oh, nun ja, es passt einigermaßen. Für die kommenden Tage werden wir sicher auch etwas Hübsches finden, das du tragen kannst. Das heißt, wenn du tatsächlich eine Weile bei uns bleibst." Sie lud das Geschirr auf dem Nachttisch ab und räusperte sich. Nach kurzem Zögern fügte sie hinzu: „Meine Liebe, ich bin nicht sicher, wie ich es sagen soll. Aber fremde Nachrichten darf man nicht einfach für sich behalten, hab ich recht?“

„Es gibt eine Nachricht für mich?“, fragte ich erstaunt.

„Allerdings. Vorhin hat ein Junge hier angerufen, dessen Namen ich nicht genau verstanden habe. Leider war die Verbindung sehr schlecht …“

Mein Herz vollführte einen Satz. „War es vielleicht Noah?!“

„Ja, das müsste es gewesen sein.“ Tante Erin biss sich auf die Unterlippe.

„Und? Was hat er gesagt?“, drängte ich.

Seufzend drehte meine Tante die Handflächen nach oben. „Nun, ich habe ihm natürlich angeboten, dass du später zurückrufst. Aber er sagte, das sei gar nicht notwendig. Im Grunde wollte er dir nur mitteilen: Wenn du so drauf wärst wie jetzt – entschuldige bitte, aber er erklärte nicht, was er damit meinte –, dann könntest du bleiben, wo der Pfeffer wächst.“

Erins Worte schienen zwischen den hohen Wänden nachzuhallen. Ungläubig starrte ich sie an, während eine leichte Röte über ihre Wangen kroch. „Tut mir leid, Ruby. Die Verbindung war wirklich furchtbar schlecht. Vielleicht habe ich mich ja verhört“, schob sie eilig hinterher, aber ich merkte genau, dass sie log.

Obwohl ich eben noch hungrig gewesen war, fühlte es sich jetzt so an, als hätte ich einen Stein im Magen. Einen, der mit jeder Sekunde wuchs, bis mir beinahe übel wurde. „Mach dir keine Gedanken“, presste ich hervor, „Noah kriegt sich schon wieder ein. Und ich bleibe nicht *dort, wo der Pfeffer wächst,* sondern gerne hier bei euch.“

„Darüber sind wir sehr froh!“ Tante Erin strich mir kurz über den Arm, dann huschte sie hinaus. Ich wartete, bis sie die Tür geschlossen hatte, ehe ich mich aufs Bett fallen ließ. Die Pfosten verschwammen vor meinen Augen, und ich musste heftig schlucken.

Was war denn bloß in Noah gefahren? Er benahm sich ja genauso verstockt wie damals, als er gerade erst nach Patch Island gekommen war! Allerdings ging es jetzt nicht um ihn oder darum, was *er* am liebsten wollte. Wenn ich Glück hatte, konnte ich hier Teil einer weiteren Familie werden und am Ende vielleicht doch noch die Praxis retten. Das war alles, was jetzt wirklich zählte!

Tief durchatmend zog ich die dicke, etwas muffige Decke über mich und knipste das Licht aus. Noah würde sich bestimmt bald beruhigen, dachte ich – da fiel mir plötzlich die Samhain-Feier auf Patch Island ein. Wie jedes Jahr hatte Kathleen kleine Gegenstände in ein Rosinenbrot eingebacken, die einem die Zukunft voraussagen sollten. In Nanas Portion war ein geblümter Fetzen gewesen, in meiner ein winziger Zweig.

Stoff stand für Armut, ein Zweig für einen bösen Streit. Wenn es nach dem Rosinenbrot ging, würden unsere Probleme also keineswegs verschwinden! *Sei nicht so verflixt abergläubisch,* ermahnte ich mich selbst, aber es nützte nichts. Eine Mischung aus Angst, Wut und Traurigkeit ballte sich in meinem Inneren zusammen. Mir fielen nur die Augen zu, weil die vergangenen Tage mich so sehr ausgelaugt hatten …

Doch einzuschlafen war das Schlimmste, was ich in diesem Moment tun konnte.

11. KAPITEL

Oje, kein Tee!

Ruby, meine Liebe, dürfen wir reinkommen?", flötete jemand.

Zuerst konnte ich diese Stimme gar nicht zuordnen. Ich bekam kaum die Augen auf und fühlte mich wie gerädert. Verschlafen rieb ich mir übers Gesicht, da trat auch schon Tante Erin ins Zimmer. „Entschuldige bitte, falls ich dich geweckt habe", sagte sie, „aber es ist bereits …"

Sie verstummte und blieb wie festgefroren stehen. Ich

brauchte noch ein paar Sekunden, um zu begreifen, dass sie dabei nicht mich anschaute. Ihr Blick wanderte über eine Stelle neben dem Bett, während ihre Augen sich weiteten.

Ich drehte den Kopf und war schlagartig hellwach. Die Nachttischlampe lag zerbrochen auf dem Boden, genauso wie das Geschirr. Sie mussten mit solchem Schwung vom Nachttisch gefegt worden sein, dass sich die Scherben überall verteilt hatten. In einem Winkel entdeckte ich den zerknüllten Bettvorleger, der aussah, als hätte ihn jemand kreuz und quer durchs Zimmer gezerrt – und ich wusste, wer das gewesen war.

Jemand mit spitzen Zähnen und einem Puschelschwanz!

Am liebsten wäre ich unter der Bettdecke verschwunden und nie wieder aufgetaucht. Um Himmels willen, ich hatte viel zu lange keinen Spezialtee getrunken! Zwar steckte ein großer Vorrat an Kräutern in meinem Rucksack, aber der war ja bei Noah geblieben. Darum hatte ich mich nachts in einen Hund verwandelt, ohne es überhaupt zu merken!

„T…tut mir leid“, stotterte ich, während meine Tante immer noch auf die Scherben starrte. „Ich hab keine Ahnung, wie das passiert ist …“

Erin schwieg noch einen Moment, dann schlug sie plötzlich die Hände zusammen. „Oh, dieses verrückte Haus“, stöhnte sie. „Du hattest nachts das Fenster offen, oder? Natürlich, wer schläft denn nicht gern mit frischer Luft! Leider kann es hier aber ganz fürchterlich ziehen, und der Wind hat wohl alles vom Nachttisch geweht. Nun schau doch nicht so erschrocken, das ist wirklich nicht deine Schuld!“ Sie tätschelte mir die Schulter, dann drehte sie sich zu dem Hausmädchen um, das hinter ihr im Flur wartete. *„Valérie, nettoie la chambre“*, sagte sie mit einem Kopfnicken.

Verlegen schaute ich Valérie an. Sie war am vergangenen Abend nur still vor mir hergelaufen, darum hatte ich ihr Gesicht nicht so genau gesehen. Außerdem trug sie die dunklen Haare ordentlich hochgesteckt wie eine Erwachsene. Erst jetzt erkannte ich, dass sie etwa in Noahs Alter sein musste. Es war mir schrecklich unangenehm, sie für mich aufräumen zu lassen – vor allem, weil sie beim Anblick des Durcheinanders scharf die Luft einsog.

„Warte, ich helfe dir“, sagte ich hastig und schwang die Füße aus dem Bett.

„Nicht nötig, Ruby. Lass Valérie ihre Arbeit erledigen und zieh dich lieber an.“ Mit einem zufriedenen Lächeln überreichte Tante Erin mir einen Stapel Kleider. „Hier sind noch ein paar von Claires und Nadines Sachen. Du bist ja ein bisschen robuster gebaut als meine Mädchen, aber die hier sollten dir eigentlich passen." Beschwingt schob sie mich ins Badezimmer, wo ich einen Faltenrock und eine enge Bluse anziehen musste. Sogar an Kniestrümpfe und glänzende Schuhe hatte meine Tante gedacht. Das Outfit machte definitiv nicht den Eindruck, als könnte man damit bequem ein Katzenklo säubern oder einem Schafbock hinterherjagen – aber das war wohl der gewünschte Effekt. Tante Erin überschüttete mich jedenfalls mit Komplimenten, als ich wieder aus dem Badezimmer kam. Sowohl das Hausmädchen als auch die Scherben waren inzwischen verschwunden, und beim Frühstück verlor niemand ein Wort darüber.

Trotzdem ging mir mein Missgeschick den ganzen Vormittag lang nicht mehr aus dem Kopf. Während die Zwillinge Privatunterricht hatten, setzte ich mich in die Bibliothek neben dem Studierzimmer und versuchte krampfhaft, beim Lesen auf andere Gedanken zu kommen. Aber ich konnte mich kein bisschen konzentrieren. Was, wenn ich eindöste? Wenn ich mich dann wieder verwandelte und als wilder Hund zwischen den Regalen herumrannte? Mit

Schrecken wurde mir bewusst, dass ich dabei nicht nur die Bücher beschädigen könnte – ich wäre auch eine ernste Gefahr für die Zwillinge! Bestimmt kamen die beiden oft in die Bibliothek, und Onkel René hatte doch gesagt, dass schon ein paar Tierhaare Atemnot bei ihnen auslösten …

Vor lauter Angst saß ich wie auf glühenden Kohlen, bis Claires und Nadines Uhren nebenan zum Mittagessen piepsten. Danach war es Zeit für die versprochene Fahrt in die Stadt. Onkel René, der uns zu seinem blitzblanken silbernen Auto führte, wirkte genauso nervös wie ich. „Wir bleiben aber nicht lange“, sagte er beinahe flehend. „Ich habe heute noch eine Menge zu tun. Und bitte passt auf die Sitze auf!“

„Er hat das Auto erst vor Kurzem gekauft“, wisperte Claire, und Nadine hielt sich eine Hand vor den Mund, um ihr Grinsen zu verbergen. Die Zwillinge schienen auf dem Weg zu ihrem Frisörtermin bester Laune zu sein.

„Willst du dir eigentlich auch die Haare schneiden lassen?“, fragte Nadine, als wir nach einer Fahrt durch die herbstliche Landschaft in der Hafenstadt ankamen.

„Wie geht das überhaupt bei dir?“, fügte Claire hinzu. „Ich meine, weil die doch so buschig sind …“

„Ist schon okay", versicherte ich. „Meine Haarwolke und ich sind mittlerweile gute Freunde geworden."

Die Zwillinge kicherten, als hätte ich einen genialen Witz gemacht. Vergnügt hopsten sie aus dem Wagen und hängten sich links und rechts bei ihrem Vater ein, der sie in den Friseursalon führte. Während ich hinterherlief, klopfte mir das Herz bis zum Hals. Auf der anderen Straßenseite hatte ich eine Apotheke entdeckt! Da *musste* ich hin, um nach den drei Zutaten für den Spezialtee zu fragen!

Mit hektisch wippenden Knien saß ich wenige Minuten später auf einem der Wartestühle und sah zu, wie meinen Cousinen die Haare geschnitten wurden. Im Gegensatz zu mir brachten sie es fertig, so stillzuhalten wie Schaufensterpuppen. Ich fand zwar nicht, dass sie sich deutlich veränderten – sie hatten vorher schon hübsch ausgesehen und taten es nachher immer noch –, aber sie lächelten glücklich. Erst beim Föhnen wurde mir klar, dass Claire und Nadine die ganze Zeit nur ihre Spiegelbilder anschauten. Auch René achtete nicht auf mich, sondern beschäftigte sich mit seinem Handy. Das war die perfekte Gelegenheit! Heimlich verließ ich den Salon, stürmte zur anderen Straßenseite und stand gleich darauf in der Apotheke. *„Bonjour"*, keuchte ich über den Tresen, was mittlerweile schon richtig französisch klang. Ich holte zufrieden Luft – und wusste nicht weiter. Hilflos schaute ich die Apothekerin an, ehe ich drei Finger in die Höhe streckte.

Die Apothekerin griff nach meiner Hand und begutachtete meine Fingerspitzen. Dann deutete sie auf eine Schachtel Pflaster.

„Nein, ich meine drei Kräuter!", rief ich mit wachsender Verzweiflung. „Erstens Salbei, verstehen Sie das?"

Vor Freude hätte ich beinahe gequietscht, als die Frau nickte. Das französische Wort für Salbei schien so ähnlich zu sein wie das englische. „Zweitens Brennnessel", fuhr ich fort, aber jetzt erntete ich nur einen fragenden Blick. „Sie wissen schon: spitze Blätter, Brandblasen …" Ich pustete auf meine Finger, verzog schmerzerfüllt das Gesicht, wedelte mit der Hand – und die Apothekerin sah aus, als wollte sie mir gleich zur Beruhigung einen Lutscher schenken. Oder mich aus ihrem Laden schmeißen.

„Ruby? Was machst du denn da?"

Erschrocken fuhr ich herum. Claire und Nadine standen mit seidig glänzenden Haaren in der Tür, die Augenbrauen verwundert hochgezogen. „Ich versuche, etwas zu kaufen", klagte ich und gab mir Mühe, genauso überzeugend zu schwindeln wie Flynn. „Leider hab ich abends oft furchtbare, ähm, Verdauungsprobleme. Mir hilft nur ein ganz spezieller Tee, der aus drei Kräutern besteht: Salbei, Brennnessel und Schafgarbe."

„*Sauge*", übersetzte Claire wie aus der Pistole geschossen.

„*Ortie*", sagte Nadine. Dann blieben die beiden einen Moment lang stumm und wechselten einen Blick. Endlich hellte sich Claires Gesicht auf. „*... et pissenlit*", verkündete sie, und Nadine klatschte begeistert. Während die Apothekerin in einem Nebenraum verschwand, um den Tee zusammenzumischen, hätte ich meine Cousinen am liebsten umarmt.

„Vielen Dank", sagte ich strahlend. „Ihr könnt euch nicht vorstellen, wie schlecht es mir gestern nach dem Abendessen gegangen ist! Aber jetzt wird alles gut, also ... braucht ihr euren Eltern auch nichts davon zu erzählen."

„Papa denkt bestimmt, wir hätten was für unsere Haut gekauft", beruhigte mich Claire. Sie nahm das Teepäckchen von der Apothekerin entgegen, und ich bezahlte mit dem letzten Geld, das ich noch in der Jackentasche gehabt hatte. Dann vergaß ich für den restlichen Nachmittag all meine Sorgen. Wir drehten das Video der Zwillinge fertig, und später gab es ein ebenso köstliches und klein portioniertes Essen wie am Abend zuvor. Der Tee fiel mir erst wieder ein, als ich bereits in meinem Zimmer war. Verflixt, wo hatte Claire das Päckchen denn hingestellt? Vielleicht auf die Kommode in der Eingangshalle? Ich wollte mich gerade auf die Suche machen, als Tante Erin den Kopf zur Tür hereinstreckte.

„Liebes?“, fragte sie sanft. „Kann ich kurz mit dir reden?“ Sie stellte eine dampfende Tasse und einen Teller mit Keksen auf den Nachttisch und strich mir übers Haar.

Nicht noch eine fiese Nachricht von Noah, dachte ich erschrocken. *Bitte nicht!*

Doch Tante Erin deutete auf die Tasse und erklärte beinahe verschwörerisch: „Das ist übrigens der Tee, den du dir aus der Apotheke geholt hast.“

Ich klappte den Mund auf, aber meine Tante ließ mich nicht zu Wort kommen. „Ja, die Mädchen haben mir davon erzählt“, sagte sie schnell. „Ich habe das Päckchen zufällig gefunden und musste sie ganz schön ausquetschen, um die Wahrheit darüber zu erfahren. Ruby, du bist hier im Haus einer Pharmazeuten-Familie! Wenn du Bauchschmerzen hast, brauchst du wirklich nicht die Heldin zu spielen. Ich kann mir zwar kaum vorstellen, dass ein paar läppische Kräuter dir irgendwie helfen werden, aber zufällig kenne ich ein echtes Wundermittel." Sie griff in die Tasche ihrer Kostümjacke und holte eine Pille hervor. Behutsam legte sie sie auf die Untertasse. „Damit wirst du eine rundum erholsame Nacht haben. Fest versprochen!" Noch einmal streichelte sie mir über den Kopf, dann ging sie hinaus.

Ich unterdrückte ein Stöhnen. Klar meinte Tante Erin es nur gut, aber peinlich war es trotzdem! Kurzerhand ließ ich die Pille in einer Schublade des Nachttischs verschwinden, bevor ich den Tee mit hastigen Schlucken austrank. Sofort machte sich Erleichterung in mir breit. Ich kuschelte mich ins Bett, schloss die Augen – und wurde von einem Gefühl geweckt, als hätte ich einen Sonnenbrand. Allerdings nicht außen auf meiner Haut, sondern innen. *Nicht schon wieder!* Wie, um alles in der Welt, konnte das sein?

Schwitzend rutschte ich aus dem Bett, taumelte zum Lichtschalter und knipste die Deckenlampe an. Kein Zweifel: Im Spiegel über der Frisierkommode hatten meine Haare einen dunklen Schimmer. Einige Strähnen waren sogar schon vollständig schwarz. Nicht mehr lange und sie würden sich in Fell verwandelt haben!

Verzweifelt schaute ich auf die leere Tasse, während mir dämmerte, dass es einfach nicht genug Spezialtee gewesen war. Zu Hause trank ich den schließlich mehrmals am Tag! Bestimmt würde ich morgen wieder in einem verwüsteten Zimmer aufwachen, oder noch schlimmer: Ich sprang in Hundegestalt zur Klinke hoch, öffnete die Tür und verteilte meine Haare im ganzen Haus … Nein, dagegen musste ich etwas unternehmen!

Fieberhaft überlegte ich, wie ich mir mitten in der Nacht noch eine Tasse Tee besorgen könnte, aber dann fiel mir etwas anderes ein. Vielleicht wäre es ja das Beste, nicht gegen die Verwandlung anzukämpfen, sondern sie absichtlich herbeizuführen? Meine Pooka-Kräfte würden mich hoffentlich in Ruhe lassen, nachdem ich mich als Tier richtig ausgepowert hatte!

Entschlossen öffnete ich das Fenster und kletterte auf die Fensterbank. Zum Glück war es so dunkel, dass ich nicht bis ganz nach unten sehen konnte. Der Geruch nach feuchtem Herbstlaub stieg mir in die Nase, und eine Böe brachte meine schwarz-roten Haare zum Flattern.

„Nur eine kleine Runde!“, ermahnte ich mich selbst. Dann schrumpfte ich zusammen und warf mich in den Wind.

12. KAPITEL

Jemand kommt mir auf die Schliche

Das Komische war, dass ich Château Lavall in Vogelgestalt nicht größer fand als bisher. Im Gegenteil: Während ich als winzige Sturmschwalbe durch die Luft sauste, hatte ich das Gefühl, zum ersten Mal einen Überblick zu gewinnen. Zielsicher umrundete ich die Türme, flog an den spitzen Erkern vorbei und wagte mich immer weiter nach oben. Das machte mir zwar längst nicht so viel Spaß, wie knapp über dem Ozean dahinzusegeln, aber es strengte mich mehr an. Und ich wollte ja so viel überschüssige Energie wie möglich loswerden! Heftig schlug ich mit den Flügeln und ließ mich erst einen Moment lang gleiten, als ich das oberste Stockwerk erreicht hatte.

Hinter einem der Fenster brannte noch Licht. Im Vorbeifliegen warf ich einen Blick durch die Scheibe und sah zwei weiß gekleidete Menschen, die an einem Schreibtisch saßen. Das waren wohl Laborassistenten von Onkel René. Beide stützten den Kopf in die Hände, als wären sie viel zu müde, um noch zu arbeiten. Hoffentlich waren ihre Überstunden bald zu Ende, sodass sie nach Hause gehen konnten. Und hoffentlich würde ich bald genauso erledigt sein wie sie!

Ich hatte das Haus fast umrundet, als mir erneut ein Lichtschein ins Auge fiel. Diesmal drang er aus einem Fenster in einem der unteren Stockwerke. Neugierig flatterte ich näher und hörte gleich darauf meine Tante Erin rufen: „Komm mir nicht mit *chérie.* Du weißt doch selbst, dass die Lage ernst ist!“

„Und was soll ich deiner Meinung nach tun?“ Onkel Renés Stimme klang so niedergeschlagen, wie ich sie noch nie zuvor gehört hatte. Erstaunt landete ich auf dem Fenstersims, während er fortfuhr: „Wir arbeiten doch schon seit mehreren Wochen daran. Warum sollte es jetzt innerhalb weniger Tage gelingen?“

„Weil es das muss!“, entgegnete Tante Erin aufgebracht. „Die Mädchen verlassen sich auf uns. Du willst ihnen doch kein Leben voller Entbehrungen zumuten?!“

Onkel Renés Seufzer war bis nach draußen zu hören. „Ich werde zur Sicherheit noch einmal nach den beiden sehen“, murmelte er. Schritte entfernten sich, dann fiel eine Tür ins Schloss. Vermutlich war Tante Erin jetzt alleine im Zimmer, und Menschen, die alleine waren, schauten oft aus dem Fenster. Obwohl sie unmöglich ahnen konnte, wer ich war, ergriff ich lieber die Flucht. Eilig segelte ich zu meinem Zimmerfenster, und kurz darauf lag ich wieder als Menschenmädchen im Bett.

Mein Ausflug war ein voller Erfolg gewesen: Das Verwandlungsbrennen hatte tatsächlich nachgelassen. Stattdessen spürte ich nun ein mitleidiges Ziehen im Bauch. Anscheinend stand es um die Gesundheit der Zwillinge noch schlechter, als Onkel René mir erzählt hatte! Deswegen schlich er jetzt sorgenvoll zu ihrem Zimmer, um nach ihnen zu sehen, und aus demselben Grund tüftelten seine Angestellten Tag und Nacht an einem Heilmittel. Ich selbst konnte leider nicht anders helfen, als meine Cousinen ein bisschen aufzuheitern … mit diesem Gedanken schlief ich endlich ein.

Als ich am nächsten Morgen ins Frühstückszimmer kam, ließ Tante Erin sich ihre Probleme nicht anmerken. Sie trug einen schicken Hosenanzug, war sorgfältig geschminkt und strahlte mir entgegen. „Na, gut geschlafen?“, fragte sie. „Ich hätte jedenfalls beinahe den Wecker überhört. Das muss am Herbstwetter liegen! Fühlt ihr euch nicht auch alle wie Bären kurz vor dem Winterschlaf?“ Blinzelnd schaute sie in die Runde, und ich musste schlucken. Erins aufgesetzte Fröhlichkeit erinnerte mich stark an Nana. Genau so benahm meine Oma sich auch immer, wenn sie ihre wahren Gefühle verbergen wollte! Und auf Onkel Renés Platz stand nur eine benutzte Kaffeeschale. Das bedeutete wohl, er hatte sich schon wieder voller Hektik in die Arbeit gestürzt …

Die Zwillinge schienen allerdings nichts von den Sorgen ihrer Eltern zu ahnen. Missmutig kaute Nadine an ihrem

Marmeladen-Baguette herum, und Claire jammerte: „Hat jemand unsere Kamera gesehen? Wir wissen nicht mehr, wo wir sie hingelegt haben, und heute wollten wir doch ein neues Video drehen!"

„Die wird bestimmt wieder auftauchen", flötete Tante Erin. „Ruby, möchtest du frisch gepressten Orangensaft?"

„Ach, ich hätte eigentlich lieber ein Tässchen …" Ich brach ab und ließ meinen Blick über den Frühstückstisch wandern, aber eine Teekanne war nirgends zu sehen.

Tante Erin verzog das Gesicht. „Oh, richtig! Valérie muss den Tee vergessen haben, normalerweise trinken wir so etwas nämlich nicht. Ich gebe ihr sofort Bescheid."

„Nicht nötig!", beteuerte ich und sprang auf. „Die Küche ist gleich da drüben, oder?" Als niemand widersprach, verließ ich eilig das Frühstückszimmer. Fehlte gerade noch, dass das Hausmädchen mir eine Extrawurst braten musste! Sie hatte mich ja schon wegen der Scherben neben meinem Bett so merkwürdig angeschaut.

Ich lief durch einen holzgetäfelten Flur zu den Küchenräumen – und ja, dazu gehörten tatsächlich mehrere: ein Anrichtezimmer, eine Spülküche, zwei Vorratskammern und natürlich ein riesengroßer Bereich, in dem das Essen zubereitet wurde. Laut Claire und Nadine hatten hier früher auch die Dienstboten ihre Mahlzeiten eingenommen. Jetzt stand nur eine rundliche Frau am Herd, und in einem Winkel neben der Eingangstür saß Valérie. Sie hielt den Kopf gesenkt und beschäftigte sich mit etwas, das auf ihrem Schoß lag.

„Darf doch nicht wahr sein!“, rief ich aus. Fassungslos schaute ich erst auf die Kamera, dann in Valéries Gesicht. Sie war aufgesprungen und machte einen ungeschickten Versuch, die Kamera unter ihrer weißen Schürze zu verstecken. Dabei flackerte ihr Blick zu der Köchin, die mit einer brutzelnden Pfanne beschäftigt war. Der Dunstabzug rauschte so laut, dass sie mich anscheinend noch gar nicht bemerkt hatte.

„S'il te plaît“, zischte Valérie. „Sei leise!“

Ich trat einen Schritt auf sie zu. „Das ist die Kamera der Zwillinge, hab ich recht?“, sagte ich ebenfalls im Flüsterton. Vielleicht konnte das Hausmädchen mir die Angelegenheit ja irgendwie erklären – aber sie funkelte mich bloß an. Nachdem ich ein paar Sekunden lang vergeblich gewartet hatte, stemmte ich die Hände in die Seiten. „Wie konntest du nur?“, fragte ich vorwurfsvoll. „Claire und Nadine suchen schon verzweifelt danach! Und die zwei haben es doch wirklich schwer genug!"

Zu meiner Verblüffung stieß Valérie ein kurzes Lachen aus. „Schwer? Die haben schwer?", wiederholte sie mit starkem französischen Akzent und schüttelte spöttisch den Kopf.

Da wurde ich aber wirklich sauer. „O ja, und selbst wenn nicht, dürftest du ihnen trotzdem nichts klauen! Gib sofort her!" Ich streckte die Hand aus, und Valérie zuckte zurück. Dann begann sie allen Ernstes, wieder an der Kamera herumzufummeln.

„Ich sie dir gleich gebe", murmelte sie. „Beruhige einmal …"

„Nein, du wirst sie mir *jetzt* geben!" Ich machte einen Satz nach vorn, doch Valérie war schneller. Geschickt wich sie zur Seite aus, ohne ihre Augen von der Kamera abzuwenden. Dabei drückte sie immer hektischer auf die verschiedenen Knöpfe. Wollte sie aus Rache vielleicht irgendwas löschen? Etwa die Videos für YouTube, die wir so mühevoll aufgenommen hatten?!

Statt erneut nach der Kamera zu greifen, schlug ich einen Haken und stand im nächsten Moment direkt neben

Valérie. Damit hatte sie nicht gerechnet. Ich riss ihr die Kamera weg und sah auf dem kleinen Bildschirm, was zuletzt gefilmt worden war: die Tür zu meinem Zimmer. Und zwar im dämmrigen Flur, ohne eine einzige Bewegung. Es sah aus wie die Aufnahme einer Überwachungskamera!

Mit wild pochendem Herzen hob ich den Blick. Valérie stand regungslos vor mir und sie war sehr blass geworden. Ich erkannte aber auch etwas Trotziges in ihrem Gesicht – als hätte sie es geschafft, endlich ein gut gehütetes Geheimnis zu lüften. „Die Lampe fiel von Nachttisch wegen eine Luftzug?", raunte sie. „Und auch die Geschirr? Ich glaube niemals!"

Jetzt war ich diejenige, die erschrocken zurückwich. In meinem Kopf zischten die Gedanken kreuz und quer durcheinander: *Sie weiß von meinen Fähigkeiten. Sie hat mich durchschaut und wollte mich in Tiergestalt filmen … Aber auch ohne Beweis wird sie es allen verraten. Sie wird herumerzählen, dass ich ein Monster bin!*

Der letzte Gedanke bohrte sich wie ein Stachel in mich hinein. Zu Hause machte ich mir längst keine Sorgen mehr, was andere von mir hielten – Magie war nichts, wofür man sich auf Patch Island zu schämen brauchte. Aber hier konnte das völlig anders sein! Panik erfüllte mich und dann kam sie auch schon: die fiebrige, dreimal verfluchte Hitze.

Mit meiner Tarnung war es endgültig vorbei. Ich hatte gerade begonnen, mich zu verwandeln.

13. KAPITEL

Außer Kontrolle

Die Augen des Hausmädchens wurden riesengroß. Fast konnte ich mich in ihnen spiegeln, während ich flehend die Arme hob. „Keine Angst!“, wollte ich sagen, aber meine Stimme gehorchte mir nicht. Und waren das überhaupt noch Hände, die ich da in die Luft streckte? Ich folgte Valéries Blick und erkannte, dass meine Nägel sich zu Krallen formten. Die Kamera entglitt meinen Fingern. Scheppernd landete sie auf dem Fußboden, und Valérie öffnete den Mund zu einem Schrei …

Jedenfalls glaubte ich das. Doch stattdessen fauchte sie mich an: „Los, komme mit!“ Wie durch einen Nebel sah ich sie herumwirbeln und auf eine der Vorratskammern zulaufen. Als sie die Tür aufriss, drang ein Schwall verschiedenster Düfte zu mir heraus. Meine Nase hatte sich schon so weit verwandelt, dass ich nicht nur Äpfel und Zwiebeln riechen konnte, sondern auch abgepackte Nudeln und Reis. Mit zitternden Beinen taumelte ich in Richtung der Kammer, und Valérie schubste mich hinein. Schrill rief sie der Köchin etwas auf Französisch zu, ehe sie die Tür hinter uns beiden schloss.

Einen Moment lang standen wir in vollkommener Dunkelheit. Ich hörte nur unsere schnellen Atemzüge und von draußen das Klappern des Kochgeschirrs. Dann flammte über mir eine nackte Glühbirne auf.

Das Hausmädchen musterte mich von Kopf bis Fuß. Mein Äußeres schien noch immer nicht ganz menschlich zu sein, denn sie schluckte trocken. *„Arrête-ça“*, flüsterte sie. „Kannst du nicht das lassen?!“

„Ich versuch’s ja“, brachte ich angestrengt hervor. „Aber dafür müsste ich mich erst beruhigen!“

Obwohl Valérie kreidebleich war, gelang ihr ein spöttisches Schnauben. „Du müsstest beruhigen? *Ich* muss beruhigen von diese Schock!“

„Ich dachte, du wüsstest bereits über meine Fähigkeiten Bescheid“, antwortete ich heiser. „Deswegen hast du doch die Kamera vor meinem Zimmer aufgestellt, oder nicht? Um mich auf frischer Tat zu ertappen!“

Valérie schüttelte so heftig den Kopf, dass sich ein paar dunkle Strähnen aus ihrem Haarknoten lösten. „Erwartet habe ich schon etwas“, gab sie zu, „aber nicht dieses. Habe eher gedacht an Spuk! Was soll man denn glauben in so eine alte, gruselige Haus, wo immer es knarrt, die Lichte flackern, man spürt eine eisige Hauch …“ Sie verstummte, dann huschte ein verlegenes Grinsen über ihr Gesicht. „Ich bin sehr abergläubisch, du musst wissen“, fügte sie hinzu.

Ihr Grinsen ließ meine Panik unerwartet abflauen. Offenbar steckte sie den Anblick eines Fabelwesens viel besser weg, als die meisten anderen Menschen es gekonnt hätten! „Du wolltest mit der Kamera also Gespenster filmen?“, fragte ich stockend, während ich versuchte, das Chaos in meinem Kopf zu ordnen.

„*Oui,* Gespenster waren meine Verdacht. Aber als ich gesehen habe dich mit deine Krallen … da war plötzlich alles klar für mich.“

„Was war klar für dich?“, bohrte ich nach, doch Valérie winkte ab.

„Kann ich dir nur zeigen, wenn du komplett beruhigt hast.“

Ich lehnte mich gegen eines der Regale und holte tief Luft. „Dann verrate mir inzwischen noch was anderes, okay?“, bat ich. „Wieso hast du mich hier versteckt? Jeder andere hätte geschrien und der ganzen Welt gezeigt, was mit mir los ist!“

Valérie zögerte kurz mit ihrer Antwort. „Ich konnte sehen, dass du gefürchtet hast“, sagte sie schließlich. „Wer fürchtet, kann keine gefährliche Ungeheuer sein. Außerdem, du hast auch nicht geschrien wegen die geklaute Kamera. Du wolltest für mich keine Probleme machen, oder?“

„Stimmt. Wahrscheinlich hätte ich die Kamera einfach meinen Cousinen zurückgegeben … aber jetzt ist sie wohl kaputt.“ Zerknirscht senkte ich den Kopf, als ich an den Aufprall auf dem Küchenfußboden dachte.

„Ist nicht schlimm“, meinte Valérie. „Die Zwillinge bekommen neue. Bekommen immer alles neu!“ Sie verdrehte ein bisschen die Augen, dann wechselte sie das Thema. „So – du siehst wieder wie eine normale Mädchen aus. Können wir uns wagen in die Freiheit?“

Da merkte ich erst, dass das Verwandlungsbrennen aufgehört hatte. Mir war jetzt in den knappen Klamotten der Zwillinge sogar kühl. Erleichtert nickte ich, und Valérie öffnete die Tür der Vorratskammer. Auf Zehenspitzen lotste sie mich an der Köchin vorbei, die immer noch mit voller Konzentration das Mittagessen zubereitete. Kein Wunder, dass die Mahlzeiten hier so köstlich waren, wenn diese Frau sich von nichts und niemandem ablenken ließ! Sie drehte nicht einmal den Kopf, als Valérie die verbeulte Kamera mit einem gezielten Tritt unter eine Kommode schubste.

„Ich untersuche später", flüsterte Valérie mir zu.

Als wir ins Frühstückszimmer kamen, saß dort nur noch Tante Erin und nippte an ihrem Kaffee. Die Zwillinge mussten bereits ins Studierzimmer gegangen sein. Erstaunt blickte meine Tante uns an, doch nachdem Valérie ihr etwas auf Französisch gesagt hatte, schenkte sie mir ein flüchtiges Lächeln.

„Was hast du ihr erzählt?", wisperte ich, während wir auf den Flur hinausliefen.

„Deine Bluse ist gerissen, und ich muss sie flicken. Madame hat schon beim Aussuchen von die Kleidung gesagt, das wird vielleicht passieren, weil du nicht gewohnt bist an feine Stoffe.“ Valérie bog in einen Gang ab, den die Zwillinge bei ihrer Führung ausgelassen hatten, und öffnete eine knarrende Tür. Dahinter befand sich ein hoher, lang gestreckter Raum. Durch eine Reihe von Fenstern fiel das Herbstlicht herein und brachte goldene Bilderrahmen an der anderen Wand zum Leuchten.

Mit zurückgelegtem Kopf betrachtete ich die Personen auf diesen Gemälden. Sie machten einen ausgesprochen würdevollen Eindruck, obwohl manche von ihnen ziemlich schräg gekleidet waren. Einige Männer trugen zum Beispiel Federhüte, fellbesetzte Umhänge und Beinkleider, die mich an Nanas Lieblingsleggings erinnerten.

„Wer sind die denn?“, fragte ich, bevor ich die Namensschilder am unteren Rand der Bilder entdeckte: *Victor Baptiste Lavall. Marie-Thérèse Lavall. Gaspard Rodolphe Lavall …* Da begriff ich, dass all diese Leute meine Vorfahren sein mussten. Staunend lief ich bis ans Ende der Ahnengalerie und bremste ab, als ich die letzten Bilder erreicht hatte. Da waren sie: Dorothée und Raphaël Lavall. Meine Großmutter posierte in einem fließenden, silbergrauen Kleid, das die Farbe ihrer kurzen Locken betonte, und mein Großvater trug einen Frack mit silbergrauer Fliege. Obwohl von jedem ein eigenes Bild gemalt worden war, schienen sie einander über die verschnörkelten Rahmen hinweg anzublicken. Ich fand ihre Gesichter weniger streng, als ich sie mir vorgestellt hatte … und auf seltsame Weise vertraut. Vielleicht lag es daran, dass Raphaëls Augen so ähnlich geformt waren wie die von meinem Vater, und Dorothée hatte Dad eindeutig ihren Mund vererbt.

„Ich sehe meine Großeltern gerade zum ersten Mal", sagte ich leise, als Valérie neben mich trat. „Kannst du mir erzählen, wie sie so gewesen sind?"

„Weiß ich nicht, leider." Bedauernd schüttelte Valérie den Kopf. „Bis jetzt ich arbeite auf Château Lavall nur seit zwei Wochen. Das ist eigentlich Job von meine *Maman*. Sie ist zu zweite Mal krank in kurze Zeit und hat Angst, die neuen Herrschaften schmeißen sie heraus. Also hat sie geschrieben ein Brief an meine Schule, damit ich hier …" Sie machte eine hilflose Geste, weil ihr wohl das passende Wort nicht einfiel.

„Damit du sie vertreten kannst?", ergänzte ich. „Verstehe. Aber ich glaube nicht, dass Tante Erin und Onkel René deine Mam einfach rausschmeißen würden, nur weil sie krank ist!"

Valérie zuckte mit den Schultern. „*Maman* sagt, es ist sehr viel anders seit die Tode von alte Herrschaften", antwortete sie ausweichend. Dann nahm sie meine Hand, zog mich ein paar Schritte zur Seite und deutete auf einen Bilderrahmen, den ich bisher noch gar nicht bemerkt hatte. Seltsamerweise enthielt er kein Gemälde. Es gab nur ein goldenes Schild mit der Aufschrift *Gabriel Félix Lavall (Le Loup-Garou)*.

„Ist ein Beiname … ein Spitzname, aber nicht nett", erklärte Valérie. „Ich habe gedacht, es ist nur irgendein Schimpfwort. Doch jetzt, ich verstehe alles!" Sie wandte sich zu mir und schaute mich eindringlich an. „Gabriel Lavall war dein Urgroßvater", sagte sie, „und *Le Loup-Garou* heißt: der Werwolf."

Verblüfft riss ich die Augen auf. „Du meinst, er hatte auch übernatürliche Fähigkeiten? Er könnte genauso gewesen sein wie ich?"

„O ja, nur nicht seine Charakter. Gabriel hat eine sehr schlechte Ruf bei die Lavalls. Hat seine Familie alleine gelassen und die ganze Reichtum verloren! Sie mussten fast *le château* verkaufen, aber dann, dein Großvater hat sich verliebt in deine Großmutter. Mademoiselle Dorothée war Tochter aus eine erfolgreiche Familie der Pharmazie. Sie sind geworden Mann und Frau, und die Lavalls hatten danach alles, was man wünschen kann: große Haus, große Geld und große Firma."

Valérie wirkte kein bisschen neidisch, während sie mir davon erzählte. Es hörte sich eher so an, als wäre diese Geschichte ihr Lieblingsmärchen. Etwas ernster fügte sie allerdings hinzu: „*Maman* sagt, Raphaël hat trotzdem nie vergessen die Wut auf sein Vater. Er meint über ihn, der ist gewesen ein Taugenichts. Darum habe ich geglaubt, Werwolf ist nur ein Schimpfname!"

Ich blieb eine Weile still, während ich mir das alles durch den Kopf gehen ließ. Ein Taugenichts – hatten meine Großeltern über Dad nicht dasselbe gesagt? Vielleicht hatten sie befürchtet, er würde automatisch genauso verantwortungslos werden wie „der Werwolf", aber das war natürlich Blödsinn. Wandlerkräfte hatten mit dem Charakter nichts zu tun. Ob Dorothée und Raphaël nachsichtiger mit Dad gewesen wären, wenn sie das gewusst hätten ...?

Valéries neugieriger Blick riss mich aus meinen Gedanken. „Kann ich dir was verraten, und du erzählst es ganz bestimmt nicht weiter?", fragte ich.

Sofort streckte sie zwei Finger in die Luft. „Fest geschworen."

„Also, ich hab meine besonderen Fähigkeiten sicher von meinem Urgroßvater geerbt. Oder eigentlich von meinem Vater, und der hatte sie von ihm. Aber wir sind keine Werwölfe, sondern Pookas. Das heißt, wir können uns in alle möglichen Tiere verwandeln."

„*Können* verwandeln? Oder müssen?", erkundigte Valérie sich scharfsinnig.

Ich verzog das Gesicht. „Manchmal passiert es gegen unseren Willen – zum Beispiel, wenn wir uns sehr aufregen", erklärte ich. „Doch normalerweise schaffe ich es, meine Kräfte unter Kontrolle zu halten. Dafür brauche ich einen Tee aus drei Kräutern, den ich mir gestern extra aus der Apotheke geholt habe. Leider habe ich wohl zu wenig davon getrunken, und deswegen wirkt er nicht. Vielleicht liegt es aber auch daran, dass die Kräuter französisch sind …"

„Bah, Kraut ist Kraut", entgegnete Valérie resolut. „Du meinst die Tee aus hellblaue kleine Packung, ja? Madame hat gestern Abend gesagt, ich soll das kochen … Ich mochte nicht die Geruch, vielleicht es ist verdorben? Wir wollen sofort nachprüfen!"

Wie ein Wirbelwind fegte sie aus der Ahnengalerie, und nach einem letzten Blick auf meine Großeltern folgte ich ihr. Zum Glück hatte Tante Erin das Frühstückszimmer mittlerweile verlassen. Ungesehen gelangten wir in die Küche, wo jetzt irgendetwas Duftendes in einem großen Topf vor sich hin blubberte. Außerdem erspähte ich im Ofen einen Braten, aber von der Köchin war nichts zu sehen.

„Sylvie raucht sicher gerade eine *cigarette*", sagte Valérie mit einem frechen Zwinkern. „Also, wir betrachten deine Kräuter in alle Ruhe!" Sie streckte sich zu einem Regalbrett hinauf und hatte auch schon das Teepäckchen in der Hand. Schwungvoll schüttete sie etwas von dem Inhalt auf die Anrichte. „Aussieht es, wie es soll?", fragte sie gespannt.

Mit gerunzelter Stirn beugte ich mich über das grüne Häufchen und stocherte darin herum. „Moment, wo ist die Schafgarbe?", murmelte ich, und meine Bewegungen wurden hektischer. „Da müssten kleine Blüten sein, aber die fehlen! Und das hier sieht aus wie Löwenzahn …" Ich hielt ein grob zerkleinertes Blatt hoch, dessen frühere Form man noch deutlich erkennen konnte.

„*Voilà,* jetzt weißt du: Darum funktioniert nicht deine Zaubertrank!", verkündete Valérie.

Ich ließ den Löwenzahn fallen und drückte das Gesicht in meine Hände. „Die Zwillinge müssen sich beim Übersetzen geirrt haben“, jammerte ich. „Was mache ich denn jetzt? Wir fahren erst morgen wieder in die Stadt, aber ohne den Tee traue ich mich nicht mehr, schlafen zu gehen!“

Valérie streichelte mir tröstend über den Rücken. „Leider, ich darf erst spät nach Hause und kann nicht einkaufen für dich …“, murmelte sie, dann schnappte sie plötzlich nach Luft. „Doch hier kommt eine Idee! Als die neuen Herrschaften sind eingezogen, dein Onkel hat machen lassen im oberste Stockwerk eine Labor. Dort hinein, man kommt nur mit ein Scan von Finger. Aber die alte *bureau* von deine Großeltern auf erste Etage ist genau gleich wie früher. Und ich weiß: Dein Onkel hat die Schlüssel immer in seine Manteltasche!“

Verwirrt schaute ich sie an. „Warum sollten wir denn in das alte Büro gehen?“

„Weil dort ist eine riesige Kommode, und die Schublade sind gefüllt mit Pflanzen, Pulver, alle solche Dinge!“

„Meinst du einen Apothekerschrank?“, fragte ich hoffnungsvoll. „In dem vielleicht auch getrocknete Schafgarbe sein könnte?“

„Exactement", bestätigte Valérie und grinste mich an. „Dann du kannst schlafen gehen, ohne Angsthase zu werden … oder richtige Hase."

Ihr schelmischer Gesichtsausdruck brachte mich zum Lachen. „Einen Versuch ist es jedenfalls wert! Wann legen wir los?"

„Ich muss arbeiten bis ziemlich spät", seufzte Valérie, „aber danach ist auch bessere Gelegenheit. Deine Onkel und Tante gehen am Abend immer in die Labor. Ich komme zu deine Zimmer, bringe Schlüssel und zeige dir die alte Büro. *D'accord?"*

„Was auch immer das heißt: Ja!", rief ich aus, und wir gaben uns über dem falschen Tee ein schallendes High Five.

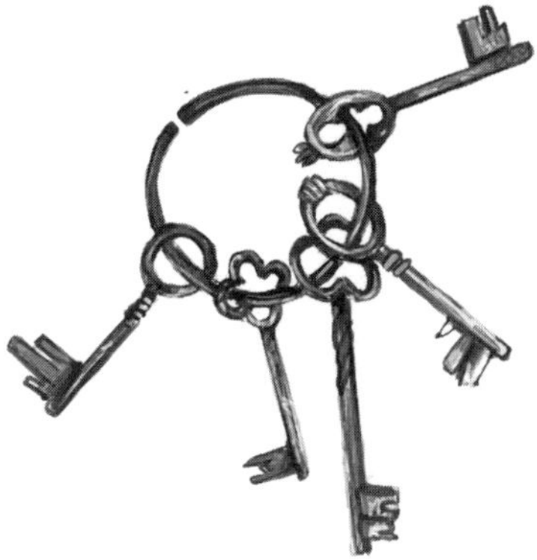

14. KAPITEL

Nächtliche Mission mit plötzlichem Ende

Nach dem Abendessen brachte Tante Erin mir wieder zwei Kekse und dazu eine Pille. Den Tee hatte sie anscheinend vergessen, aber wie ich jetzt wusste, änderte das sowieso nichts.

„Hab bloß keine Scheu, dieses kleine Wundermittel zu schlucken“, sagte Tante Erin und schüttelte fürsorglich meine Kissen auf. „Du möchtest morgen beim Kleiderkauf sicher hübsch ausgeruht sein. Und wie soll man schlafen, wenn es in den Därmen zwickt?"

Ich rang mir ein Lächeln ab – und sah dabei garantiert so aus, als würden meine Därme wirklich Probleme machen. Tante Erin war ja sehr lieb, aber in diesem Moment wünschte ich mir einfach nur, sie würde mitsamt ihrem Wundermittel verschwinden! Kaum hatte sie das Zimmer verlassen, warf ich die Pille in die Schublade des Nachttischs und wartete dann ungeduldig auf Valérie.

Endlich wurde die Tür einen Spaltbreit geöffnet. „Die Luft ist fein", hörte ich jemanden raunen.

Mir entschlüpfte ein Glucksen. „Rein", verbesserte ich automatisch.

„Nein, raus! *Allez,* nun mach schon!" Valérie riss die Tür weiter auf und zeigte mir triumphierend einen Schlüsselbund. Sofort sprang ich aus dem Bett und huschte zu ihr auf den Flur. Meine Schuhe ließ ich absichtlich zurück. Zwar spürte ich die Kälte des Bodens deutlich durch meine Socken, aber ich wollte keine unnötigen Geräusche machen. Dieses Haus war so entsetzlich still! Bei Tageslicht wirkte es verwunschen und geheimnisvoll, aber während wir jetzt durch die Flure schlichen, fand ich es eher gruselig. Einmal hätte ich vor Schreck beinahe aufgeschrien, weil ich eine Gestalt aus den Augenwinkeln sah – dann entpuppte sie sich als lebensgroße Statue.

Ein paar Meter weiter blieb Valérie stehen und machte sich an einer Tür zu schaffen. Meine Schultern verkrampften sich, als der Schlüsselbund klimperte. Aus irgendeinem Grund fühlte ich mich beobachtet und fast wie eine Einbrecherin, obwohl wir doch nichts Böses vorhatten. Daran war nur diese blöde Statue schuld! Erleichtert atmete ich auf, als die Tür sich lautlos öffnete. Nachdem Valérie das Licht angeknipst hatte, sah ich einen Raum mit hohen Regalen. Staubige Wälzer reihten sich auf den Regalbrettern aneinander, aber auch Flaschen und Schraubgläser, die mit vergilbten Etiketten beschriftet waren. In der Mitte des Raumes standen ein Schreibtisch und zwei Stühle. Bei dem Gedanken, wie meine Großeltern hier gemeinsam gearbeitet hatten, musste ich trotz meiner Aufregung lächeln.

Valérie stupste mich an. „Schaue hier!“, sagte sie und deutete auf eine wuchtige Kommode neben dem Schreibtisch. Die vielen kleinen Schubladen waren genauso sorgfältig beschriftet wie die Gefäße in den Regalen. „Heute Nachmittag, ich habe in die Bibliothek Staub gewischt und eine Wörterbuch benutzt“, erzählte Valérie mit gedämpfter Stimme. „Darum weiß ich jetzt: Wir suchen *achillée.*“

„Also ganz oben!“ Ich stand bereits vor der Kommode, deren Inhalt alphabetisch geordnet war. Mühsam entzifferte ich die Namen in der ersten Reihe und jauchzte

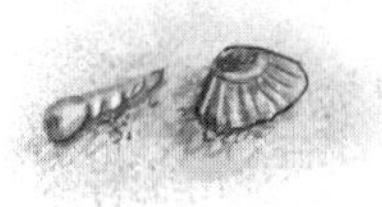

dann leise, als ich die richtige Schublade gefunden hatte. Meine Freude hielt allerdings nicht lange an: In der Lade befand sich nur ein winziges Häufchen Schafgarbe, das aussah, als müsste es gleich zu Staub zerfallen.

„Das reicht gerade mal für eine kleine Tasse Tee“, seufzte ich. „Na ja, immerhin besser als nichts.“

„Eben“, stimmte Valérie zu. „Und morgen du fährst zu die Stadt und kaufst mehr.“ Sie wandte sich ab und begann, auf dem Schreibtisch herumzustöbern.

„Was machst du denn da?“, fragte ich nervös.

„Ich suche ein Briefumschlag. Darin du kannst die Blattchen gut tragen!“ Seelenruhig kramte sie weiter zwischen den losen Papieren, während ich von einem Fuß auf den anderen trat. Warum nur hatte ich das Gefühl, dass wir hier nicht alleine waren?

„*Voilà!*“, sagte Valérie endlich. Sie griff nach einem Kuvert, dann stutzte sie. „Ist merkwürdig. Da steht: *Rappel de produit.* Es bedeutet, wenn eine Produkt nicht ist in Ordnung, Kunden sollen sie schicken zurück."

Mit einem flauen Gefühl im Bauch spähte ich auf den Umschlag. „Ein Produktrückruf", murmelte ich. „Bedeutet das, die Firma Lavall steckt in irgendwelchen Schwierigkeiten?"

„Ist vielleicht Grund, warum dein Onkel arbeitet die ganze Zeit!" Neugierig beugte Valérie sich wieder über den Schreibtisch, aber dann schaute sie plötzlich zu mir. „Hast du gehört?", fragte sie stirnrunzelnd.

„Was soll ich …" Ein Rascheln ließ mich zusammenzucken. Erschrocken lauschten wir beide in die folgende Stille, während sich die Härchen in meinem Nacken aufrichteten.

„Etwas stimmt nicht", flüsterte Valérie. „Wir nehmen deine Kraut, und dann schnell hier weg!" Hektisch griff sie in die Schublade, scharrte die Blätter zusammen und stopfte sie in die Tasche ihrer Hausmädchen-Schürze. Ich schaffte es noch, die Lade wieder zu schließen, ehe Valérie mich zur Tür zerrte. Wir stolperten aus dem Büro, und Valérie wollte gerade absperren, da raschelte es wieder. Das kam eindeutig von der Statue am Ende des Flurs! *So ein Unsinn. Du bildest dir das nur ein!*, wollte ich mich selbst überzeugen, doch das Herz klopfte mir bis zum Hals. Wie gebannt starrte ich in die Nische, in der die Statue aufgestellt war. Einige Sekunden lang blieb es totenstill … dann lösten sich zwei Schatten aus der Dunkelheit.

Mit seltsam zufriedenen Gesichtern bauten die Zwillinge sich vor der Statue auf.

„Na, so was. Wer hätte das gedacht?", fragte Claire, während sie mit spitzen Fingern eine Spinnwebe von ihrem Nachthemd zupfte.

Nadine verschränkte die Arme vor der Brust. „*Maman* und Papa jedenfalls nicht", antwortete sie. „Den beiden war es ja soo wichtig, dass wir nett zu unserer neuen Cousine sind! Aber was würden sie sagen, wenn sie wüssten, dass die liebe Ruby nachts hier herumschnüffelt?"

Bis zu diesem Moment hatten sie so getan, als würden sie sich bloß miteinander unterhalten. Jetzt drehten sie die Köpfe, und ihr durchdringender Blick jagte mir einen Schauer den Rücken hinunter. Die Zwillinge wirkten vollkommen verändert. Zwar lächelten sie mich an, aber ihre Mienen hatten eindeutig etwas Hämisches.

„Wir haben heute Morgen gesehen, wie du mit dem Hausmädchen durch die Flure geschlichen bist", sagte Claire, als wäre Valérie gar nicht da. „Und abends, als sie das Essen hereinbrachte, habt ihr euch so komisch zugenickt …"

„Da wussten wir gleich, dass ihr etwas im Schilde führt!", vollendete Nadine den Satz.

Ich schluckte trocken, nicht sicher, ob mir meine Stimme gehorchen würde. Noch bevor ich etwas sagen konnte, beteuerte Valérie: „Wir haben gemacht nichts Schlimmes! Ruby brauchte nur etwas für ihre Tee!" Zum Beweis holte sie ein Blatt aus ihrer Schürzentasche und wedelte damit herum.

„Ja, meine … Verdauungsprobleme wurden immer stärker", brachte ich endlich hervor. „Ich wollte niemanden wecken, also hab ich Valérie um Hilfe gebeten. Wahrscheinlich hätten wir das Büro nicht einfach betreten sollen, aber es ging doch nur um ein paar alte Pflanzen aus der Kommode meiner Großeltern!"

Die Zwillinge schienen sich kein bisschen darüber zu wundern, dass der Tee aus der Apotheke nicht gewirkt hatte. Stattdessen glaubte ich zu sehen, wie Nadine ihre Schwester mit dem Ellenbogen anstieß. „Wenn es dir so schlecht geht", sagte sie langsam, „dann wirst du morgen wohl nicht zum Kleiderkauf in die Stadt mitfahren können, oder?"

„Also – ich weiß nicht. Darüber hab ich noch gar nicht nachgedacht“, stotterte ich verwirrt.

„Dann helfen wir dir mal auf die Sprünge: Du gönnst dir einen gemütlichen Tag im Bett“, bestimmte Claire. „So hat jeder von uns seine Ruhe. Wir wurden nämlich nicht gefragt, ob wir die ganze Zeit um eine neue Cousine herumschwirren wollen. Schlimm genug, dass *Maman* und Papa sich so bei dir einschleimen!“ Mit diesen Worten kehrte sie uns den Rücken zu und stolzierte davon. Nadine bedachte mich noch mit einem gehässigen Blick, dann folgte sie ihrer Schwester. Von hinten ähnelten die beiden in ihren langen Nachthemden mehr denn je zwei bezaubernden Feen.

Valérie schob ihren Arm unter meinen. „Komm“, flüsterte sie. „Wir gehen zu Küche, dann ich mache dir schnell die richtige Tee.“

Ich nickte, rührte mich aber nicht vom Fleck. „Valérie“, sagte ich leise, „weißt du zufällig, wie Löwenzahn auf Französisch heißt? Klingt das Wort fast wie *achillée*, sodass man es leicht verwechseln kann?“

„Nein, gar nicht. Löwenzahn heißt *pissenlit.*“ Valérie

biss sich kurz auf die Unterlippe, dann fügte sie hinzu: „Komische Name eigentlich. Übersetzt, es bedeutet: *Mach ins Bett.*“

Da wusste ich, dass ich die Tasse Spezialtee noch dringender brauchte als zuvor. Heute würde ich wieder mit einem sehr unerfreulichen Gedanken einschlafen müssen: Meine Cousinen hatten mich genauso gerne zu Gast auf Château Lavall wie Läuse in ihrem seidig glänzenden Haar.

15. KAPITEL

Auf dem Friedhof der Lavalls

Liebes, das kannst du doch nicht machen!“ Bestürzt schaute Tante Erin mich über den Frühstückstisch hinweg an. Ich hatte ihr gerade erzählt, dass ich nicht zu ihrer Shoppingtour mitkommen würde, und sie schien furchtbar enttäuscht zu sein.

Onkel René rührte mit bekümmerter Miene in seiner Kaffeetasse. „Ich muss gleich in die Firma, heute gehen ein paar große Lieferungen raus“, sagte er. „Das heißt, ich kann leider nicht zu Hause bleiben, um nach dir zu sehen.

Und die Mädchen hatten sich schon so aufs Einkaufen gefreut …"

„Gefreut?", wiederholte Claire und ließ laut klappernd ein Buttermesser neben ihren Teller fallen. „Wir *müssen* doch heute unsere Kleider holen! Morgen vor dem Ball ist bestimmt keine Zeit mehr dafür!"

„Und wieso sollten wir überhaupt alles wegen der da abblasen?" Nadine schob trotzig die Unterlippe vor.

„Wir können Ruby unmöglich alleine lassen, wenn sie sich nicht gut fühlt", mahnte Tante Erin. Die Gesichter der Zwillinge wurden immer röter, bis es aussah, als würden sie gleich explodieren.

„Das ist wirklich kein Problem!", beeilte ich mich zu sagen. „Ich werde mich einfach ins Bett legen und warten, bis meine Bauchschmerzen verschwunden sind."

Tante Erin und Onkel René wechselten einen Blick. „Also, ich weiß ja nicht", murmelte Onkel René. „Haben Claire und Nadine nicht mehr als genug Kleider im Schrank?"

Aber da platzte den Zwillingen der Kragen. Sie sprangen beide gleichzeitig auf, sodass ihre Stühle polternd über den Boden rutschten, und funkelten ihre Eltern an. „Macht euch bloß keine Sorgen", sagte Claire eisig. „Ruby wird sich schon alles nehmen, was sie braucht. Genau wie letzte Nacht, als sie mit dem Hausmädchen in das alte Büro geschlichen ist!"

Ich erstarrte. Hilflos musste ich mitanhören, wie Nadine nun die ganze Geschichte erzählte. Während sie sprach, zuckte Onkel Renés Bärtchen heftig. Vielleicht befürchtete er, dass ich die Sache mit dem Produktrückruf herausgefunden hatte, und schämte sich dafür. „Ich war nur eine Minute im Büro!", beteuerte ich deshalb, als die Zwillinge mich endlich zu Wort kommen ließen. „Wir haben Teekräuter für meinen Bauch geholt und sind gleich wieder gegangen!"

Onkel René strich sich mit einer Hand über den Mund, als wollte er nicht nur seinen Bart, sondern auch sich selbst beruhigen. Dann sagte er etwas steif: „Ich verstehe durchaus deine Gründe, meine Liebe. Außerdem kennst du die Gepflogenheiten dieses Hauses noch nicht. Meine Mädchen wissen, dass sie dort drin nichts zu suchen haben, genauso wenig wie im Labor!"

„Valérie hätte dir das auf gar keinen Fall anbieten dürfen", pflichtete Tante Erin ihm bei. „Leider hat sie dadurch unser Vertrauen verloren. Bevor wir losfahren, teile ich ihr mit, dass sie nach Hause muss."

„Nein, bitte nicht! Sie wollte mir doch nur helfen!“, rief ich entsetzt.

„Regeln sind Regeln, Ruby. Man muss sich darauf verlassen können, dass einem das Hausmädchen nicht die Schlüssel klaut. Vielleicht ist ihre Mutter inzwischen wieder fit genug, um herzukommen und ihren Job ordentlich zu erledigen.“ Seufzend stand Tante Erin auf und ging in die Küche. Währenddessen scheuchten die Zwillinge ihren Vater voller Tatendrang zur Treppe, die in die Eingangshalle hinunterführte. Ich blieb alleine am Frühstückstisch sitzen und starrte unglücklich vor mich hin.

„Nun lass doch den Kopf nicht hängen“, sagte Tante Erin, als sie zurückkam. „Glaub mir, Valérie sieht ihren Fehler ein und trägt die Konsequenzen mit Fassung. Jetzt sei ein braves Mädchen, leg dich ins Bett und sieh zu, dass du wieder gesund wirst.“ Sie streckte die Hand aus, und mit einem leisen Klimpern fielen zwei Pillen auf meinen leeren Teller. „Eine doppelte Portion, damit es endlich mal wirkt“, erklärte meine Tante liebevoll. „Wäre doch gelacht, wenn wir deine Verdauungsprobleme nicht in den Griff bekämen!“ Sie wartete, bis ich folgsam genickt hatte, dann ging sie hinaus. Ein paar Minuten später hörte ich unten das Haupttor zuschlagen.

„Schöne Mist!“

Ich fuhr herum und sah Valérie, die mir eine Grimasse schnitt.

„Ach, es tut mir leid“, jammerte ich los. „Das ist alles nur meine Schuld! Wenn ich gewusst hätte, dass es so ein Theater gibt, dann …“

„Ruby, anhalte die Luft“, fiel Valérie mir ins Wort. „Du glaubst, diese Job ist gewesen meine Traum? Zumindest, ich muss nicht mehr wegräumen die Frühstücksgeschirr.“ Sie grinste schief, und da fühlte ich mich ein wenig besser.

„Was hast du denn jetzt vor?“, wollte ich wissen.

„Ich muss mit die Bus fahren nach Hause. Aber so richtig, ich habe keine Lust. Meine *Maman* wird nicht froh sein über die ganze Ärger, das ist sicher.“

„Dann bleib doch noch ein bisschen“, bettelte ich in dem Versuch, sie aufzuheitern. „Wir haben das ganze Haus für uns! Wie wär's, wenn wir nach Geheimgängen und versteckten Zimmern hinter Wandteppichen suchen würden?“

Valérie lachte auf. „Oder wir legen die Zwillinge alte Käse in die Bette.“

„Oder wir stellen alle gruseligen Statuen in einen Raum und feiern mit ihnen eine Party.“

„Oder …“ Valérie hob einen Zeigefinger, um zu verdeutlichen, dass jetzt ein ernsthafter Vorschlag kam. „Wir gehen spazieren durch die Park. Vielleicht, wir finden eine späte *achillée?*“

Damit hatte sie mich überzeugt. Gemeinsam liefen wir ins Erdgeschoss, zogen unsere Jacken an und traten in die kalte Herbstluft hinaus. Der Geruch nach feuchtem Gras weckte in mir schreckliche Sehnsucht nach Patch Island. Wie gern hätte ich jetzt einen Spaziergang über die vertrauten Hügel gemacht, um mich dann in der Stube zwischen all meinen Lieben aufzuwärmen … Doch beim Gedanken an Noah zog ich trotzig die Schultern hoch. Ich hatte angekündigt, die ganze Woche hierzubleiben, und daran würde ich mich auch halten! Die Zwillinge konnten mich zwar nicht ausstehen, aber Erin und René schienen immer noch froh über meinen Besuch zu sein.

„Auf die perfekte Rasen, wir haben keine Chance“, riss Valérie mich aus meinen Gedanken. „Alle Blumen sind weg. Es gibt aber eine Ort, wo die Rasenmäher fahren nur selten!“ Sie flitzte los, und ich gab mir Mühe, ihr auf den

Fersen zu bleiben. Je weiter wir uns vom Haus und von der Zufahrtsstraße entfernten, umso weniger merkte man den Einfluss der Gärtner. Die Büsche sahen wieder aus wie Pflanzen anstatt wie grüne Kegel oder Tonnen, und ich entdeckte sogar ein paar tapfere Gänseblümchen. Eines davon pflückte ich und steckte es in die Jackentasche. Natürlich würde es verwelkt sein, bis ich wieder zu Hause war, doch vielleicht konnten Felicitys Feenfreundinnen es zu neuem Leben erwecken.

Valérie war inzwischen bis zu einer niedrigen Mauer gelaufen und öffnete ein Gittertor. „Es ist hier", sagte sie mit gesenkter Stimme.

„Was denn? Ein Kräutergarten?"

„*Mais non!* Die Friedhof von Familie Lavall."

Überrascht folgte ich ihr durch das Tor. Nie wäre ich auf die Idee gekommen, dass die Lavalls einen eigenen Friedhof besaßen! „Zeigst du mir das Grab meiner Großeltern?", bat ich Valérie, die bereits an der Innenseite der Mauer im Gras herumstöberte.

„Klar", antwortete sie schulterzuckend. „Ich glaube nicht, dass dort jetzt sind eine Menge von Besucher." Ohne diese rätselhafte Bemerkung zu erklären, führte sie mich an Grabsteinen, Engelsfiguren und Kreuzen vorbei.

Ich konnte kaum fassen, wie viele meiner Verwandten hier ihre letzte Ruhestätte hatten! Es war ein ähnlich beeindruckendes Gefühl wie in der Ahnengalerie – nur trauriger. Auf den Gemälden hatten die früheren Lavalls stolz und würdevoll ausgesehen, doch ihre Grabsteine waren zum Teil so verwittert oder von Unkraut überwuchert, dass man die Inschriften kaum noch entziffern konnte.

„Das ist es?“, fragte ich verblüfft, als Valérie stehen blieb. Dabei waren die Buchstaben auf diesem Stein klar und deutlich zu erkennen. Er stand schließlich erst seit wenigen Monaten hier. Deshalb hatte ich auch mit Kerzen, frischen Kränzen und Blumenschalen gerechnet, aber das Grab meiner Großeltern war völlig kahl.

Nachdenklich musterte ich die leere, glänzende Marmorplatte. War es in Frankreich nicht üblich, sich um die Gräber von Verwandten zu kümmern? Oder hatten Onkel René und Tante Erin in letzter Zeit einfach nur zu viel Stress gehabt?

„Sag mal …“, begann ich und merkte, dass Valérie sich erneut auf die Suche nach Schafgarbe gemacht hatte. Ich sah sie gerade noch zwei Reihen weiter hinter einem Grabstein verschwinden. Einen Moment lang betrachtete ich wieder die golden eingeprägten Namen meiner Großeltern, dann schob ich eine Hand in meine Jackentasche. Zwischen dem Gänseblümchen und Dads Brief ertastete ich das getrocknete Kleeblatt, das der alte Fergus mir geschenkt hatte. Kurzentschlossen holte ich es hervor und bückte mich, um es auf das Grab zu legen.

Als ich mich aufrichtete, stand ich bereits mitten im Nebel. Ein dichter Schleier war über dem gesamten Friedhof niedergesunken. Ungläubig starrte ich in dieses milchige Weiß, während mein Puls sich beschleunigte. Von zu Hause wusste ich, dass das Wetter vor allem im Herbst schnell umschlagen konnte, aber so etwas hatte ich noch nicht erlebt! Das war extrem, unnatürlich und … gruselig.

„Valérie!", rief ich und drehte mich einmal um mich selbst. Die Grabsteine in der Nähe waren nur noch blasse Schemen, und die Friedhofsmauer sah ich gar nicht mehr. „Wo bist du denn?", versuchte ich es wieder, doch ich hatte nicht das Gefühl, dass meine Stimme weit durch den Nebel drang. Er schien alle Geräusche zu dämpfen wie Watte. Auf gut Glück stolperte ich los und stieß schon nach wenigen Schritten gegen Marmor. Ein scharfer Schmerz zuckte durch mein Schienbein, dann breitete er sich als dumpfes Brennen in meinem ganzen Körper aus … und dieses Brennen wurde immer stärker.

O nein. Nicht schon wieder! Hektisch atmete ich die nasskalte Luft, um meine Verwandlung zu stoppen, aber dann dachte ich nach. Wozu sollte ich jetzt dagegen ankämpfen? Niemand von meinen Verwandten war in der Nähe, und Valérie schien wie vom Erdboden verschluckt zu sein. Bestimmt würde ich sie in Hundegestalt sehr viel leichter finden! Also schloss ich die Augen und ließ mich von dem Brennen überfluten.

Nur wenige Sekunden später wusste ich, dass ich die richtige Entscheidung getroffen hatte. In Menschengestalt bereitete es mir Panik, wenn ich nicht gut sehen konnte, doch als Hund war mir das beinahe egal. Ich hatte ja meine feine Nase! Die steckte ich nun ins Gras und schnüffelte konzentriert, um Valéries Fährte aufzunehmen. Ihre Schuhe dufteten nach einer Mischung aus Leder, Putzmittel und Fett aus der Küche. Schwanzwedelnd trottete ich los, die Schnauze immer noch bis zum Boden gesenkt. Gleich würde ich Valérie hinter einem der Grabsteine entdecken, das wusste ich! Als ihr Geruch stärker wurde, hob ich freudig den Kopf und sah tatsächlich jemanden auf einer Marmorplatte sitzen.

Aber es war nicht Valérie. Die hatte kein langes, wehendes, schneeweißes Haar …

„Ruby?“ Ich wurde von hinten gepackt, und im nächsten Augenblick hüllte mich Valéries Duft vollständig ein. Fest drückte sie mich an ihre Brust, während sie an den Gräbern vorbeirannte. Ich hörte ihr hektisches Keuchen, das Trommeln ihres Herzens – und in der Ferne ein Geräusch, das wie ein lang gezogener Seufzer klang. Als ich über Valéries Schulter spähte, wurde die weißhaarige Gestalt gerade vom Nebel verschluckt.

Valérie taumelte durch das Friedhofstor und setzte mich mit zitternden Händen ab. *„Mon Dieu,* wer ist das gewesen?“, stammelte sie. „Du konntest etwas erkennen, Ruby? Und du *bist* Ruby, ja?!“ Sie zuckte zusammen, als ich mich vor ihren Augen zurückverwandelte.

„Nein, ich konnte nichts erkennen“, sagte ich, sobald ich meine menschliche Stimme wiederhatte. „Wirklich gar nichts, Valérie. Auch keinen Geruch.“

„Was willst du sagen?“, flüsterte sie und wurde bleich.

„Als Hund kann ich jedes Lebewesen in meiner Nähe riechen“, erklärte ich heiser. „Jedes, das wirklich *da* ist. Eben ein Wesen aus Fleisch und Blut, verstehst du? Aber die Gestalt auf diesem Grab …“ Ich schluckte und schaute Valérie eindringlich an. „Diese Gestalt war genauso luftig wie der Nebel.“

16. KAPITEL

Ertappt

Valérie stürmte wieder los. Hals über Kopf flüchtete sie in Richtung Haus, und sie war wirklich schnell. Ich wünschte mir meine vier Pfoten zurück, während ich ihr hinterherrannte.

„Wo willst du hin?“, japste ich, als ich sie kurz vor dem Tor einholte.

„Weg von Friedhof! Und vor allem ganz weit weg von das … das …“

„Gespenst“, vollendete ich ihren Satz. „Du kannst es ruhig aussprechen. Deswegen wird es nicht gleich hier auftauchen und dir ins Ohr pusten."

„Das ist nicht lustig!", rief sie schrill. Panisch blickte sie sich um, als erwartete sie tatsächlich, dass die Gestalt mit den langen weißen Haaren uns verfolgt hatte. Bevor sie wieder Reißaus nehmen konnte, griff ich nach dem Ärmel ihrer Jacke.

„Jetzt beruhige dich mal", bat ich sie. „Warum regst du dich denn so auf? Du hast doch schon seit einer Weile vermutet, dass es auf dem Anwesen spukt."

„Nicht vermutet! Gefürchtet!" Valérie schüttelte sich wie ein nasser Hund. „Ich mag keine Gespenster. Ich mag ja noch nicht mal *les films d'horreur*!"

„Dafür bist du ziemlich cool geblieben, als sich ein Mensch vor dir in ein Tier verwandelt hat", wandte ich ein und legte einen Arm um ihre Schultern. „Hör mal, es gibt eben ganz verschiedene Fabelwesen. Zufällig kenne ich mich damit sehr gut aus! Manche sind luftig, manche fest. Manche wirken niedlich, manche eher gruselig. Aber das heißt noch lange nicht, dass man sich vor ihnen fürchten muss!"

„Du willst sagen, du hast keine Angst vor Gespenster?" Zitternd schaute sie mich an, und ich nickte entschlossen.

Hoffentlich merkte sie nicht, dass ich ganz schön übertrieb. In Wirklichkeit war mir nur ein einziges Gespenst näher bekannt: Finbar, der Gutversteckte. Und der hatte früher mal Finbar, der Blutbefleckte geheißen! Die Kleckse auf seinem Gewand erinnerten zwar eher an getrocknete Tomatensoße, aber ich hatte ihn nie genauer danach gefragt. Vielleicht waren Gespenster doch nicht so harmlos, wie ich sie darstellte …

Als hätte ich meine Gedanken laut ausgesprochen, riss Valérie sich plötzlich los und ging hinter einem der kegelförmigen Büsche in Deckung. Erschrocken schaute ich wieder zum Friedhof, ehe ich das Brummen hörte. Ein Auto kam die Zufahrtsstraße herauf und bremste direkt neben mir ab. Tante Erin öffnete die Fahrertür. „Bei der ganzen Hektik habe ich mein Handy vergessen“, erklärte sie, dann sah sie mich stirnrunzelnd an. „Was hast du eigentlich hier im Freien verloren?“

„Frische Luft ist doch gut bei Übelkeit“, sagte ich und zwang mich zu einem tapferen Lächeln. *Schau bitte nicht zu dem Busch, schau bitte nicht zu dem Busch …*

Tante Erin lächelte nicht zurück. „Aber was ist mit den Pillen, die ich dir gegeben habe?“

Ich wollte gerade ganz unschuldig fragen, was denn damit sein sollte, da flogen die hinteren Autotüren auf. Die Zwillinge schossen ins Freie, umrundeten den Wagen und zeigten anklagend zu dem Kegelbusch. „*Maman*, sieh mal!“ – „Da ist Valérie!“

Mein Lächeln verwandelte sich in eine Grimasse. Nun sprang auch Tante Erin aus dem Auto und marschierte auf das Versteck meiner Freundin zu. „Das darf nicht wahr sein!“, schimpfte sie. „Ich hatte mich doch klar ausgedrückt: Du bist auf diesem Grundstück nicht mehr erwünscht, Valérie Garnier!“ Und sie ließ einen französischen Wortschwall folgen, dessen Bedeutung ich mir ungefähr zusammenreimen konnte.

Mit hängenden Schultern kam Valérie hinter dem Busch hervor. Erst einen Geist aufzustöbern und dann von Claire und Nadine aufgestöbert zu werden – das war eindeutig zu viel für sie. Vor lauter Mitleid dachte ich keine Sekunde nach, sondern plapperte einfach drauflos: „Okay, um ehrlich zu sein, bin ich gar nicht krank. Ich hatte nur keine Lust auf Kleidershopping, sondern wollte mir lieber hier mit Valérie einen gemütlichen Tag machen. Es war ganz allein meine Idee, und wir haben auch nichts angestellt!“

„Nichts angestellt?“, wiederholte Tante Erin scharf.

„Valérie hat meine Wünsche bewusst ignoriert, und du hast mir ins Gesicht gelogen, Ruby! Dabei kann ich Lügen auf den Tod nicht ausstehen.“ Schnaufend holte sie Luft, dann wechselte ihre Miene von Ärger zu Bekümmerung. „Ich werde Valérie jetzt heimbringen und ihrer Mutter erklären, dass wir uns ein neues Hausmädchen suchen. Die Garniers wohnen direkt über dem Postamt, nicht wahr?“, fragte sie die Zwillinge, und die beiden nickten eifrig. „Also schön, ich muss ohnehin ein paar Päckchen abholen, dann erledige ich das unterwegs. Nadine, sei ein Schatz und hol Mamis Handy aus dem Frühstückszimmer. Claire, setz dich schon mal mit Valérie und Ruby in den Wagen …“

„Wieso denn mit Ruby?“, protestierte Claire. „Du kannst sie doch nach ihrer ganzen Lügerei nicht in die Stadt mitnehmen!“

„Ja, das wäre total unfair!“, rief Nadine empört.

Tante Erin presste die Lippen zusammen. Ich konnte sehen, dass sie sich vor einem Wutanfall ihrer Töchter fürchtete. Überhaupt wirkte sie sehr nervös, während ihr Blick zwischen mir, den Zwillingen und dem Eingangstor hin und her huschte. „Ihr habt wohl recht“, sagte sie schließlich. „Dann … dann machen wir es eben anders. Ruby, folge mir bitte.“

Ich wusste, dass ich keine Wahl hatte. Niedergeschlagen schaute ich zu Valérie, doch die wurde bereits von Claire und Nadine ins Auto geschoben. Meine Cousinen benahmen sich wie Polizistinnen, die eine Verbrecherin abführen. Tante Erin dagegen war die Sache offenbar sehr unangenehm. Sie schaffte es kaum, mich anzusehen, während sie mich zu einer Tür im Erdgeschoß brachte.

„Hier ist das Gästebadezimmer“, erklärte sie, „das hätte Valérie heute eigentlich für den Ball putzen sollen. Aber nun denke ich, diese Aufgabe könntest du übernehmen! Du musst das bitte verstehen, Ruby. Wenn meine Töchter unfolgsam sind, gibt es für sie auch immer eine Strafe.“

Das konnte ich mir zwar nur schwer vorstellen, aber ich nickte wortlos. Ein Badezimmer zu putzen, fand ich sowieso nicht schlimm. Zu Hause machte ich jeden Tag Stallboxen, Katzenklos und Meerjungfrauen-Badewannen sauber, ohne weiter darüber nachzudenken.

„Wunderbar, dann lasse ich dich jetzt allein. Die Putzsachen stehen schon bereit. Und wenn du das hier erledigt hast, sind alle Lügen vergeben und vergessen!“ Tante

Erin schob mich mit sanftem Druck in den schwarz-weiß gefliesten Raum und schloss hinter mir die Tür.

So wie alles in diesem Haus, war auch das Gästebad riesig. Es gab ein Doppel-Waschbecken unter einem gigantischen Spiegel, eine altmodische Toilette und eine Badewanne mit goldenen Füßen. Natürlich hing auch hier ein Kronleuchter von der Decke. Mitten im Raum wartete etwas verloren ein Eimer samt Wischmopp, Lappen und Scheuerbürste.

Seufzend trug ich den Eimer zur Badewanne, um ihn zu füllen. Es dauerte ewig, bis das Wasser einigermaßen warm aus der Leitung kam. Meine Gedanken wanderten zu Valérie, die jetzt eingeklemmt zwischen Claire und Nadine im Auto saß. Hoffentlich bekam sie von ihrer Mam keinen Ärger, wenn sie zu Hause abgeliefert wurde. Und hoffentlich ließen die Zwillinge sie –

Mit einem lauten Scheppern rutschte der Eimer in die Wanne. *Valérie saß zwischen Claire und Nadine im Auto!* Wie hatte ich nur so unachtsam sein können? Von Hunde-Ruby waren garantiert ein paar Fellhaare auf Valéries Jacke zurückgeblieben. Und auch, wenn die Zwillinge echte Fieslinge zu sein schienen, wünschte ich ihnen doch keine allergische Reaktion mit Atemnot!

Hastig drehte ich das Wasser ab und sprintete zur Tür. Vielleicht war Tante Erin ja noch nicht losgefahren, sodass ich die Katastrophe verhindern konnte. Ich würde einfach behaupten, Valérie und ich hätten draußen eine Streunerkatze gestreichelt! Entschlossen packte ich die Klinke und drückte, rüttelte – aber sie bewegte sich keinen Millimeter. Egal, wie sehr ich mich anstrengte, die Tür ließ sich nicht öffnen.

Ich war im Gästebad eingeschlossen.

17. KAPITEL

Neue, uralte Bekannte

Eine Weile stand ich wie festgefroren da und starrte auf die Tür. Ich wusste, dass es keinen Zweck hatte, nach Tante Erin zu rufen. Die saß bestimmt schon im Auto und konnte mich nicht mehr hören.

Niemand konnte mich hören. Ich war ganz allein. Oder doch nicht …?

Ich schüttelte den Kopf, aber der Gedanke hatte sich bereits in mir festgekrallt. Nana benutzte gern Sprichwörter, in denen Tiere vorkamen, und eines davon lautete:

Wenn die Katze aus dem Haus ist, tanzen die Mäuse auf dem Tisch. Was, wenn jemand nur darauf gewartet hatte, dass ich alleine auf dem Anwesen war? Und wenn dieser *jemand* sich über unsere Begegnung auf dem Friedhof fürchterlich ärgerte?

Augenblicklich sah ich wieder die weißhaarige Frau auf dem Grab vor mir, umhüllt von Nebelschwaden. Wenn sie mich nur ein bisschen früher entdeckt hatte als ich sie, dann wusste sie über meine wahre Gestalt Bescheid. Vielleicht hatte sie mich heimlich verfolgt und gemerkt, dass alle anderen weggefahren waren. Die perfekte Gelegenheit, um ihre Wut an mir auszulassen!

Ich setzte mich auf den Rand der Badewanne und holte ein paarmal tief Luft. Okay, jetzt nur nicht in Panik geraten. Wenn ich mit aufmüpfigen Kobolden und beleidigten Feen umgehen konnte, dann hoffentlich auch mit einem rachsüchtigen Geist. Ich durfte mir bloß nicht anmerken lassen, wie nervös ich war! Das hatte ich ebenfalls von Nana gelernt: Bei schwierigen Patienten musste man besonders energisch auftreten.

Entschlossen griff ich nach dem Wischmopp, trug ihn zu einem Heizungsrohr und ließ ihn dagegendonnern. GONG! Der Lärm war ohrenbetäubend und hallte mehrere Sekunden lang nach. Bestimmt konnte man ihn bis in die oberen Stockwerke hören. Als er verklungen war, räusperte ich mich und schrie mit aller Kraft, die meine Lungen hergaben: „He, du Gespenst! Ich weiß, dass du da draußen bist! Komm ins Gästebad, ich will mit dir reden!“

Wieder hämmerte ich mit dem Mopp gegen das Heizungsrohr, bis der ganze Raum zu erzittern schien. Dabei fiel mir sogar ein, was „reden“ auf Französisch hieß. Ich erfand also eine Art Sprechgesang mit kunstvoller Schlagzeug-Begleitung: „Gespenst!“ GONG. *„Bonjour!“* GONG. *„Parler!“* GONG …

Das Licht begann zu flackern. Gleich darauf erklang ein leises Klirren, das mich innehalten ließ. Langsam hob ich den Kopf und blickte zum Kronleuchter. Die Kristalltropfen schaukelten und stießen sacht gegeneinander, als hätte ein Luftzug sie gestreift. Und das, obwohl es hier kein einziges Fenster gab! Wieder flackerte das Licht … dann wurde es auf einen Schlag stockdunkel um mich herum.

„Parler“, brachte ich ein letztes Mal hervor, ehe ich verstummte. Ich umklammerte den Wischmopp so fest, dass meine Finger taub wurden. Das Blut rauschte in meinen Ohren – trotzdem hörte ich noch das Klingeln des Kron-

leuchters, und dann ein leises Fauchen aus der Badewanne. Ein dünner, leuchtender Nebelfaden stieg vom Abfluss empor. Er kroch über den Rand der Wanne, weiter über die Fliesen, und hatte mich schließlich erreicht. Wie ein kalter Finger berührte er meinen Knöchel …

„Gruselig“, sagte eine heisere Stimme hinter mir. Ich fuhr herum und sah ein bleiches Gesicht unter einem Federhut, das mich aus dem Spiegel anstarrte. „Dein Französisch ist gruselig.“

Mit einem Quietschen stolperte ich rückwärts und wäre fast in die nebelgefüllte Wanne geplumpst. „O Gott, wer bist du denn?!“

„Unhöflich ist sie außerdem“, näselte jemand über meinem Kopf. Fassungslos blickte ich nach oben zu einer durchsichtigen Frau in prunkvoller Robe. Sie hing am Kronleuchter, der nun wieder ein schummriges Licht ausstrahlte, und durchbohrte mich mit ihrem Blick. „Immerhin hat sie nach uns gerufen. Und nun tut sie so, als wären wir nicht willkommen?“

„I…ich habe nicht euch gerufen“, begann ich stotternd mit einer Erklärung, doch weiter kam ich nicht.

„Gespenst! Bonjour! Parler!“, kreischte jemand und zischte an mir vorbei. Im nächsten Augenblick ertönte ein

Platschen. Als ich mich umdrehte, sah ich nur noch einen Schimmer über der Kloschüssel. Außerdem kam von tief unten ein leises, gackerndes Gelächter.

Einen Moment lang stand ich mit offenem Mund da, doch dann riss ich mich zusammen. Die Vorstellung eines kichernden Klogespensts hatte meine Angst ein wenig schrumpfen lassen. „Okay, stimmt“, gab ich zu, „ich habe nach einem Gespenst gerufen. Aber das, das ich meinte, hat lange weiße Haare!“

„Dann hättest du dich klarer ausdrücken müssen.“ Die durchsichtige Frau blickte streng auf mich herunter. Gleichzeitig betastete sie gekränkt ihre Locken, die zu einem kunstvollen Berg aufgetürmt waren. „Wir würden doch auch nicht einfach *lebendiges Mädchen* brüllen und erwarten, dass dann genau du daherkommst“, fuhr sie fort. Ihre Worte hallten ein wenig nach, was anscheinend typisch für Geister war. Finbar hatte beim Sprechen auch immer ein Echo, ganz egal, wo er sich gerade befand.

„Entschuldigung“, sagte ich schnell. „Mir war nicht bewusst, dass es hier mehrere von euch gibt. Und ich kenne ja keinen eurer Namen!“

Mit gerafften Röcken kam die Gespensterdame zu mir

herabgeschwebt und versank in einem Knicks. „Nun, ich bin Adèle Désirée Émilienne Lavall", stellte sie sich vor. „Man nennt mich allerdings Adèle Adorable, wenn dir das nicht zu schwierig ist."

„Das ist es bestimmt", knurrte der knochenbleiche Kerl aus dem Spiegel. „Aber *Adèle, die Liebliche* ist sowieso ein lächerlicher Name für ein Gespenst."

„Und wer bist du?", fragte ich, während ich ihn neugierig musterte. Er hatte seinen Federhut tief in die Stirn gezogen, sodass man sein Gesicht kaum erkennen konnte. Unter der Hutkrempe ragten nur eine blasse Hakennase und ein Kinn mit Spitzbart hervor.

„Gaston Frédéric Lavall", antwortete er mit rauer Stimme. „Aber für dich: der Grausige Gaston."

„Oh, Gaston wie der Bösewicht in *Die Schöne und das Biest*?", rutschte es mir heraus.

„Nein", sagte er finster. „Eine ganz eigene Art von Bösewicht." Dann kam sein Kopf blitzschnell aus dem Spiegel geschossen. Er reckte sich mir entgegen, ließ seinen Hut nach hinten rutschen und stierte mich aus riesigen, rot leuchtenden Augen an.

Erschrocken machte ich einen Satz nach hinten. Der Grausige Gaston wirkte darüber äußerst zufrieden, bis ich nervös zu kichern begann. „Wow, toller Trick!", lobte ich ihn. „Hast du auch den Nebel aus der Badewanne steigen lassen?"

Missmutig wich Gaston in den Spiegel zurück. „Nein, Nebel ist eine Spezialität von Clotilde", brummte er, während er sich den Hut wieder tief ins Gesicht schob. „Sie ist übrigens die Langhaarige, der du auf dem Friedhof begegnet bist. Sitzt gern auf ihrem eigenen Grab, nebelt herum und bedauert sich selbst."

„Aber wo steckt sie denn jetzt?", wollte ich wissen.

„Ach, sie bleibt lieber unsichtbar", mischte Adèle sich ein. „Mach dir nichts draus, du könntest dich sowieso nicht mit ihr unterhalten. Sie versteht zwar ein bisschen Englisch, spricht es aber fast nicht. Überhaupt redet sie so gut wie nie! Sie konzentriert sich lieber auf Stöhnen und Jammern. Das passt besser zu einer *Weißen Frau*, findet sie, und genau diese Art von Gespenst möchte sie sein."

Aus dem Abfluss der Badewanne kam ein leises, zustimmendes „Huuuuh", gefolgt von ein paar Nebelschwaden.

„Apropos Clo…tilde", sagte ich und schielte zur Toilette. „War da nicht noch einer von euch?"

Adèle schnitt eine Grimasse. „Mhm", bestätigte sie widerstrebend.

„Wer denn?“, hakte ich nach. „Ist er auch ein früherer Lavall?“

„Das sind wir alle, mein Kind. Natürlich wissen wir, dass du ebenfalls zur Familie gehörst, sonst würden wir gar nicht mit dir reden. Er ist wohl ein Ururur… nun, eine gewisse Menge an Urs … Onkel von dir. Sein Name ist Philippe, und genannt wird er –“

„PHILOUUUUUUUU!“ Mit einem schrillen Heulen sauste ein dürres, kahles Männlein aus der Kloschüssel, wirbelte dreimal um mich herum und tauchte dann in die nächste Wand.

„Er ist ein Poltergeist“, knurrte der Grausige Gaston.

Staunend blickte ich auf einen Bilderrahmen neben dem Waschbecken, der heftig zu schaukeln begonnen hatte. „Wahnsinn, solche gibt es also auch?“

„Bedauerlicherweise ja“, sagte Adèle. „Ich kann dir versichern, es ist nicht gerade entspannend, die Ewigkeit mit ihm zu verbringen. Er treibt so viel Unsinn, dass ich manchmal gar nicht weiß, wo mir der Kopf steht!“ Wieder betastete sie ihre Turmfrisur, in der sich gut und gern ein Vogel hätte einnisten können – wenn er dann nicht geradewegs durch sie hindurchgefallen wäre.

„Hat mir dieser Philou vielleicht auch einen Streich gespielt?“, erkundigte ich mich vorsichtig. „Zum Beispiel die Tür von außen zugehalten?“

„Wie bitte?!“ Adèle brauste an mir vorbei und mit dem Kopf voran durch die Tür. Einen Moment lang sah man nur ihre ausladenden Röcke, während sie ihre obere Hälfte in den Flur hinausstreckte. Dann drehte sie sich stirnrunzelnd wieder zu mir um. „Meine liebe Nachfahrin“, sagte sie, „da steht ein Stuhl mit hoher Lehne genau unter der Klinke. Du glaubst doch wohl nicht, dass einer von uns dafür verantwortlich ist? Selbst, wenn jemand Lust dazu hätte …“

„I-hi-hich!“, kicherte Philou in der Wand und ließ den Bilderrahmen fast einen Salto schlagen.

„Kein Gespenst wäre zu so etwas in der Lage“, redete Adèle mit erhobener Stimme weiter. „Wir sind nicht nur durchsichtig, sondern auch durchlässig, falls du das noch nicht bemerkt hast. So können wir zwar durch Wände gehen, aber nur mit größter Mühe Gegenstände bewegen. Das Äußerste, was uns gelingt, ist ein starker Luftzug.“

„Oh … verstehe“, murmelte ich und hatte das Gefühl, als rutsche mir eine Ladung Eiswürfel in den Magen. Eine übernatürliche Erklärung wäre mir tausendmal lieber gewesen als die, die mir jetzt am logischsten erschien. „Dann war es wohl doch eine meiner Cousinen. Nicht zu fassen, dass die zwei so fies sein können! Ich meine, was haben sie denn davon?"

Gaston stieß ein abfälliges Schnauben aus. „Pah! Garstigkeit verfolgt nicht immer einen Zweck, sondern ist auch ein wunderbarer Lebensstil", verkündete er. „Ich war garstig zu meinen Dienstboten, zu meiner Frau, meiner Schwiegermutter …"

„Bis einer von ihnen dir Gift ins Weinglas geschüttet hat", bemerkte Adèle spitz. „Vielleicht waren es auch alle zusammen."

„Hmpf." Gaston blickte düster aus dem Spiegel, dann kratzte er sich den Spitzbart. „Sei es, wie es sei. Ich muss jedenfalls zugeben, dass ich diese Zwillinge nicht besonders gut kenne. Also kann ich dir deine Frage eigentlich nicht beantworten."

„Niemand von uns kennt sie gut." Auch Adèle ließ das Sticheln jetzt bleiben und senkte den Kopf. „So ist das eben heutzutage."

Verwirrt schaute ich von ihr zu Gaston (und dann auch noch schnell zum Bilderrahmen und in die Badewanne, um nicht unhöflich zu sein). „Wartet, was meint ihr damit?“, hakte ich nach. „Onkel René und seine Familie wohnen doch schon seit einer Weile hier, oder? Dann müsstet ihr sie eigentlich viel beobachtet haben!“

„O nein“, sagte Adèle und klang dabei immer noch bekümmert. „Wir halten uns so gut es geht von lebenden Menschen fern.“

„Sogar, wenn ihr unsichtbar seid?“

Gaston beugte sich extra wieder aus dem Spiegel, um nachdrücklich zu nicken. „Zur Sicherheit auch dann. Deinem Ruf sind wir übrigens nur gefolgt, weil Clotilde uns berichtet hat, du wärst auf dem Friedhof zu ’nem Köter geworden.“

„Ganz der Vater“, seufzte Adèle. „Den haben wir früher gern beobachtet, nicht wahr? Zu einem Fabelwesen haben wir immer noch etwas mehr Vertrauen … Aber der Kontakt mit allen anderen Lebenden erscheint uns nun viel zu gefährlich.“

„Gefä-hä-häährlich“, echote Philou aus der Wand, und aus dem Abfluss der Badewanne drang ein dumpfes Wehklagen. Danach breitete sich Stille im Badezimmer aus. Der Kronleuchter flackerte wieder, und eine neue Portion Nebel waberte über die Fliesen. Es schien, als wollten meine Vorfahren dringend über etwas sprechen, trauten sich aber nicht. Vielleicht hätte es mich nervös machen sollen, dass solche Gruselgestalten sich vor einem Thema fürchteten, doch stattdessen taten sie mir einfach nur leid. Zwischendurch hatte ich sogar beinahe vergessen, dass sie Geister waren. Ich fühlte mich eher wie bei einem großen Familientreffen, von dem ich als Findelkind immer geträumt hatte.

„Jetzt hört mir bitte mal zu", sagte ich und reckte das Kinn nach vorne, so wie Brenda Graham das gerne tat. „Eigentlich bin ich nicht nur ein Fabelwesen, sondern zu Hause in Irland auch eine Fabelwesen*pflegerin*! Das heißt, ich bin es gewohnt, mich um magische Probleme zu kümmern. Wenn ihr mir verratet, was los ist, werde ich euch helfen. Fest versprochen!"

„Du nimmst den Mund ganz schön voll für jemanden, der gerade noch mit einem Wischmopp getrommelt hat", spottete der Grausige Gaston. Dann aber schob er den Federhut zurück, und seine Augen leuchteten in einem beinahe freundlichen Rosa. „Nun denn, vielleicht sollten wir dir wirklich unsere Sorgen anvertrauen. So, wie es jetzt ist, kann es schließlich nicht weitergehen. Ich möchte fast sagen: Das ist kein Leben für ein Gespenst!"

Adèle holte tief Luft, doch zu meiner Verblüffung kam

Philou ihr zuvor. Plötzlich schwebte er mitten im Badezimmer und schaute mich unerwartet ernst an. „Jawooohl“, säuselte er, „das sollten wir uuuunbedingt tuuuun. Erzählen wir es unserer flammenhaarigen, hundeherzigen Urgroßnichte. Berichten wir ihr alles … über den Geisterjäger.“

18. KAPITEL

Gespenstergeheimnisse

Mein erster Impuls war, ihnen zu sagen, dass es bestimmt keine Geisterjäger gab. Nach allem, was ich bisher erlebt hatte, kam mir das doch *zu* seltsam vor. Wie sollte man ein Gespenst denn überhaupt einfangen – mit dem Staubsauger? Und was würde es daran hindern, einfach wieder aus dem Rohr zu zischen?

Die unglücklichen Mienen von Adèle, Gaston und Philou zeigten mir allerdings, dass ich ihre Geschichte ernst nehmen musste. „Na ja … wie geht dieser Mensch denn auf die Jagd?“, erkundigte ich mich höflich.

„Das wissen wir nicht“, antworteten sie im Chor, sodass es mehrmals nachhallte.

„Und warum jagt er Gespenster?“

„Wissen wir auch nicht.“

Allmählich kam es mir so vor, als würde ich mit Kobolden über gesunde Ernährung sprechen. „Aber ihr habt zumindest einen Verdacht, wer dieser Jäger ist?“, versuchte ich es zum dritten Mal.

„Nicht den geringsten“, erklärte Adèle, ließ sich auf einem der Waschbecken nieder und schlug die Beine übereinander. „Wir können dir nur sagen, wer seine bedauernswerten Opfer waren …“

Doch als ich fragend in die Runde schaute, wichen alle meinen Blicken aus. Ich verlor schon fast die Geduld, da lugten plötzlich zwei riesige, silbern leuchtende Augen über den Rand der Badewanne.

„Tes grands-parents“, hauchte Clotilde, die jetzt endlich sichtbar geworden war.

Ich starrte sie an. „Meine Großeltern? Ihr wollt mir doch nicht etwa erzählen, dass Raphaël und Dorothée Gespenster sind?!“

Jammernd ging die Weiße Frau wieder in Deckung, aber jetzt sprang Gaston für sie ein. „Allerdings“, bestätigte er, „auch wenn sie es selbst nicht ganz kapiert haben. Natürlich ist es für ein frisch entstandenes Gespenst anfangs schwierig, sich an all die neuen Regeln und Bräuche zu halten. Aber so etwas verdammt Ungeisterhaftes wie diese beiden habe ich wahrhaftig noch nie gesehen!“

„Das Sehen war überhaupt das größte Problem“, ergänzte Adèle kopfschüttelnd. „Sie weigerten sich, unsichtbar zu sein, verstehst du? Dabei ist es schon lange nicht mehr üblich, auffällig herumzuspuken. Mal ein kleiner Nachtflug durch die Schlafzimmer oder ein Blick aus dem Spiegel ist ja schön und gut, doch Raphaël und Dorothée spazierten wie Lebendige durchs Haus. Anscheinend wollten sie nach ihrem Tod einfach weiterarbeiten, als wäre nichts passiert.“

„Daaaas wurde ihnen zum Verhööööngnis“, heulte Philou und schlug die Hände über dem kahlen Schädel zusammen.

Wie vom Donner gerührt stand ich da. Es war einfach zu viel, und meine Gedanken schienen hilflos herumzustolpern: Noch vor Kurzem hatte ich mich darauf gefreut, endlich meine Großeltern kennenzulernen. Dann kam die Nachricht von ihrem Tod – und nun sollte ich glauben, dass ich sie zumindest als Gespenster hätte treffen können, wenn … Ja, wenn was?! Ich schluckte und blinzelte heftig, um mich wieder zu sammeln. „Ihr meint, ein Geisterjäger hat die beiden eingefangen?", fragte ich.

„Eine andere Erklärung gibt es nicht", knurrte Gaston. „Irgendwann waren sie nämlich wie vom Erdboden verschluckt."

„Nicht irgendwann", verbesserte Adèle und hob ihren luftigen Zeigefinger. „Im Grunde wissen wir genau, wann es geschehen ist. An jenem Tag stand ein fremdes Auto vor dem Haus, und der Besucher hat sich ziemlich lange mit Erin und René unterhalten. Für eine Weile wurden sie von niemandem gesehen, und wir hatten auch kein Interesse, nach ihnen zu suchen. Nur Raphaël und Dorothée mussten sich mal wieder aufdrängen. Die beiden konnten es einfach nicht lassen, alle Vorgänge auf Château Lavall zu kontrollieren!"

„Doch an diesem Tag haben sie die Kontrolle anscheinend verloren", sagte Gaston düster, „und jemand anderes gewann die Kontrolle über *sie.* Wem sollte das denn gelungen sein, wenn nicht einem Geisterjäger?"

Aus großen, tiefroten oder silberfarbenen Augen schauten die Gespenster mich an, und es wurde totenstill im Badezimmer. Meine Schuhe klapperten viel zu laut, während ich zur Badewanne hinüberging. Mit weichen Knien setzte ich mich auf den Rand, und Clotilde verschwand sofort im Abfluss. Nach einigen Sekunden stieg allerdings ein Nebelstreif empor und fuhr beinahe tröstend über mein Handgelenk.

„Also“, begann ich stockend, „wenn euer Verdacht stimmt, wussten Tante Erin und Onkel René nicht nur über die Existenz von Gespenstern Bescheid … sondern sie haben auch einen Geisterjäger beauftragt? Das kann ich mir einfach nicht vorstellen.“ Abwehrend schüttelte ich den Kopf, bis Adèle auf mich zusauste – und dann geradewegs durch mich hindurch. Es fühlte sich an wie ein Sprühstoß mit eisigem Wasser.

„Mädchen, wach auf“, schimpfte sie, während ich mich schüttelte. „Natürlich wussten deine Tante und dein Onkel Bescheid! Raphaël und Dorothée sind ihnen ja nie von der Pelle gerückt. Sie glaubten, weiterhin mit ihnen arbeiten zu können, so wie sie es auch zu Lebzeiten getan hatten … und sie glaubten, Erin und René hätten sie gern.

Ihnen ist gar nicht aufgefallen, wie lästig sie den beiden waren."

„So lästig, dass sie schließlich eingefangen und entfernt wurden?", murmelte ich mit einem dicken Kloß im Hals.

„Exactement."

Erschüttert hockte ich auf der Badewanne, während ich mir das alles durch den Kopf gehen ließ. Dass die Zwillinge gemein zu mir waren, hatte mich zwar schwer enttäuscht, aber den Verdacht gegen Erin und René fand ich noch viel schlimmer. Wo war ich hier bloß hineingeraten?!

„Vielleicht hat René meinen Großeltern ja nur gesagt, dass sie nicht mehr erwünscht sind", schlug ich zaghaft vor. „Das hat sie bestimmt sehr gekränkt, und sie sind davongeflogen …"

„Nein, ausgeschlossen", machte Adèle meine Hoffnung gleich wieder zunichte. „Dazu hätten sie gar nicht die Möglichkeit gehabt. Als Gespenster sind sie nämlich an dieses Anwesen gebunden!"

„Was soll das heißen?", wollte ich wissen, und Adèle breitete die Arme aus, als hätte sie nur auf diese Frage gewartet.

„Nun, liebe Nachfahrin, es ist so: Man wird bloß vergeistert, wenn man kurz vor dem Tod ganz deutlich fühlt, noch etwas Wichtiges erledigen zu müssen. Deswegen gibt es vor allem sehr abenteuerlustige oder pflichtbewusste Gespenster."

„Oder rachsüchtige", grollte der Grausige Gaston, aber damit konnte er in diesem Moment niemanden beeindrucken. Augenrollend erklärte Adèle weiter:

„Solange diese Aufgabe nicht erfüllt ist, bleibt ein Gespenst an seinen letzten Wohnort gebunden. Erst danach ist es erlöst und könnte entweder frei herumschweben – oder *ins Licht gehen.* Wir wissen selbst nicht genau, was das bedeutet, aber man verschwindet dann eben für immer. Ich kann mir unmöglich vorstellen, dass Raphaël und Dorothée das getan hätten!"

„Außerdem werden viele Gespenster niemals erlöst, weil es in unserer luftigen Gestalt verdammt schwierig ist, irgendetwas zu schaffen", brummte Gaston.

„Und wennschon." Adèle reckte ihre spitze Nase in die Luft. „Ich für meinen Teil würde liebend gern bis in alle Ewigkeit hierbleiben. Dieses Haus ist doch ein ausgezeichneter Ort für unsereins!"

Aber da jammerten Philou und Clotilde los, sodass die Badewanne vibrierte. Ich wusste genau, was sie damit sagen wollten: Château Lavall *wäre* vielleicht ein ausgezeichneter Ort für Gespenster, wenn sie nicht ständig befürchten müssten, entdeckt und eingefangen zu werden. Ihre Verzweiflung war so deutlich, dass ich nicht länger Trübsal blasen konnte. Immerhin hatte ich versprochen, ihnen zu helfen!

„Okay, packen wir das Problem bei der Wurzel!“, sagte ich so entschlossen, wie Nana es an meiner Stelle getan hätte.

Der Grausige Gaston schielte misstrauisch unter seiner Hutkrempe hervor. „Und wie?“

„Erst mal müssen wir herausfinden, wer dieser geheimnisvolle Besucher war. Dann überprüfen wir, ob er wirklich ein Geisterjäger ist, befreien meine Großeltern, konfrontieren Erin und René, und *kabumm*!“ Ich schlug mit der flachen Hand gegen die Badewanne, um unseren Sieg zu verdeutlichen. „… Dann werden sie euch hoffentlich für immer in Ruhe lassen“, beendete ich meine Aufzählung.

Der Abfluss hickste ein Nebelwölkchen.

„Clotilde bekommt Schluckauf, wenn sie nervös ist", sagte Adèle. „Wahrscheinlich befürchtet sie, dass das schon dein ganzer Plan gewesen sein soll."

„Absolut nicht!", widersprach ich eifrig. „Als ich letzte Nacht im Büro war, habe ich einen Terminkalender auf dem Schreibtisch gesehen. Vielleicht hat Onkel René dort eingetragen, wer an jenem Tag zu ihm gekommen ist! Ihr erinnert euch doch an das Datum, oder?"

„Ich erinnere mich an mehr, als du jemals wissen wirst", meinte Adèle würdevoll, und das nahm ich einfach mal als Ja.

„Dann habe ich jetzt noch eine Bitte an euch: Behaltet Onkel René im Auge, wenn er von der Firma nach Hause kommt. Ich muss wissen, wo er seine Schlüssel hinlegt. Nachdem Valérie und ich sie gestern stibitzt haben, wird er sie wahrscheinlich nicht mehr einfach in der Manteltasche lassen."

„Ganz schön riskant", bemerkte Gaston, ehe er grimmig die Faust ballte. „Doch ausnahmsweise werden wir das tun. Triff uns nachts in der Ahnengalerie, kleine Nachfahrin!"

„Eigentlich heiße ich Ruby. Ruby F…" Doch da war sein bleiches Gesicht bereits aus dem Spiegel verschwunden. Auch Adèle sank mit einem Seufzer durch die nächste Wand. In der Badewanne wimmerte es ein letztes Mal, und wie aus weiter Ferne war Philous Stimme zu hören: „Leheb woooooohl …“

Dann war ich wieder mit Wischmopp und Eimer allein.

19. KAPITEL

Zwei ungebetene Wächter

Tante Erin riss die Tür auf. „Ruby?", keuchte sie und schaute erschrocken ins Badezimmer. Die Einkaufstüten, die sie in einer Hand gehalten hatte, plumpsten zu Boden. „Wieso, um Himmels willen, bist du denn noch hier drin? Wenn ich gewusst hätte, dass du dermaßen lange zum Putzen brauchst, dann …"

„Ich bin schon fertig", unterbrach ich sie und zeigte auf die blitzblanken Fliesen. „Die Tür ließ sich bloß nicht öffnen." Ich warf einen Blick an Tante Erin vorbei und sah einen hohen Lehnstuhl, den irgendjemand ordentlich an eine Wand des Flurs gerückt hatte. Daneben standen die Zwillinge und machten unschuldige Gesichter. Von einer allergischen Reaktion waren sie offenbar verschont geblieben.

„Hattest du nicht genug Kraft in den Händen, um die Klinke runterzudrücken?“, fragte Claire scheinheilig.

„Ja, nachdem du so viel schrubben musstest?“, erkundigte sich Nadine.

Tante Erin sammelte die Tüten vom Boden auf. „Ärgert sie nicht, ihr zwei“, mahnte sie. „Die Tür wird wohl einfach geklemmt haben, wie so oft in diesem verrückten Haus. Es muss hier jede Menge renoviert und verändert werden … Aber jetzt schau doch mal, Ruby! Wir haben dir ein wunderschönes Ballkleid mitgebracht. Genau das gleiche, das die Zwillinge sich ausgesucht haben. So wollen wir morgen zeigen, wie wichtig uns Familienbande sind!“

Nur nicht mit Verstorbenen, dachte ich, während ich mich zu einem erwartungsvollen Lächeln zwang.

„Es passt vielleicht ein bisschen besser zu Blond“, flötete Claire, während Tante Erin ein üppiges, tiefrotes Kleid aus einer Tüte zog. Zusammen mit meinen Haaren würde dieser Farbton schrecklich aussehen, aber das war mir jetzt vollkommen egal.

„So ein tolles Kleid hab ich noch nie bekommen. Danke, Tante Erin“, sagte ich höflich.

„Von Herzen gern, meine Liebe! Ich bin erleichtert, dass wir die kleine Unstimmigkeit von heute Morgen überwinden konnten, und dass du nach wie vor dieses Fest mit uns feiern willst.“ Tante Erin strahlte, während sich mein Magen zusammenzog. Sie schien sich wirklich aufrichtig über meine Anwesenheit zu freuen. Aber hätte sie mich wohl genauso nett behandelt, wenn sie wüsste, dass ich ein Fabelwesen war?

Diese Frage ging mir den ganzen restlichen Abend im Kopf herum. Es war kaum auszuhalten, dass jemand so freundlich tun konnte, aber gleichzeitig nicht vor echten Gemeinheiten zurückschreckte! Dasselbe galt für Onkel René. Nach dem Essen erklärte er bedauernd, wie gern er mit uns allen einen gemütlichen Filmeabend verbringen würde, anstatt ins Labor hinaufzugehen. „Leider ist ein großer Auftrag nicht rechtzeitig fertig geworden“, seufzte er. „Aber wenn ich das erledigt habe, kann ich den Herbstball morgen unbeschwert mit euch genießen.“

„Ich helfe dir natürlich“, sagte Tante Erin und tätschelte seine Hand. „Kinder, seid bitte so lieb und geht heute früh zu Bett.“

Doch auch diesmal nahm sie sich die Zeit, mir einen kleinen Snack ins Zimmer zu bringen. Sie hatte sogar eine heiße Schokolade für mich gemacht (oder es zumindest der Köchin aufgetragen). „Lass es dir schmecken, Ruby“, sagte sie sanft. „Und dann genieße deinen Schönheitsschlaf! Morgen wirst du dich wie eine Prinzessin fühlen, das verspreche ich dir.“

„Mhm“, machte ich unbehaglich und kroch unter die Decke. Sobald Tante Erin gegangen war, sprang ich wieder aus dem Bett. Ich zog meine Jacke über das feine Nachthemd, um beim Herumschleichen nicht zu frieren, und stellte mich lauschend an die Tür. Erin und René mussten unbedingt schon im Labor sein, ehe ich mich auf den Weg machte. Eine Weile hörte ich nur meine schnellen Atemzüge – und dann ein Wispern direkt vor meinem Zimmer.

Hatten die Gespenster vielleicht vergessen, dass wir uns in der Ahnengalerie treffen wollten? Von wegen, Adèle erinnerte sich an mehr Dinge, als ich je wissen würde! Mit einem vorfreudigen Kribbeln im Bauch öffnete ich die

Tür … und die Zwillinge starrten mich aus schmalen Augen an.

Ich war so verdattert, dass ich wieder ein paar Schritte rückwärts stolperte. Sie folgten mir, schlossen die Tür und lehnten sich dagegen. „Interessant", sagte Nadine, während sie mich von Kopf bis Fuß musterte. „Wo möchtest du denn in diesem schicken Aufzug hin?"

„N…nirgends. Mir war einfach nur kalt."

„Es gibt ein praktisches Ding, das nennt sich *Decke*", spottete Claire. „Wird man ja sogar bei dir zu Hause kennen. Oder schläft man da im Stroh?"

Mit gespielter Lässigkeit verschränkte ich die Arme vor der Brust. Ich musste die Zwillinge schnell loswerden, und das ging wahrscheinlich am besten, wenn ich mich nicht einschüchtern ließ. „Was wollt ihr eigentlich von mir?", fragte ich möglichst ungerührt.

„Wir sind hier, um etwas mit dir zu besprechen." Claire nahm wie selbstverständlich auf meinem Bett Platz, und Nadine setzte sich sofort neben sie. „Unsere Eltern sind vor lauter Stress in letzter Zeit zu durcheinander, um irgendwas zu kapieren. Deswegen schleimen sie sich auch so widerlich bei dir ein. Aber uns ist heute etwas klar geworden!"

„Ganz genau", bestätigte Nadine eifrig. „Wenn du deine Krankheit nur vorgetäuscht hast, um heute alleine mit Valérie abzuhängen – was hattet ihr dann letzte Nacht wirklich im alten Büro zu suchen?"

„Ich wollte einfach nur meinen gewohnten Tee", sagte ich wahrheitsgemäß und merkte, dass es trotzdem wie eine jämmerliche Lüge klang.

Die Zwillinge lachten gehässig, doch Claire hörte gleich wieder damit auf. „Im Grunde könntest du einem leidtun", meinte sie seufzend. „Wir glauben nämlich, dass du sehr arm bist. Das sieht man ja an deinen Klamotten und daran, dass du dich so gut mit dem Hausmädchen verstehst."

„Aber das gibt dir noch lange nicht das Recht, uns etwas wegzunehmen", zischte Nadine, und auch ihr Grinsen war jetzt spurlos verschwunden. „Eigentlich bist du gar nicht hierhergekommen, um uns kennenzulernen, oder? Du möchtest uns nur ausnutzen! Das haben wir schon geahnt, als unsere Kamera plötzlich weg war, nachdem *du* sie verwenden durftest!" Die beiden starrten mich durchdringend an, und dass mir keine Antwort einfiel, nahmen sie wohl als Bestätigung. Grimmig nickten sie einander zu.

„Wahrscheinlich hast du die Kamera von dieser schrecklichen Valérie wegschaffen lassen, sodass es keine Beweise gibt“, sagte Claire.

„Und jetzt wartest du auf die nächste Gelegenheit, um was zu klauen“, fuhr Nadine fort. „Dachtest wohl, wir passen nicht ordentlich auf unsere Sachen auf! Aber glaub mir, wir haben dazugelernt. Immerhin mussten wir lange genug darauf warten, dass …“

Claire stieß ihre Schwester mit dem Knie an, um sie zu unterbrechen. „Kannst du schwören, dass du nicht wegen Geld hergekommen bist?“, fragte sie mich und betonte dabei jedes einzelne Wort. „Schwörst du auf das Leben deines kostbaren Noah?“

Mein Herz setzte einen Schlag aus. Ich hatte Noah nur kurz erwähnt, als ich meinen Cousinen von Patch Island erzählt hatte – doch das war anscheinend schon zu viel gewesen. Hitze stieg mir in die Wangen, und meine Kehle schnürte sich zusammen.

„Da!“, quiekte Nadine und zeigte auf mich. „Sie wird rot, merkst du das?“

„Wundert mich nicht“, erwiderte Claire. „Sie sieht aus wie eine hundsgemeine Diebin, die durchschaut worden ist.“ Geschmeidig schlug sie die Beine übereinander. „In dieser Nacht wirst du jedenfalls nicht gierig durch unser Haus schleichen, neue Cousine. Dafür sorgen wir."

„Genau, *unser* Haus!", rief Nadine. „Wird höchste Zeit, dass du das begreifst. Du trägst jeden Tag *unsere* Kleider. Das hier ist *unser* Zimmer, *unser* Bett …"

„Unsere Kekse", kicherte Claire und griff nach dem Teller, den Tante Erin mir gebracht hatte. Sie reichte einen der Kekse ihrer Schwester und verschlang den anderen, während sie mich herausfordernd anschaute. Natürlich schnappte Nadine sich gleich darauf die Tasse mit der heißen Schokolade, und die Zwillinge tranken sie abwechselnd leer. Dann machten sie sich auf dem Bett so breit, dass mir nichts anderes übrig blieb, als stocksteif vor ihnen stehen zu bleiben. Anscheinend wollten sie mich ernsthaft die ganze Nacht im Blick behalten – einerseits, um mich zu überwachen, und andererseits, um mich zu demütigen. Verzweifelt dachte ich an die Gespenster, die bestimmt schon ungeduldig auf mich warteten. Was, wenn sie glaubten, dass ich sie im Stich gelassen hatte? Wenn sie sich gekränkt zurückzogen und ich es alleine nicht schaffte, das Rätsel um meine verschwundenen Großeltern zu lösen? Vielleicht war heute meine einzige und letzte Gelegenheit!

„Morgen Nacht ist hier alles voller Leute, dann kannst du gar nichts klauen", sagte Claire, als hätte sie meine Gedanken gelesen.

„Und danach haust du hoffentlich wieder ab", meinte Nadine und gähnte zufrieden. „Dorthin, wo man so hässliche Klamotten trägt."

„Und im Stroh schläft", murmelte Claire mit einem schwachen Grinsen.

„Und mit stinkenden Schafen kuschelt." Nadine schmiegte sich an ein Kissen.

Claire sagte nichts mehr. Sie grunzte nur leise.

Moment, sie *grunzte*? Mit angehaltenem Atem beugte ich mich vor, um ihr ins Gesicht zu sehen. Ihr Kopf war zur Seite gekippt, eine Haarsträhne hing ihr quer über die Nase, und sie schnarchte vor sich hin! Auch Nadines Augen waren jetzt geschlossen. Zweimal schmatzte sie noch, ehe sie vollkommen reglos neben ihrer Schwester lag.

Ich konnte mein Glück kaum fassen. Sekundenlang starrte ich die Zwillinge an und wartete darauf, dass sie „Buh!" riefen oder plötzlich zu lachen begannen. Aber sie schlummerten wirklich tief und fest. So sahen sie beinahe nett aus, dachte ich – dann huschte ich auf Zehenspitzen aus dem Zimmer.

20. KAPITEL

Das nötige Puzzlestück

Ohne Valérie fand ich es in den nächtlichen Fluren von Château Lavall besonders gruselig. Es nützte nichts, dass ich mir vor Augen hielt, wie lächerlich das war. Immerhin lief ich gerade freiwillig zu einem Treffen mit Geistern! Trotzdem ließ mich jeder Schatten zusammenzucken, und das Knarzen des Parkettbodens bescherte mir eine Gänsehaut. So beeindruckend dieses Anwesen auch sein mochte, inzwischen hatte ich die Nase gründlich voll davon. Ich wünschte mir nichts sehnlicher, als wieder auf Patch Island zu sein: in unserem kleinen Häuschen, wo knarrende Dielen einfach nur gemütlich klangen …

Als ich an einem der Wandtelefone vorbeikam, hielt ich es nicht mehr aus. Ich stoppte, griff nach dem Hörer und umklammerte ihn wie einen Rettungsanker. Mit Mam oder Nana zu telefonieren, war leider ausgeschlossen – die ganze Geschichte hätte sie furchtbar beunruhigt, und es hätte auch viel zu lange gedauert, ihnen alles zu erklären! Stattdessen wählte mein Finger wie von selbst Noahs Nummer, dann presste ich mir hoffnungsvoll den Hörer ans Ohr.

Nichts. Verflixt, hatte ich etwa die Vorwahl vergessen? Wieder gab ich die Nummer ein, diesmal langsam und sorgfältig, doch das machte keinen Unterschied. Ich konnte Noahs Handy nicht erreichen – so, als hätte er mich blockiert.

Reiß dich zusammen, befahl ich mir. *Wahrscheinlich ist einfach nur der Empfang zu schlecht. Das kennst du doch von zu Hause!* Mit klammen Fingern hängte ich den Hörer zurück und hastete weiter, während ich gegen das schlimmste Heimweh meines Lebens ankämpfte. In der Ahnengalerie hätte ich sogar fast zu heulen begonnen.

Der hohe Raum wirkte wie ausgestorben, nur die gemalten Augenpaare starrten kalt auf mich herab.

„Hallo?", piepste ich zaghaft. „Hey, ist irgendjemand da?"

„Das heißt immer noch *Guten Abend*", knurrte ein Bild schräg über mir.

„Jawohl, und mit *Hey* fangen wir gar nicht erst an. Schließlich bist du eine waschechte Lavall!"

Ich wirbelte herum und konnte im Mondlicht beobachten, wie eines der Gemälde sich verwandelte: Die Linien wurden kräftiger, die farbigen Flächen wölbten sich langsam hervor. Dann löste sich eine exakte Kopie von Adèle aus dem Rahmen, nur eben in 3D. „Mein Kind, du siehst traurig aus. Fällt es dir gar so schwer, dich von deinen schlechten Umgangsformen zu verabschieden?", fragte sie halb rügend, halb besorgt.

Vor Erleichterung gelang mir ein kleines Lächeln. „Nein, schon okay. Guten Abend, allerseits!"

„A-ha-haaaabend", jaulte es einige Meter weiter, und Philou schoss mit solchem Schwung aus seinem Gemälde, dass der Rahmen schepperte. Clotilde blieb zwar flach, doch sie verströmte ein paar freundliche kleine Wölkchen.

„Wurde auch Zeit", grummelte der Grausige Gaston und landete neben mir. „Wir dachten schon, du lässt dich gar nicht mehr blicken. So wie damals *Le Loup-Garou* oder dein werter Herr Papa …"

„Dad und ich haben von meinem Urgroßvater nur das Pooka-Gen geerbt", erklärte ich mit Nachdruck. „Abgesehen davon sind wir ganz anders als er. Und jetzt trödelt bitte nicht länger herum, sondern verratet mir lieber, wo Onkel René den Schlüssel zum Büro hingelegt hat!"

Das ließen die Gespenster sich nicht zweimal sagen. Pfeilschnell sausten sie aus der Ahnengalerie, doch als ich auf den Flur kam, konnte ich sie nirgendwo entdecken. Erst ein kühler Luftzug im Nacken verriet mir, dass sie noch da waren. Gemeinsam schoben sie mich vorwärts, die Treppe hinunter und in die Eingangshalle. Dort klapperte jemand mit der obersten Schublade einer Kommode. Ich öffnete sie und fand zwischen mehreren Seidenschals ein Paar Lederhandschuhe – in einem davon verbarg sich der Schlüsselbund. Unwillkürlich hielt ich den Atem an, als ich ihn hervorzog. Wenn Onkel René mich jetzt erwischte, wäre es mit seiner Freundlichkeit sicher vorbei. Dann könnten ihm die Zwillinge ohne Schwierigkeiten einreden, dass ich eine Diebin war! Hastig steckte ich den Schlüsselbund in meine Jackentasche und huschte weiter zum Büro, während eines der Gespenster – vermutlich Philou – meine Haare heftig flattern ließ.

Wenige Augenblicke später stand ich wieder vor dem altmodischen Schreibtisch. Genau wie beim letzten Mal war er von Zetteln und Briefumschlägen übersät. Kurz befürchtete ich, Onkel René könnte den Terminkalender ins Labor mitgenommen haben, doch nach ein bisschen Kramen entdeckte ich ihn.

„Du blätterst, wir übersetzen", hörte ich Gastons raue Stimme direkt neben meinem Ohr.

Folgsam schlug ich das ledergebundene Büchlein auf und blätterte durch die Seiten. Für jeden Tag war in kleiner Schrift irgendetwas notiert: Bezeichnungen von Krankheiten und Medikamenten, an denen die Lavalls arbeiteten, und Namen von Personen, die vielleicht ihre Geschäftspartner waren. Als ich das Datum erreichte, das die Gespenster mir genannt hatten, fand ich allerdings nur die Buchstaben *M. S.*

„Multiple Sklerose ist eine ernste Erkrankung des Nervensystems", näselte Adèle.

„Interessiert jetzt aber keinen“, sagte Gaston. „Die französische Abkürzung dafür ist nämlich *SEP* für *sclérose en plaques*.“

Adèle stieß ein kurzes Schnauben aus. „Oho, der grimmige Herr ist gebildet!“, spottete sie.

„Wir sind alle gebildet“, entgegnete Gaston gereizt. „Jeder Lavall hatte Heerscharen von Privatlehrern und Gouvernanten, wie du sehr gut weißt.“

„Dann wird René also auch die englische Abkürzung kennen, nicht wahr?“

„Aber nicht verwenden!“, blaffte Gaston. „Dieser ganze verfluchte Kalender ist schließlich auf Französisch ausgefüllt!“

Die Papiere auf dem Schreibtisch begannen zu rascheln. Ich vermutete, dass die Gespenster entweder wild gestikulierten, einander schubsten oder anpusteten. Ein besonders starker Windstoß wehte einen Zettel zu Boden, und ich bückte mich schnell danach. „Streitet euch bitte nicht!“, sagte ich nervös. „Wenn hier irgendwas durcheinanderkommt, dann …“ Meine Stimme wurde immer leiser, während ich mich wieder aufrichtete. Mein Blick war an der Überschrift auf dem Zettel hängen geblieben: *Rappel de produit,* genau wie auf dem Briefumschlag, den Valérie gefunden hatte. Stumm überflog ich die Zeilen, obwohl ich nicht damit rechnete, etwas zu verstehen – doch eines der Wörter sprang mir entgegen wie eine Stichflamme. Ich zuckte zusammen und ließ beinahe den Zettel fallen.

„Was hast du? Ist Philou durch deinen Bauch geflogen?", brummte Gaston.

„Es ist vielleicht seltsam, wenn *ich* das sage, aber du wirst auf einmal totenbleich", sagte Adèle. „Leider habe ich kein Riechsalz bei mir, um dich aus einer Ohnmacht zu wecken …"

„Bitte", stieß ich hervor, „übersetzt mir einfach, was hier direkt unter dem Titel steht!"

Ich konnte spüren, wie Gaston und Adèle sich über meine Schultern beugten. Ihr Streit schien vergessen, nun lasen sie einträchtig im Chor: *„Die Firma Lavall bittet gegen Erstattung um die Rücksendung des Medikaments Sedimax."*

„Das darf nicht wahr sein", flüsterte ich. „Woher kennt Onkel René Sedimax? Mein Dad hat das nur inoffiziell verkauft, und ganz bestimmt nicht über die Firma seiner Eltern!"

„Bei all meiner Bildung“, sagte Gaston in leicht ätzendem Ton, „gelingt es mir jetzt nicht, dir zu folgen.“

„Moment, ich muss nur … Vielleicht finde ich hier noch irgendwas, das …“ Hektisch begann ich, in den Papieren auf dem Schreibtisch herumzuwühlen. Ob alles am richtigen Platz liegen blieb, kümmerte mich jetzt nicht mehr. Ich wollte so schnell wie möglich das Gefühl loswerden, dass etwas ganz entsetzlich faul war! Leider wurde dieser Verdacht nur noch schlimmer, als mir ein zweites Papier mit der Aufschrift *Sedimax* in die Hände fiel. Es schien eine Kundenliste zu sein: Mehrere Namen und Adressen standen untereinander, manche waren durchgestrichen, andere mit Ausrufezeichen oder handschriftlichen Notizen versehen.

Wie ferngesteuert griff ich in meine Jackentasche und zog Dads Brief hervor. Es kostete mich nur einen einzigen Blick, um sämtliche Zweifel auszuräumen: Die Handschrift auf dem Umschlag und jene auf der Liste war genau gleich.

„Jetzt siehst du wirklich so aus wie ein Gespenst“, bemerkte Adèle. „Würdest du uns bitte endlich verraten, was es mit diesen Dokumenten auf sich hat?!“

„Geht nicht“, sagte ich tonlos. „Ich – ich kann mir das alles selbst nicht erklären. Die Kundenliste stammt eindeutig von meinem Dad, aber wie ist sie auf diesen Schreibtisch gekommen? Dad war doch seit über vierzehn Jahren nicht mehr hier, und Sedimax hat er erst viel später erfunden. Eigentlich wollte er ein Medikament entwickeln, das magische Kräfte blockiert, aber dabei kam zufällig ein starkes Beruhigungsmittel heraus. Das hat er dann an Tierärzte verkauft, um das Geld in weitere Forschungen zu stecken.“

„Wahrscheinlich hatte er irgendwann doch noch Erfolg, oder?“, vermutete Adèle und zupfte an ihrer Frisur. „Bei Lavalls ist das für gewöhnlich so.“

„Schon, aber ich wollte nicht mit diesem Medikament behandelt werden, und Dad hat sich ebenfalls mit seinen Kräften ausgesöhnt“, erzählte ich weiter.

„Du meinst, er hat seine Forschungen aufgegeben?“, fragte Gaston.

„Ja, genau. Alles, was dazugehörte, ist auf seinem Kutter zurückgeblieben. Die Laborgeräte, seine Unterlagen …“

Und dann sah ich es plötzlich vor mir: das nötige Puzzlestück, mit dem das ganze Bild endlich Sinn ergab. Von einer Sekunde auf die andere hatte sich meine Verwirrung gelegt. Ich spürte nur noch eine kalte, schreckliche Gewissheit, während ich meinen Blick wieder auf den Kalender richtete.

M. S. stand hier nicht für eine Krankheit. Es bedeutete *Mildred Silverton.*

21. KAPITEL

Wir kombinieren

Fieberhaft lief ich im Büro hin und her, während die Gedanken nur so auf mich einprasselten. Die Gespenster waren inzwischen sichtbar geworden und schauten mir mit großen Augen zu.

„Der Produktrückruf muss Mrs Silvertons Idee gewesen sein“, sprudelte ich hervor. „Noah und ich haben nämlich Dads letzten Vorrat an Sedimax verbrannt, zusammen mit seinen wichtigsten Aufzeichnungen, wie man daraus ein dauerhaftes Anti-Magie-Mittel herstellen kann. Aber

Mrs Silverton will dieses Mittel unbedingt haben. Sie und ihr Komplize hassen nämlich alles Magische wie die Pest! Also hat sie sich überlegt, einen Pharmazeuten an Sedimax weiterforschen zu lassen …"

„Und sie wandte sich damit ausgerechnet an René?", fragte Adèle kopfschüttelnd.

„Ich glaube, eigentlich wollte sie gar nicht zu ihm, sondern zu meinen Großeltern", sagte ich. „Wahrscheinlich hat sie auf dem Kutter einen Brief von ihnen gefunden! Die zwei haben Dad mal geschrieben, wie enttäuscht sie von ihm sind. Was, wenn sie dabei auch seine verhassten Wandlerkräfte erwähnt haben?"

Der Grausige Gaston grunzte abfällig. „Dann ist diese Madame Silverton wohl davon ausgegangen, dass Dorothée und Raphaël gerne ein solches Medikament entwickeln würden, um ihren Sohn zu kurieren."

„Ganz genau!", stimmte ich aufgeregt zu. „Doch als Mrs Silverton sich diesen Plan zurechtgelegt hat, waren meine Großeltern bereits verstorben. Also hat sie stattdessen René den Auftrag gegeben! Er sollte sich möglichst viel Sedimax beschaffen und daraus ein dauerhaftes Anti-Magie-Mittel filtern. Außerdem …"

„Ja, was?“, hakte Adèle nach, als ich einen Moment lang nur stumm vor mich hinstarrte. „Was haben die neuen Hausherren noch angestellt? Du meine Güte, Kind, nun lass dir doch nicht alles so aus der Nase ziehen!“

„Ich glaube, sie wollten mir Sedimax einflößen“, sagte ich heiser. Der Gedanke ließ mich schaudern, aber er lag auf der Hand. Mein plötzliches Auftauchen musste Erin und René ganz schön erschreckt haben. Vielleicht ahnten sie, dass ich Dads Fähigkeiten geerbt hatte, und sie befürchteten, ich könnte ihren Forschungen damit leicht auf die Schliche kommen. Also hatten sie sich nicht nur bei mir eingeschmeichelt, sondern auch versucht, mich jede Nacht am Herumschnüffeln zu hindern. Warum nur hatte ich die Pillen, die Tante Erin mir immer gebracht hatte, nie genauer angesehen? Wenn ich jetzt daran zurückdachte, war ich absolut sicher, dass sie mir bekannt vorgekommen wären. Von wegen, ein Wundermittel gegen Bauchschmerzen! Und heute Abend hatte Erin das Sedimax bestimmt in der heißen Schokolade aufgelöst, sodass die Zwillinge nach dem Trinken sofort eingeschlafen waren …

Die Zwillinge, deren *ach so schlimme Allergie* mich davon abhalten sollte, im Haus jemals die Gestalt zu wechseln! Auch das war bestimmt eine dicke, fette Lüge gewesen!

Das Büro begann, sich vor meinen Augen zu drehen, und ich musste mich auf die Kante des Schreibtisches setzen. Zu meiner Überraschung war es ausgerechnet die scheue Clotilde, die sich neben mir niederließ. Mitfühlend schaute sie mich durch einen Vorhang aus wabernden weißen Haaren an und raunte etwas auf Französisch, das wie eine Frage klang.

„Sie möchte wissen, wie dieses Mittel eigentlich wirkt“, übersetzte Adèle.

Ich schluckte mühsam. „Also, es kommt darauf an, wie weit Erin und René das Sedimax schon weiterentwickeln konnten. Normalerweise betäubt es für kurze Zeit den Körper, das Denken und die Magie. Mein Dad hatte es allerdings geschafft, dass sein neuestes Medikament nur noch die übernatürlichen Kräfte blockiert. Eine Meerjungfrau konnte dann kein magisches Lied mehr singen, eine Fee nicht mehr zaubern … und ein Geist namens Finbar, der mit den Dämpfen in Berührung gekommen ist, wurde teilweise fest.“

Gaston kam an meine andere Seite gezischt. Ausnahmsweise schaute er nicht grimmig drein, sondern richtig erschrocken. „Fest?!“, wiederholte er. „So fest, dass er nicht mehr schweben oder sich unsichtbar machen konnte?“

„Na ja, es war nur ein Finger betroffen, und die Wirkung hat sich auch bald wieder gelegt“, versuchte ich, ihn zu beruhigen.

„Aber Finbar hätte in diesem Zustand nicht durch Wände gehen können, oder?“, beharrte Gaston. Er schob seinen Hut nach hinten und richtete die Augen wie zwei blutrote Scheinwerfer auf mich.

Ein bisschen hilflos hob ich die Schultern. „Der lebt sowieso nur im Freien, glaube ich …“

Doch Adèle ließ mich nicht weiterreden. Ungeduldig wedelte sie mit einer Hand vor meinem Gesicht herum, sodass ihre eisigen Fingerspitzen meine Nase streiften. Dann wandte sie sich an Gaston. „Sag mal, worauf willst du eigentlich hinaus, Grummelkopf?“

Dass Gaston sich den *Grummelkopf* gefallen ließ, war wohl das deutlichste Zeichen für seine Aufregung. „Um ein derartiges Mittel zu entwickeln, braucht man doch Fabelwesen, an denen man es ausprobieren kann!“, sagte er. „So etwas wie Versuchskaninchen … Laborratten, versteht ihr?“

„Die hatte André ja auch“, murmelte ich verlegen, denn das war nun wirklich nichts, worauf mein Dad stolz sein konnte.

„Eben!“, donnerte Gaston und zerrte an seinem Spitzbart. „Aber wo hätten Erin und René geeignete Versuchskaninchen hernehmen sollen? Ist ja nicht so, als würden hier ständig Meerjungfrauen aus den Springbrunnen hüpfen. Es gibt nur zwei Wesen, die für solche Experimente infrage kommen. Zwei, die Erin und René direkt vor ihrer Nase hatten!“

Da ging mir endlich ein Licht auf. „Raphaël und Dorothée“, hauchte ich, und Clotilde stieß ein abgrundtiefes Stöhnen aus.

„Wa-ha-haaaas?“, jaulte Philou, der bisher artig über der Lehne eines Schreibtischstuhls gehangen hatte. Wie ein weißer Blitz sauste er in den Apothekerschrank, rüttelte an den Schubladen und pustete Kräuterstaub aus den Ritzen.

„Aber natürlich!“, jammerte Adèle. „Deswegen sind die beiden nach dem Besuch dieser Madame Silverton nie wieder aufgetaucht. Erin und René haben an ihnen herumexperimentiert, und dann konnte man sie ganz einfach einsperren, weil sie fest geworden waren!“

Nun ächzten und wehklagten alle Gespenster im Chor. Nicht auszudenken, wenn gerade jemand in der Nähe wäre! So gut ich konnte, schluckte ich mein eigenes Entsetzen hinunter und versuchte, die heulende Clotilde zu tätscheln (was sich ungefähr so anfühlte, als wollte man auf eine Wolke klopfen). „Ich hoffe, sie sind nur teilweise fest“, sagte ich, „und auch nur vorübergehend. Onkel René ist furchtbar gestresst, der hat es bestimmt noch nicht geschafft, ein dauerhaftes Anti-Magie-Mittel zu finden! Wahrscheinlich behandelt er Raphaël und Dorothée immer wieder von Neuem, damit sie nicht entwischen …“

Und dann hörte ich Renés Stimme plötzlich ganz klar in meiner Erinnerung: *„Ich werde zur Sicherheit noch einmal nach den beiden sehen.“* Das hatte er zu Tante Erin gesagt, während ich als Sturmschwalbe vor ihrem Fenster gelauscht hatte. Natürlich war ich davon ausgegangen, dass er die Zwillinge meinte. Aber Claire und Nadine hatten anscheinend gar keine Allergie, und auch sonst wirkten sie rundum gesund!

„Leute – ich meine, Vorfahren“, keuchte ich und ließ meine Hand versehentlich durch Clotildes Schulter rutschen. „Ich glaube, sie sind hier. Raphaël und Dorothée befinden sich immer noch auf Château Lavall!“

Adèle schaute mich zweifelnd an. „Kann ich mir nicht vorstellen. Dann hätte sie doch einer von uns irgendwann gesehen …“

„*Ich* habe sie gesehen“, platzte ich heraus. „Zwei müde, bleiche Gestalten hinter einem Fenster … Versuchskaninchen in Renés Labor!“

22. KAPITEL

Bleiche Gefangene

Die Gespenster brauchten einen Moment, um meine Worte zu begreifen. Dann aber flogen sie wie auf Kommando zum Fenster und durch die Scheibe nach draußen. Hastig stopfte ich Dads Brief wieder in meine Jackentasche. Die anderen Sachen legte ich zurück auf den Schreibtisch und hoffte, dass ein paar Veränderungen in dem Papierchaos nicht auffallen würden.

Als ich das Fenster öffnete, waren die Gespenster bereits verschwunden. Ich kletterte auf die Fensterbank und spürte sofort, wie es in meinem Körper heiß zu kribbeln begann. Ein Wunder, dass ich bei der ganzen Aufregung überhaupt so lange ein Mensch geblieben war! Im Handumdrehen wechselte ich zu meiner Sturmschwalben-Gestalt und flatterte los. Ich hoffte, die Gespenster wie weiße Lampions über mir in der Dunkelheit zu erkennen, doch anscheinend hatten sie sich wieder unsichtbar gemacht. Alleine umrundete ich das Gebäude und suchte nach dem Fenster, durch das ich zuletzt einen Blick auf die zwei „Laborangestellten" erhascht hatte. Dabei hörte ich plötzlich ein Wimmern und Zähneklappern. Ich folgte dem Geräusch und geriet in einen eisigen Luftwirbel, der mich fast aus dem Gleichgewicht brachte. Mit hektischen Flügelschlägen rettete ich mich auf den nächstbesten Mauervorsprung, dann begriff ich, dass ich an genau der richtigen Stelle gelandet war. Der eisige Luftwirbel kam nämlich von den vier Gespenstern, die sich vor dem Labor zusammendrängten.

„Sie sind es", meldete Gaston mit dumpfer Stimme. „Verdammt, es ist wirklich wahr."

Ein kalter Finger berührte mich am Köpfchen. „Ruby?", wisperte Clotilde, doch mir gelang nicht einmal ein schwaches Piepsen. Entsetzt betrachtete ich die zwei schlaffen

Gestalten hinter dem Schreibtisch im Labor. Sie waren so blass wie ein überbelichtetes Foto, aber ihre Konturen kamen mir schärfer vor als bei den anderen Gespenstern. Ich konnte problemlos Details durch die Fensterscheibe erkennen: Raphaëls dichten Schnurrbart, Dorothées silbrige Löckchen … Meine Großeltern sahen fast so aus wie auf den Gemälden in der Ahnengalerie, nur dass sie jetzt nichts Stolzes oder Würdevolles an sich hatten. Sie wirkten einfach nur erschöpft.

Langsam blickten sie auf, als Erin und René zu ihnen traten. Mein Onkel hielt eine kleine Sprühflasche in den Händen, meine Tante ein Klemmbrett und einen Kugelschreiber. Mit gesträubtem Gefieder beobachtete ich, wie Erin den Stift nach vorne streckte. Sie pikte an den Schultern und Armen meiner Großeltern herum und schüttelte ärgerlich den Kopf, wenn der Stift durch die nebelhaften Körper drang. Natürlich konnte sie einem Gespenst nicht wehtun, aber es sah unglaublich respektlos aus! Noch schlimmer wurde es, als René seine Frau beiseiteschob und erst Raphaël, dann Dorothée mit dem Inhalt der Flasche besprühte. Keiner der beiden wehrte sich oder wich auch nur zurück. Mit starren Mienen ließen sie die Behandlung über sich ergehen.

„Das macht mich fuchsteufelswild", zischte Adèle neben mir, während Philou fauchte wie ein zorniger Kater. „Am liebsten würde ich … Also, ich könnte glatt …"

„Hineinfliegen und für ein bisschen Belüftung sorgen?", grunzte Gaston. „Was auch immer du jetzt anstellst – es wäre gefährlich, ohne dass es irgendwem nützt. Keiner von uns kann hier ernsthaft etwas ausrichten, schon gar nicht der Piepmatz da!"

Gekränkt ruckte ich mit dem Kopf, doch insgeheim musste ich Gaston recht geben. Die Gespenster konnten Erin und René höchstens einen Schreck einjagen, würden dabei allerdings riskieren, etwas von dieser Flüssigkeit abzubekommen. Und ich schaffte es noch nicht mal durch das geschlossene Fenster! Tatenlos mussten wir mitansehen, wie Erin erneut ihren Kugelschreiber hob und zufrieden nickte, als er von den Körpern meiner Großeltern abprallte. Während sie sich Notizen machte, hatte ich endgültig genug. Ich stieß einen Schwalbenschrei aus, den die Gespenster hoffentlich als *„Mir nach!"* entschlüsseln konnten, und flatterte zurück zum Büro. Im nächsten Augenblick saß ich als rothaarige, flügellose Ruby mitten auf dem Apothekerschrank.

Die Gespenster wurden neben mir sichtbar. „Ich fasse es nicht, dass wir sie einfach zurückgelassen haben", stöhnte Adèle und rang die Hände. „Wir sind ihre Vorfahren, da müssen wir ihnen doch irgendwie helfen!"

„Sie sind neheheeeeett!", heulte Philou, und Clotilde nickte heftig. Verblüfft schaute ich die beiden an – so etwas hatte ich bisher noch nie über meine Großeltern gehört. Kurz überlegte ich, ob das wirklich stimmen könnte, aber Gaston unterbrach meine Gedanken.

„Nett oder nicht, spielt doch überhaupt keine Rolle", knurrte er. „Dorothée rümpft jedes Mal die Nase, wenn ich fluche, und Raphaël muss immer alles besser wissen. Trotzdem ist es eine Schande, dass Gespenster so behandelt werden!"

„Außerdem dürfen Erin und René auf keinen Fall weiter an diesem Mittel forschen", ergänzte ich. „Habt ihr gesehen, wie zufrieden sie waren? Anscheinend stehen sie kurz vor ihrem Ziel. Das wäre eine Katastrophe für sämtliche Fabelwesen!"

„Wir müssen also rasch etwas unternehmen", fasste Adèle zusammen. „Kleine Nachfahrin, morgen findet doch der traditionelle Herbstball der Lavalls statt, nicht wahr? Dann wird das Labor bestimmt unbeobachtet sein."

„Dafür werde ich beobachtet“, sagte ich niedergeschlagen. „Erin und René wollen mich den Gästen als neues Familienmitglied präsentieren. Wahrscheinlich haben sie das nur vorgeschlagen, um sich bei mir einzuschmeicheln, aber das ändert ja nichts.“

Ein Nebelstreif wickelte sich um mein Handgelenk. *„Hmmm. C'est un bal masqué?“*, hauchte Clotilde mir ins Ohr.

„Ein Maskenball?“, fragte ich zögernd, nicht sicher, ob ich sie richtig verstanden hatte. „Bisher war es eigentlich nicht so geplant …“

„Dann sorge dafür, dass sich diese Planung ändert! Nichts ist glamouröser als ein Maskenball“, schwärmte Adèle. Sie machte ein paar Tanzschritte in der Luft und schien kurz den Faden zu verlieren, bis Gaston sie mit seinen grellroten Augen anblitzte. Da stoppte sie und zwinkerte mir verschwörerisch zu. „Außerdem eignet sich so ein Ball perfekt für Heimlichkeiten und verdeckte Ermittlungen. Glaubst du nicht auch?“

Erwartungsvoll schauten alle Gespenster zu mir, während ich nachdachte. Die Zwillinge würden mich morgen sicher die ganze Zeit misstrauisch im Blick behalten. Außerdem waren da noch die vielen Gäste, Tante Erin mit ihrem überfürsorglichen Getue und die Sicherheitstür zum Labor. Das alles würde eine Rettungsaktion nicht gerade einfach machen – trotzdem formte sich in meinem Kopf allmählich ein Plan.

Er war riskant. Er war verrückt. Er konnte auf unzählige Arten schiefgehen …

„Was wird das, wenn's fertig ist?", blaffte Gaston, als ich kurzentschlossen ans Fenster trat.

„Ich fliege zu Valérie, dem früheren Hausmädchen. Hoffentlich finde ich ihr Zimmer über dem Postamt, und hoffentlich ist sie wach." Schon hockte ich wieder auf der Fensterbank, dann drehte ich mich noch einmal um. „Wenn ich zurück bin, treffen wir uns in der Ahnengalerie", sagte ich in vier verwirrte, durchscheinende Gesichter. „Es gibt jede Menge zu besprechen!"

23. KAPITEL

Wildschwein auf High Heels

Ein zorniges Flüstern riss mich aus dem Schlaf.

„Wie konntest du hier einfach einpennen?", fauchte jemand – vermutlich Claire.

„Du bist doch selber eingepennt."

„Ja, aber du sicher zuerst!"

Die Federn der Matratze quietschten, als die beiden aus meinem Bett sprangen. Bestimmt war ihnen ziemlich kalt, denn ich hatte ihnen die Decke weggenommen. Zusammengerollt lag ich damit auf dem Teppich und ahnte trotz meiner geschlossenen Augen, dass sie mich anstarrten.

„Denkst du, sie hat in der Nacht irgendwas geklaut?“, raunte eine meiner Cousinen.

„Schätze nicht. Das hätten wir schon gemerkt. Außerdem hätte sie sich dann wohl kaum seelenruhig da hingelegt …“

„Und das in der Nacht vor einem Ball. Sie wird total zerknautscht aussehen!“

Dieser Gedanke schien Claire und Nadine dermaßen aufzuheitern, dass sie ihre Sorgen vergaßen. „Schnell in unser Zimmer, ehe *Maman* zum Wecken kommt!“, hörte ich eine der beiden noch zischen, dann huschten sie hinaus. Gähnend wickelte ich mich aus der Decke und rieb mir den Nacken. Um genau zu sein, fühlte ich mich nicht nur *total zerknautscht*, sondern auch todmüde. Die Nacht war sehr, sehr kurz gewesen – und sehr ereignisreich.

Sobald mir wieder einfiel, was wir ausgeheckt hatten, war meine Müdigkeit wie weggefegt. Ich zog mich an und eilte zum Frühstückszimmer, wo die anderen schon am Tisch saßen. Gerade wurde eine Kanne Kaffee von einem jungen Mann in schicker schwarz-weißer Uniform hereingebracht. Er schien nicht genau zu wissen, ob er nachschenken oder die Kanne einfach auf den Tisch stellen sollte, und Tante Erin gab ihm einen scharfen Befehl auf Französisch.

„Ich habe ihn mir aus dem Catering-Team geliehen“, erklärte sie dann seufzend, so als wäre er ein Gartengerät. „Es ist nicht leicht, schnell Ersatz für ein Hausmädchen zu finden. Da hat uns diese Valérie vielleicht was eingebrockt! Na, hoffentlich stellt sich das Personal bei den Vorbereitungen für den Ball weniger unbeholfen an … Oh, guten Morgen, meine Liebe.“ Sie lächelte mir entgegen, aber ich hatte große Mühe, es zu erwidern. Immer noch sah ich vor mir, wie sie meine eingesperrten, benebelten Großeltern mit einem Kugelschreiber gepikt hatte. Und was genau hatte Valérie der Familie bitte schön eingebrockt – dass wir uns womöglich selbst etwas aus der Küche holen mussten?!

Nur der Gedanke an meinen Plan half mir dabei, eine heitere Miene aufzusetzen. Tante Erin hatte ja keine Ahnung, dass Valérie schon sehr bald wieder hier sein würde … In meinem Bauch flatterte es aufgeregt, und ich biss schnell in ein Croissant, um das Gefühl zu dämpfen.

Die Zwillinge schauten mich von der anderen Seite der

Tafel giftig an. „Gib bloß acht, dass du hinterher noch in dein Kleid passt“, sagte Claire.

„Ja, wir haben nämlich alle Kleider in derselben Größe genommen“, ätzte Nadine.

Tante Erin erstickte weitere Sticheleien mit einem begeisterten Händeklatschen. „Machen wir doch gleich nach dem Frühstück eine letzte große Anprobe!“, trällerte sie. „Ich kann es kaum erwarten, meine drei jungen Damen in voller Pracht zu sehen!“ Ihre Augen glänzten, und auf ihren Wangen lag ein rosiger Schimmer. So aufgekratzt hatte ich sie noch nie erlebt. Konnte das bedeuten, dass die Forschungen zum Anti-Magie-Mittel bereits abgeschlossen waren? Vor Schreck verschluckte ich mich an meinem Croissant. Ich bekam erst wieder richtig Luft, als Onkel René seinen Stuhl zurückschob und bedauernd erklärte: „Diese Anprobe werde ich leider verpassen. Ich muss noch einmal dringend ins Labor.“

„Aber heute ist doch Samstag“, maulte Claire. „Da hast du früher nie gearbeitet!“

„Bald wird sich alles zum Guten verändern, mein Schatz.“ Onkel Renés Bärtchen zuckte siegessicher. Mrs Silverton musste für ihren Auftrag jede Menge Geld geboten haben, aber eines stand fest: Erledigt war die Sache noch nicht. Mein Plan kam gerade rechtzeitig!

Während Onkel René sich zu seinen beiden Gefangenen verzog, aß ich schnell meinen Teller leer und wurde dann von Tante Erin ins Nähzimmer gescheucht. Dort saß schon eine klapprige alte Dame mit Stecknadeln und Maßband bereit, um notfalls noch etwas an den Kleidern zu ändern. Man sah allerdings gleich, dass das bei den Zwillingen überflüssig war. Kaum hatten sie sich umgezogen, wurden sie zu makellosen Märchenprinzessinnen. Strahlend lüpften sie die Röcke und trippelten zierlich auf und ab.

Was man von mir nicht behaupten konnte.

„Eigentlisch, es 'at die rischtige Größ'", sagte die alte Schneiderin mit dem stärksten französischen Akzent, den ich je gehört hatte. „Isch weiß nischt, wieso …"

„… sie ständig auf den Saum latscht?", ergänzte Claire.

„… sie herumstolpert wie ein Wildschwein auf High Heels?", schlug Nadine vor.

Prompt versuchte ich, noch ein bisschen mehr zu torkeln, wofür ich keine besonders gute Schauspielerin sein musste. Tante Erin hatte mir zwar nicht gerade High Heels gegeben, aber trotzdem Schuhe, die sich *sehr* von meinen geliebten Gummistiefeln unterschieden. „Keine Ahnung, wie ihr das macht“, stöhnte ich, während ich mich mit voller Absicht im dunkelroten Stoff verhedderte. „Hohe Hacken und bodenlange Röcke sind einfach zu viel für mich. Fehlt nur noch ein Krönchen – oder eine Maske, die mir ständig über die Augen rutscht!“ Extra ungeschickt befreite ich meine linke Schuhspitze aus dem Kleidersaum und schielte zu den Zwillingen.

Zuerst schien es, als hätten meine Worte rein gar nichts bei ihnen bewirkt. Sie betrachteten sich nur weiter im Spiegel, probierten verschiedene Posen aus, warfen ihre seidigen Haare nach hinten … Aber dann begannen sie, miteinander zu tuscheln. Gespannt hielt ich den Atem an.

„*Maman*?“, flötete Claire mit ihrer süßesten Stimme und drehte sich zu Tante Erin. „Warum ist das Herbstfest eigentlich kein Maskenball?“

Ruhig bleiben, ruhig bleiben, sagte ich mir in Gedanken vor, während mein Herz sich beinahe überschlug.

Tante Erin verzog das Gesicht. „Weil wir das eben nicht so geplant haben“, wehrte sie ab. „Vielleicht im nächsten Jahr.“

„Ach, bitte!“, rief Nadine. „Das würde so toll aussehen, wie in *Gossip Girl* oder *Vampire Diaries* oder *Pretty Little Liars …*“

„Und Ruby steht so eine Maske bestimmt ganz ausgezeichnet“, fügte Claire boshaft hinzu. Wenn sie gewusst hätte, dass ich ihr in diesem Moment am liebsten um den Hals gefallen wäre!

Stöhnend rieb Tante Erin sich über die Stirn. „Ist euch klar, dass wir dann noch sämtlichen Gästen Bescheid geben müssten? Oder genügend Masken für alle besorgen? Papa und ich sind viel zu gestresst, um jetzt in die Stadt zu fahren! Nun ja, vielleicht könnte ich jemanden vom Catering schicken, aber –“

„Du bist die Allerallerbeste!“ Jubelnd sprangen Claire und Nadine um sie herum (und schafften es, sogar dabei elegant auszusehen). Nun gab es für Tante Erin keinen Weg mehr zurück … und ebenso wenig für mich.

Denn jetzt kam der nächste Teil meines Plans.

24. KAPITEL

Der Ball beginnt

Valérie würde pünktlich zur Stelle sein. Sie hatte mir in der vergangenen Nacht einen Zettel mit ihrer Telefonnummer zugesteckt, und ich stahl mich kurz vor dem Mittagessen hinaus, um ihr grünes Licht zu geben. Danach stocherte ich nervös in meinem Salat und brachte kaum einen Bissen hinunter. Angestrengt versuchte ich, mir nicht den Kopf darüber zu zerbrechen, dass das Telefonat problemlos funktioniert hatte – ganz anders, als wenn ich Noah erreichen wollte. Im Grunde durfte ich überhaupt nicht an Noah denken. Oder daran, was wohl passieren würde, wenn man Valérie hier erwischte …

„Ja ja, so ist das“, meinte Tante Erin, als mein halb voller Teller abgeräumt wurde. „Die Vorfreude schlägt einem auf den Magen, nicht wahr? Deshalb ist René auch gar nicht erst zum Essen gekommen.“

Von wegen, dachte ich. *Der ist wohl noch immer damit beschäftigt, Gespenster zu quälen!*

Mit gespielter Verlegenheit zog ich die Schultern hoch und behauptete: „Ich hab beim Frühstück etwas übertrieben. Vielleicht sollte ich eine Runde joggen gehen, damit mein Kleid nachher besser passt.“

Hätte ich zu Hause so einen Satz von mir gegeben, wären Nana und Mam entweder besorgt oder belustigt gewesen. Dabei rannte ich fast jeden Tag über die Hügel von Patch Island: auf der Flucht vor plötzlichen Regengüssen, um Bauer Orins wilden Schafbock einzufangen oder einfach nur, um Schmuggel und André zu unterhalten. Mit Kleidergrößen hatte das noch nie zu tun gehabt. Tante Erin fand meinen Vorschlag aber tatsächlich vernünftig und lieh mir sogar ein Paar Laufschuhe. Dann eilte sie zum Ballsaal, wo sie die letzten Vorbereitungen überwachen wollte. Die Zwillinge ließen sich inzwischen von einer eigens herbestellten Stylistin hübsch machen – doch ich hatte eine ganz andere Art von Styling im Sinn.

„Valérie?", rief ich leise, während ich das Haus umrundete. Der Herbstwind fuhr mir ins Gesicht, und die feuchte Luft brachte meine Haare dazu, sich heftig zu kräuseln. „Bist du da? Hey, Valé…" Beinahe wäre ich über ein Fahrrad gestolpert. Valérie wartete in einer Tornische, die fast vollständig von herabhängenden Efeuranken verdeckt wurde. Hätte sie ihr Rad nicht neben sich abgestellt, wäre ich einfach vorbeigerannt.

„Salut", wisperte sie, und ihr Lächeln wirkte ein bisschen zittrig. „Ich wollte eigentlich warten vorn an die Ecke, aber diese Nebel war dagegen." Sie deutete auf einen weißen Schimmer, der sich wie eine Fußfessel um ihren Knöchel gelegt hatte.

„Das ist nur Clotilde", erklärte ich schnell. „Ihr kennt euch schon vom Friedhof. Sie und die anderen Gespenster haben mir erzählt, dass es einen Dienstboteneingang gibt, den seit Ewigkeiten niemand mehr benutzt. Wenn wir da reingehen, werden wir hoffentlich keiner Menschenseele begegnen."

„Oh! Und es ist nicht abgeschließt?"

„Doch, aber die Gespenster haben mir gestern Nacht noch den hier gezeigt.“ Ich zog einen altmodischen Schlüssel hervor.

„Wie das klingt!“, sagte Valérie kopfschüttelnd, während sie eine Plastiktüte vom Gepäckträger ihres Fahrrads hob. „Du tust, als wäre ganz normal – *die Gespenster haben mir eine Schlüssel gezeigt.* Warum nicht gleich: Die Gespenster haben mit mir geschaut eine nette Film. Die Gespenster haben mir beworfen mit Popcorn …“

Trotz meiner Anspannung musste ich lachen. „Du wirst dich dran gewöhnen“, versprach ich und nahm Valérie die Tüte ab. „Jetzt nichts wie rein, bevor uns jemand hier herumstehen sieht!“

Mit einigem Geruckel schaffte ich es, den Schlüssel im rostigen Schloss zu drehen. Knarrend öffnete sich die Tür und modrige Luft schlug uns entgegen. Man merkte sofort, dass seit vielen Jahren kein Mensch seinen Fuß über diese Schwelle gesetzt hatte. Obwohl wir sicher sein konnten, hier nicht entdeckt zu werden, war es doch ein unbehagliches Gefühl. Jetzt schien sogar Valérie froh über Clotildes Anwesenheit zu sein: Ein leuchtendes Wölkchen zeigte uns den Weg durch einen finsteren Gang und eine schmale Treppe hinauf. Die nächste Tür war unverschlossen. Als Valérie sie öffnete, stieß sie ein überraschtes Keuchen aus.

„Hier drüben es geht ja zu die Küchenräume! Hätte ich von diese Abkürzung gewusst, Madame hätte nie gesehen, wenn ich verspätet war!"

„Man muss eben die richtigen Leute kennen", sagte ich mit einem schiefen Grinsen. Eilig schlüpfte ich aus meiner Jacke und platzierte sie in dem geheimen Gang, direkt neben der Tür. Später würde ich sie gut gebrauchen können – und erst recht das Fläschchen, das in einer der Taschen steckte …

Nachdem ich mein Bündel abgelegt hatte, liefen Valérie und ich zu meinem Zimmer. Auf halbem Weg trafen wir eine Frau in schwarz-weißem Kleid, die das Treppengeländer polierte, doch ansonsten blieben wir unentdeckt. Der meiste Trubel fand wohl gerade am Haupteingang und in dem breiten Flur statt, der zum Ballsaal führte. Tante Erin hatte prachtvolle Dekorationen aus Blumen und Herbstlaub angekündigt, ein üppiges Büfett und ein Orchester.

Die Gespenster warteten schon ungeduldig auf uns. „Ihr habt vielleicht die Ruhe weg!", stöhnte Adèle und rauschte mit flatternden Röcken auf uns zu. „Man sollte genügend Zeit einplanen, um sich für einen solchen Anlass herauszuputzen!“

Ich verdrehte die Augen. „Das hätte genauso gut Tante Erin sagen können.“

„Nun, sie ist zwar eine schreckliche Person, doch ihr Auftreten finde ich immer tadellos.“ Adèle verstummte und drehte sich zu Valérie, die wie festgefroren neben mir stehen geblieben war. Bei meinem nächtlichen Besuch hatte ich ihr die Gespenster zwar genau beschrieben, aber den Anblick musste sie trotzdem erst mal verdauen.

Gaston stupste Valérie mit dem Finger gegen die Wange, als wollte er testen, ob sie nur eine Statue war. „Das ist also die kleine Dienerin?“, brummte er.

„Sie ist keine Dienerin, sondern meine Freundin Valérie. Was meint ihr, sehen wir uns ähnlich genug?“

„Die Größe stimmt ungefähr“, sagte Adèle und schürzte die Lippen. „Aber sonst …?“

Da kam plötzlich Leben in Valérie. Sie bückte sich nach der Plastiktüte, die ich vor uns abgestellt hatte, und verkündete entschlossen: *„Attendez,* das wird schon! Ich zeige einmal, was ich habe mitgebracht. Erstens: die richtige Tee.“

„O Gott, danke!“ Mit einem erleichterten Seufzer nahm

ich eine Thermoskanne von ihr entgegen. „Bei allem, was heute Abend noch passieren soll, werde ich die Wirkung sicher nötig haben …“ Allein der Gedanke daran weckte in mir ein nervöses Kribbeln. Schnell trank ich ein paar Schlucke Tee und konzentrierte mich dann wieder auf die Plastiktüte, die Valérie weiter ausräumte.

„Nach die Apotheke ich war in eine Geschäft für Kostüm“, erzählte sie. „Dort ich habe bekommen eine *masque*“, sie hielt eine schwarz glitzernde Maske an einem Gummiband in die Luft, „und zwei *perruques*. Königin Elsa und ein Clown!“ Stolz präsentierte sie einen blonden Zopf und ein knallrotes Gewuschel, dann ließ sie die Clownsperücke schnell wieder sinken. „Entschuldige bitte, Ruby“, sagte sie verlegen. „Natürlich, deine Haar ist nicht wirklich wie von ein Clown …“

„Ist doch egal! Wenn ein rothaariges Mädchen in meinem Kleid auftaucht, wird jeder denken, das wäre ich. Und jetzt schau mal, was ich vorbereitet habe!“ Eifrig flitzte ich zum Bett und kniete mich hin, um etwas darunter hervorzuholen.

Valérie machte große Augen. „Woher hast du denn dieses?“, fragte sie und bestaunte das ausladende grüne Ballkleid von allen Seiten. Es war mit goldenen Rüschen verziert und hatte eine riesige – um nicht zu sagen: *gigantische* – Seidenschleife über dem Po.

Adèle hüstelte leise. „Mit Verlaub: Das war mein Debütantinnenkleid", sagte sie. „Ist es nicht ein Stoff gewordener Traum?"

„Allerdings. So einer, aus dem man schreiend erwacht", murmelte Gaston, aber das hörte Adèle hoffentlich nicht. Ich ahnte, was für eine große Ehre es war, dass ich dieses Kleid von ihr geliehen bekam. Immerhin war es mindestens hundert Jahre lang in einem der Schlafzimmer ganz hinten im Schrank versteckt gewesen! Mit Valéries Hilfe zwängte ich mich hinein (es fühlte sich an wie eine Mischung aus Wurstpelle und Zelt); danach stopften wir meine Locken unter die Elsa-Perücke und fixierten sie mit dem Gummiband der Glitzermaske.

„Hoffentlich verstecken die langen Röcke, dass ich Turnschuhe anhabe", sagte ich. „Die Dinger mit den hohen Absätzen muss ich *leider, leider* dir überlassen, Valérie."

Doch Valérie schien sich wahrhaftig über diese Höllentreter zu freuen. Ihre Wangen glühten, während sie in mein rotes Kleid und die Schuhe schlüpfte. Die Clownsperücke bändigten wir mit einigen Haarspangen, sodass sie nicht mehr gar so wild aussah, dann drehte Valérie sich ein paarmal neben mir im Kreis. „Na? Bin ich eine schöne Ruby?“, fragte sie. Ihre Augen funkelten schelmisch hinter der federbesetzten Maske, die mir die Zwillinge zugeteilt hatten – wahrscheinlich, weil sie glaubten, dass mich dieses Modell am meisten nerven würde.

„Wu-wu-wuuuunderbar!“ Philou verpasste jedem von uns ein nasskaltes Küsschen, und Adèle tupfte sich mit einem spitzenbesetzten Tüchlein die Augen ab. „Das Debüt zweier junger Damen in der Gesellschaft“, schniefte sie. „Ach, dass ich das noch erleb…, nun ja, ergeistern darf!“

„Der verdammte Ball ist vollkommen unwichtig“, grollte Gaston.

„Stimmt. Ihr habt wohl vergessen, dass ich gar nicht daran teilnehmen werde“, erinnerte ich die Gespenster. „Das ist doch der Sinn dieser Verkleidung: Meine Verwandten sollen denken, dass sie mich die ganze Zeit im Blick behalten, während ich in Wirklichkeit freie Bahn für unsere Mission habe!“

„Aber es ist schon eine lustige Gedanke, dass die verhasste Hausmädchen tanzen wird auf das feine, feine

Fest“, sagte Valérie vergnügt. Dann setzte sie sich aufs Bett, zog mich an ihre Seite und schaute erwartungsvoll zur Tür. Es war jetzt wenige Minuten vor sieben, die Zwillinge würden mich also gleich abholen kommen!

„Valérie – ich wollte mich noch bei dir bedanken“, platzte ich heraus, während die Gespenster mit den Wänden verschmolzen. „Dass du uns bei dieser verrückten Sache hilfst, weiß ich wirklich zu schätzen. Dabei hattest du meinetwegen nur Ärger …“

„Nein, Ruby“, widersprach Valérie fest. „Ich finde nicht.“

„Deine Mam ist doch bestimmt sauer, weil Erin und René ein neues Hausmädchen einstellen wollen. Oder sogar traurig!“

„Traurig?“, wiederholte Valérie und schüttelte den Kopf, sodass ihre falschen roten Löckchen wippten. „Ich glaube, *Maman* ist eher froh. Sie hat nie zugegeben, aber sie hatte ihre Job gar nicht mehr gerne, seit die alte Herrschaften gestorben sind. Deine Tante und Onkel …“ Sie brach ab und zuckte mit den Schultern.

„Du kannst es ruhig sagen“, murmelte ich. „Sie sind keine netten Leute, auch wenn sie es schaffen, die meiste Zeit so zu tun.“

Aufmunternd stupste Valérie mich an. „Mache dir nichts daraus. Viele von deine andere Verwandte sind sehr, sehr nett!“ Augenzwinkernd schaute sie genau dorthin, wo der Grausige Gaston eben verschwunden war. Wir hörten ihn noch abfällig schnauben – da klopfte es.

„Ruby!“, rief eine meiner Cousinen durch die Tür. „Ob du fertig bist oder nicht, wir gehen jetzt!“

Mit einem Satz war ich auf den Beinen. „Komme schon!“ Ich raffte meine bauschigen Röcke zusammen, huschte zur Tür und presste mich daneben an die Wand. Mein Herz klopfte zum Zerspringen. Jetzt würde sich zeigen, ob die Zwillinge eine Clownsperücke von meinen echten Haaren unterscheiden konnten! Wenn sie uns auf die Schliche kamen, steckte ich in gewaltigen Schwierigkeiten, und Valérie ebenso …

Das schien ihr in diesem Moment erst richtig bewusst zu werden. Mit winzigen Schritten trippelte sie durch den Raum, als wären ihr die hohen Schuhe plötzlich doch unbequem. Ich hörte sie tief durchatmen, während sie ihren ganzen Mut zusammennahm. Dann öffnete sie die Tür.

25. KAPITEL

Anders als gedacht

Ich war den Zwillingen so nahe, dass mir eine Duftwolke aus Haarspray und Parfum in die Nase stieg. Instinktiv drückte ich mich noch fester gegen die Wand. Auf der anderen Seite der Tür herrschte Schweigen – bestimmt musterten meine Cousinen Valérie gerade von Kopf bis Fuß. Die Stille schien eine Ewigkeit anzudauern, bis jemand leise kicherte.

„Nennst du das etwa eine Ballfrisur?“

Ich konnte sehen, dass Valérie wortlos mit den Schultern zuckte. Ihre Stimme hätten die Zwillinge ja erkannt! Hoffentlich stellten sie ihr keine Fragen mehr …

„Na, uns kann's egal sein. Komm jetzt", befahl eine meiner Cousinen. „*Maman* hat uns eben eine Nachricht geschickt. Es sind schon fast alle Gäste da!"

Ein Klappern verriet mir, dass die Zwillinge sich mit energischen Schritten auf den Weg machten. Zu gern hätte ich Valérie noch Glück gewünscht, aber ich traute mich nicht. Stocksteif klebte ich an der Wand, bis sie die Tür hinter sich geschlossen hatte.

„Legen wir los?", tuschelte Adèle.

Beklommen schüttelte ich den Kopf. „Die Zwillinge haben doch gesagt, dass erst *fast* alle Gäste da sind. Für unsere Aktion muss es draußen aber komplett menschenleer sein! Könnte jemand von euch nachsehen und Bescheid geben, sobald das Fest begonnen hat?"

„Da rausfliegen? Zu den vielen Lebendigen?" Gaston wurde sichtbar, um mir eine Grimasse zu schneiden. „Eine hirnrissige Idee."

Doch Philou schien hirnrissige Ideen zu mögen. Wie ein Windstoß fuhr er an mir vorbei durch die geschlossene Tür, und ich hörte ihn auf dem Flur noch leise gackern, während er sich entfernte.

„Hoffentlich geht das gut", stöhnte Adèle. „Wenn er sich bloß nicht zu irgendeinem Unsinn hinreißen lässt!"

Ängstlich warteten wir ab und schnappten alle nach Luft, als nur wenige Minuten später wieder ein Zischen erklang. Das Geräusch kam rasend schnell näher, dann schoss Philou zurück ins Zimmer. Er wurde sichtbar, plapperte etwas auf Französisch und fuchtelte wild mit seinen dürren Armen.

„Da stimmt etwas nicht", übersetzte Gaston düster. „Anscheinend haben die Zwillinge auf dem Weg zum Ballsaal behauptet, die kleine Dienerin hätte einen Fleck auf ihrem Kleid. Sie haben Valérie ins Gästebad geschickt, damit sie den Fleck beseitigt … und jetzt lassen sie sie nicht mehr heraus."

„*WAS?*" Der Schreck ließ mich jede Vorsicht vergessen. So schnell es mit dem langen Kleid ging, stolperte ich auf den Flur und in Richtung Erdgeschoss. Ich kümmerte mich nicht einmal darum, ob die Gespenster mir folgten. Irgendetwas lief hier gewaltig schief, das spürte ich! Wie konnten die Zwillinge sich ausgerechnet jetzt wieder so einen Streich erlauben? Es musste ihren Eltern doch gleich auffallen, wenn „ich" fehlte. Und was, um Himmels willen, hatten sie davon?

Das Gästebad befand sich knapp vor dem breiten Gang, der zum Ballsaal führte. Je näher ich kam, umso deutlicher hörte ich Stimmengewirr und die Klänge des Orchesters, das sich für den Eröffnungstanz bereit machte. Als ich um die Ecke spähte, sah ich die Zwillinge, die mit verschränkten Armen vor dem Gästebad standen. Nein – eine von ihnen saß. Und zwar auf genau dem Lehnstuhl, mit dem auch beim letzten Mal die Klinke blockiert gewesen war!

„Hör auf zu klopfen", rief eine der Schwestern durch die Tür. „Du solltest es dir lieber da drin gemütlich machen, neue Cousine."

„Genau!", bekräftigte die andere. „So lange, bis …" Sie stockte und schien zu überlegen. Ihre Miene konnte ich unter der Maske kaum erkennen, aber ihre Haltung drückte Unsicherheit aus. Schließlich tuschelte sie ihrer Schwester etwas zu, das ich nicht verstand.

„Keine Ahnung", kam es zurück. „Bestimmt wird sie gleich da sein."

Im nächsten Moment schwoll der Lärm aus dem Ballsaal kurz an, weil jemand die Tür aufgerissen hatte. In einem fließenden schwarzen Kleid lief Tante Erin auf die Zwillinge zu, blieb aber nicht stehen. Sie bedeutete ihren

Töchtern nur stumm, ihr zu folgen. Zu dritt entfernten sie sich vom Badezimmer und kamen mir dabei immer näher! Erschrocken machte ich ein paar Schritte rückwärts. Ich fürchtete schon, dass sie gleich in meinen Flur abbiegen würden, doch knapp davor blieb Tante Erin stehen.

„Bravo", schnaufte sie, „ihr habt es geschafft. Ich wusste doch, dass ich mich auf euch verlassen kann!"

„Verrätst du uns jetzt, wozu das überhaupt gut war?", hörte ich eine meiner Cousinen fragen. „Ich meine – nicht, dass wir scharf darauf wären, den Abend mit Ruby zu verbringen. Aber ihr wolltet sie doch so gerne allen vorstellen!"

„Ganz im Gegenteil", sagte Tante Erin ungeduldig. „Das erkläre ich euch später. Wichtig ist nur, dass Ruby dem Ball fernbleibt!"

„Aha. Und wieso konnten wir sie nicht in ihrem Zimmer einsperren?"

„Dort gibt es ein Fenster."

Ein Fenster, durch das Ruby in Tiergestalt flüchten könnte. In diesem Moment begriff ich mit eisiger Klarheit, dass nicht die Zwillinge mich zuletzt im fensterlosen Gästebad eingeschlossen hatten. Tante Erin war es gewesen! So hatte sie verhindern wollen, dass ich während ihrer Einkaufstour herumschnüffelte und auf meine Großeltern stieß!

Ich war noch dabei, diese Erkenntnis zu verarbeiten, als eine der Schwestern quengelte: „Das ergibt alles keinen Sinn. Als Ruby hier angekommen ist, hast du uns extra gesagt, dass wir nett zu ihr sein sollen!"

Tante Erin stieß ein gereiztes Zischen aus. „Ja, um Zeit zu gewinnen! Euer Papa und ich dachten, dass wir noch vor dem Ball eine endgültige Lösung für unsere Probleme finden würden … Aber nun dauert es ein bisschen länger, und wir müssen improvisieren. Also helft bitte einfach mit!"

„Wie, improvisieren? Und was für Probleme denn?" Jemand stampfte mit dem Fuß auf. „Wir haben keine Lust zu helfen, wenn du es nicht ordentlich erklärst!"

„Ruby hat geklaut, nicht wahr?", fragte der andere Zwilling lauernd. „Ich wette, sie hat dir irgendwas sehr Wertvolles weggenommen!"

„Noch nicht", antwortete Tante Erin. „Und wir werden nicht zulassen, dass es so weit kommt. Für mehr Erklärungen ist jetzt wirklich keine Zeit! Papas Kollegen sind alle im Ballsaal, und er hat ihnen gleich zu Beginn eine wichtige Ankündigung versprochen. Da sieht es merkwürdig aus, wenn ich fehle!“

„Aber *wir* sollen die ganze Zeit hierbleiben?!“

„Nur bis nach seiner Rede, dann kümmere ich mich wieder um Ruby. Passt bloß auf, dass niemand den Stuhl wegschiebt. Wenn ein Gast auf die Toilette muss, erzählt etwas von einem verstopften Rohr und schickt ihn zu einem der oberen Badezimmer!“ Ich hörte ein paar schnelle Schritte, aber bevor Tante Erin weitergehen konnte, rief eine meiner Cousinen:

„*Maman*! Was, wenn Ruby um Hilfe schreit?“

„Und wennschon“, antwortete Tante Erin. Sie hatte die Stimme gesenkt, sodass ich sie kaum noch verstand. Mit angehaltenem Atem beugte ich mich vor – und ein kalter Schauer lief mir den Rücken hinunter, als ich sie sagen hörte: „Ihr müsst jetzt nicht mehr nett zu ihr sein. Irgendwie bringt ihr sie bestimmt zum Schweigen.“

Nach diesen unheilvollen Worten ließ Tante Erin die Zwillinge stehen und stöckelte davon. Wieder schwoll der Lärm an und ab, als sie den Ballsaal betrat. Kaum hatte sie die Tür geschlossen, da setzten sich meine Beine wie von selbst in Bewegung. Mit hoch erhobenem Kopf marschierte ich auf die Zwillinge zu. Eine der Schwestern – vermutlich Claire – hatte es sich wieder auf dem Stuhl bequem gemacht, und beide starrten mir entgegen. Ängstlich fragte ich mich, ob sie mich wohl erkannt hatten, doch die Zwillinge wirkten selbst ziemlich nervös. Je näher ich kam, umso hektischer rutschte Claire auf dem Stuhl herum. „Äh, *les toilettes sont …*“, begann sie schließlich mit einer Erklärung, hörte aber erleichtert zu reden auf, als ich einfach weiterging.

Halte noch ein bisschen durch, bat ich Valérie verzweifelt in Gedanken. Dann hatte ich die Tür zum Ballsaal erreicht.

26. KAPITEL

Die Lügen der Lavalls

Ich hatte nicht vorgehabt, in Adèles Kleid unter Leute zu gehen. Meine Kostümierung war eigentlich nur für den Notfall gedacht gewesen, wenn ich unerwartet doch irgendjemanden traf. Aber nun musste ich einfach Onkel Renés Ankündigung hören, um mir auf all das einen Reim zu machen! Also streckte ich die Hand nach der Türklinke aus und –

„Hey", knurrte mir eine körperlose Stimme ins linke Ohr.

„Gaston?“, japste ich verblüfft. „Ich dachte, *Hey* sagt man nicht! Und wolltest du den vielen Lebendigen nicht lieber fernbleiben?“

„Definitiv. Aber ich bin dein Ur-irgendwas-Onkel, da sollte ich ein Auge auf dich haben.“

„Und die anderen?“

„Anwesend“, hauchte Adèle in mein rechtes Ohr. „So komme ich wenigstens wieder in den Genuss eines Balls! Philou und Clotilde warten allerdings draußen, die würden sich bestimmt zu auffällig benehmen.“ Etwas Kaltes berührte mich im Nacken, und ich nahm an, dass Adèle mir einen Arm um die Schultern gelegt hatte. Es war nicht gerade angenehm, machte mir aber Mut.

„Okay, dann wollen wir mal“, murmelte ich und öffnete die Tür.

Eine Woge aus Geräuschen, Düften und Helligkeit flutete mir entgegen – ein bisschen wie bei meinen Verwandlungen in einen Hund, wenn meine Sinne sich von einer Sekunde auf die andere schärften. Staunend blieb ich im Türrahmen stehen und blickte mich um.

„Mach den Mund zu“, befahl Adèle flüsternd. „Du siehst aus wie ein Landei, wenn du so glotzt!“

Gerne hätte ich ihr gesagt, dass ich auch ein Landei *war.*

Nein, ein Insel-Ei, das noch nie so viele Leute auf einem Fleck gesehen hatte! Der Ballsaal kam mir gigantisch vor, und er war voller Gäste in Smokings und bodenlangen Kleidern. Dass sie obendrein maskiert waren, ließ das Ganze wirken wie eine Szene aus einem Film. Allerdings hätte in einem Film wahrscheinlich das Orchester gespielt, die Menschen hätten unter den funkelnden Kristallleuchtern getanzt oder sich am Büfett die Bäuche vollgeschlagen. Stattdessen herrschte eine seltsam gedämpfte, abwartende Stimmung. Die Musiker auf der Bühne hielten ihre Instrumente zwar bereit, spielten aber nicht, und alle Augen waren auf die Tür gerichtet.

Also auf mich, wie mir mit etwas Verzögerung klar wurde. Hastig bewegte ich mich weiter in den Saal hinein, und zum Glück folgten mir die Blicke der Gäste nicht. Ein Herr in meiner Nähe schaute kopfschüttelnd auf seine silberne Taschenuhr, während ungeduldiges Gemurmel erklang.

Ich begriff erst, auf wen alle gewartet hatten, als Onkel René die Tür öffnete. Sein Bärtchen zuckte heftig, und trotz seiner schwarzen Halbmaske konnte ich erkennen, wie gestresst er war. Die Gäste schienen allerdings zu glauben, dass er bloß einen dramatischen Auftritt geplant hatte. Applaus ertönte, und Tante Erin eilte nach vorn, um ihren Mann auf die Bühne zu begleiten. Im Gehen steckten die beiden ihre Köpfe zusammen, was für die meisten Anwesenden sicher wie eine zärtliche Geste aussah. Jedenfalls, wenn sie Erin und René für nette, harmlose Leute hielten – was die Gespenster natürlich nicht taten. Auf einmal war das kalte Gefühl aus meinem Nacken verschwunden, und ich wusste, dass Adèle davongeschwebt war. Als Onkel René sich bereits am Mikrofon zu schaffen machte, kehrte sie zurück.

„Ich habe gelauscht", wisperte sie. „Aber es ergibt keinen Sinn. Er hat seiner Frau heimlich etwas in die Hand gedrückt und geraunt: *Leider nur eine Übergangslösung. Ist alles unter Kontrolle, während wir die Gäste begrüßen?* Darauf hat sie geantwortet: *Die Mädchen kümmern sich um sie, und sie dreht bestimmt gerade durch. Vielleicht brauchen wir nachher nicht einmal Meerwasser.*"

Das helle Licht begann, vor meinen Augen zu flimmern. „Meerwasser?", presste ich hervor. „Nein. Das … das kann doch nicht …" Aber noch ehe ich es schaffte, einen vollständigen Satz zu bilden, erfüllte ein hohes Kreischen den Saal. René hatte das Mikrofon eingeschaltet. Mit einer bedauernden Grimasse machte er zwei Schritte von einem der Lautsprecher weg und sagte etwas auf Französisch.

„Er entschuldigt sich für seine Ungeschicklichkeit und erklärt, dass dies ein aufwühlender Moment für ihn ist“, flüsterte Gaston. Nach einer kurzen Pause übersetzte er weiter, was Onkel René mit feierlicher Stimme vortrug: „Der Herbstball ist in diesem Haus eine geschätzte Tradition, und es schmerzt mich, ihn ohne meine lieben Verwandten Dorothée und Raphaël feiern zu müssen. Als wäre das nicht schon schlimm genug, wird der heutige Abend auch von neuem Kummer überschattet. Wie ihr alle wisst, galt mein Cousin André lange Zeit als verschollen. Ich habe bis zuletzt auf seine Rückkehr gehofft, genau wie seine Eltern. Die beiden träumten entgegen aller Vernunft davon, dass er eines Tages ihren Platz einnehmen würde – so haben sie es in der Firma und im Bekanntenkreis ja immer wieder erzählt. Doch nun müssen wir diese Hoffnung leider begraben. Andrés Kutter wurde auf dem Meeresgrund gefunden, und sein Tod ist damit offiziell eine traurige Gewissheit. Deshalb übernehme ich als nächster Verwandter schweren Herzens das Erbe der Lavalls.“

Ein Raunen ging durch die Menge. Viele der Gäste wirkten betroffen, andere prosteten René mit ihren Sektgläsern zu. Ich stand wie versteinert zwischen ihnen. Nur langsam ebbte der Schock ab, und ein neues Gefühl stieg in mir hoch: glühend heiße, brodelnde, riesengroße Wut.

Wie fies und geldgierig konnte man eigentlich sein? Meine Großeltern hatten Dad also gar nicht enterbt, das war nur eine weitere Lüge von René! Und nun schreckte er nicht einmal vor einer falschen Todesnachricht zurück! Bestimmt hatte er gehört, dass Dad in Hundegestalt feststeckte und sich unmöglich gegen solche Behauptungen wehren konnte. Als Bezahlung für das Anti-Magie-Mittel hatte Mrs Silverton den gestohlenen Kutter versenkt und Dads Tod dadurch offiziell bewiesen – doch wenig später war ich auf der Bildfläche erschienen. Eine weitere Erbin, eine neue Gefahr für das erhoffte Vermögen …

Plötzlich kamen mir wieder Tante Erins Worte an Onkel René in den Sinn: *„Sie dreht bestimmt gerade durch. Vielleicht brauchen wir nachher nicht einmal Meerwasser."*

Ich fuhr herum und schob mich mit eingezogenem Kopf in Richtung Ausgang. Zum Glück machten die anderen Menschen mir Platz. Vielleicht glaubten sie, die Nachricht von Andrés Tod hätte mich so sehr erschüttert, dass ich an die frische Luft musste. Tatsächlich krampfte

sich mein Magen zusammen, und ich hielt den Atem an, bis ich beinahe aus dem Wirbel aus Parfum und Lügen entkommen war. An der Tür spürte ich jedoch wieder die Berührung einer kalten, unsichtbaren Hand. „Kleine Nachfahrin! Erkläre uns bitte, was hier los ist!“, tuschelte Adèle.

„Ich weiß jetzt, warum Erin und René seit Tagen mit Hochdruck an dem magietötenden Mittel arbeiten. Sie wollen mich zu einer Verwandlung zwingen und dann für immer in Tiergestalt einsperren!“

Ehe die Gespenster reagieren konnten, stürzte ich durch die Tür und hastete den Gang hinunter. Vor dem Badezimmer standen immer noch meine Cousinen, die verhindern sollten, dass ich ihrer Familie *etwas Wertvolles wegnahm.* „Sag mal, hast du deine Zunge verschluckt?“, hörte ich eine von ihnen fragen.

„Oder hast du dir wegen der Absätze den Hals gebrochen?“, spottete die andere. „Ich sag ja, du läufst damit wie ein Wildschwein auf …“

Der Satz endete in einem spitzen Schrei. Mit weit aufgerissenen Mündern starrten Claire und Nadine mir entgegen.

Ein Wildschwein hatten sie sich wahrscheinlich lustig vorgestellt, egal ob mit High Heels oder ohne. Aber jetzt mussten sie erkennen, dass sie sich getäuscht hatten. Das riesige dunkle Tier war kein bisschen zum Lachen – und es kam geradewegs auf sie zu.

27. KAPITEL

Rettung abgelehnt

Nie hätte ich gedacht, dass man in bodenlangen Kleidern so schnell rennen konnte. Die Zwillinge flohen kreischend zur Treppe und polterten die Stufen hinauf. Eine von ihnen fiel hin und krabbelte vor lauter Panik sogar ein Stück auf allen vieren weiter, ehe sie wieder auf die Füße kam. Schon waren die beiden im oberen Stockwerk verschwunden, und ich hörte nur noch ein fernes Wimmern. Irgendwo knallte eine Tür, dann kehrte Stille ein.

„Also wirklich, Ruby", säuselte Adèle aus dem Nichts. „Das hätte man auch damenhafter lösen können."

Aber in meinen zottigen Ohren hörte sich ihre Stimme äußerst zufrieden an. Sowieso fühlte ich mich gerade viel zu stark und selbstbewusst, um mir in irgendwas dreinreden zu lassen. Und ein Borstenpelz war tausendmal bequemer als ein Ballkleid! Das Einzige, was mich nervte, waren meine rutschenden Klauen auf dem glatten Steinboden. Vorsichtig trottete ich zur Badezimmertür, um den Stuhl beiseite zu fegen. Nur ein kleiner Stups war nötig, und schon sauste er an die nächste Wand! Ich freute mich diebisch über meine Kraft, bis mir etwas dämmerte: Erin und René würden sicher gleich auftauchen, um mir das Medikament zu geben. Den beiden konnte nichts Besseres passieren, als mich dann bereits in Tiergestalt anzutreffen! Widerwillig plumpste ich also auf mein Hinterteil und schloss kurz die Augen …

„Huh, Ruby! Warum du sitzt auf die Boden? *Und was hast du mit deine schöne Haut gemacht?!*"

Schnell befühlte ich meine Wangen, wo die letzten Borsten soeben verschwanden. Dann rappelte ich mich hoch. Valérie stand vor mir im Türrahmen und schaute mich entgeistert an. „Erklär ich dir später", schnaufte ich (noch mit einem leichten Grunzen in der Stimme). „Wir müssen sofort hier weg!"

Ich packte Valérie an der Hand, und gemeinsam rannten wir los. Dabei gab ich mir keine besondere Mühe, leise zu sein. Claire und Nadine würden sich nicht mehr aus ihrem Zimmer wagen, so viel stand fest. Wir stürmten zum verborgenen Dienstbotengang, und ich schnappte mir dort meine bereitgelegte Jacke. Die hatten wir auch bitter nötig, sobald wir ins Freie kamen. Schlotternd hängte ich sie über meine und Valéries Schultern, während ich erklärte: „Wir haben weniger Zeit als gedacht. Wenn Erin und René das leere Gästebad bemerken, werden sie alles daransetzen, um mich zu schnappen. Dann lösen sie eine Verwandlung bei mir aus und sorgen dafür, dass ich den Rest meines Lebens als Tier verbringen muss!"

Valérie keuchte erschrocken. „Wie denn? Ich denke, sie haben noch nicht entwickelt die richtige Medizin?"

„Noch keine, die ewig anhält. Aber wahrscheinlich würden sie mich so lange einsperren und immer wieder von Neuem behandeln, bis sie ein dauerhaftes Mittel gefunden haben …" Ich wollte mir gar nicht vorstellen, wie es sein musste, auf unbestimmte Zeit hilflos im Labor festzusitzen. So etwas durften meine scheußlichen Verwandten absolut niemandem antun, weder mir noch meinen Großeltern!

„Also jetzt schnell", drängte Valérie. „Liebe Gespenster, ihr seid alle da?"

„Jawohl", sagte Adèle mit leicht zittriger Stimme.

„Ich ah-ha-hauuuch", heulte Philou, und Clotildes nervöses Hicksen ließ nicht lange auf sich warten.

Gaston wurde sichtbar und streckte mir seine Arme entgegen. „Bin bereit", meldete er knapp. „Legen wir los."

Mein Herz schien zu stolpern, während ich ein Fläschchen aus meiner Jackentasche zog. „Und du bist dir auch wirklich sicher …?", fragte ich heiser. „Denk daran: Ich habe das noch nie getestet. Es sind vier Pillen Sedimax in Wasser aufgelöst – alle, die ich in meinem Nachttisch hatte. Wer weiß, wie stark so eine Mischung bei einem Gespenst wirkt!"

„Hör auf zu plappern", entgegnete Gaston. „Die Mischung *soll* ja ordentlich wirken, weil ich mit luftigen Händen kein Fenster einschlagen könnte. Und erst recht keine festen Mitgespenster aus dem höchsten Stockwerk nach unten tragen!"

„Schon, aber …“

„Liebe Nachfahrin“, fiel Adèle mir ins Wort und zeigte sich jetzt ebenfalls. „Bitte lass ihn das machen. Ich glaube, zumindest einmal in seinem Dasein möchte auch er etwas Edles und Mutiges gewagt haben!“

„Damit hat das überhaupt nichts zu tun“, brauste Gaston auf – aber ich ahnte, dass er insgeheim geschmeichelt war.

„Gaston, der Grundgute“, sagte ich mit einem kleinen Lächeln. „Ich finde, das klingt schön.“ Und während er noch vor sich hin grummelte, schüttete ich ihm das Sedimax-Gemisch auf die Finger.

Es war, als würde ich Milch in seltsam geformte Gläser gießen. Plötzlich sah ich nicht mehr das Herbstlaub durchschimmern, wenn ich auf Gastons Hände blickte. Nein, sie waren vollkommen von einem sanft leuchtenden Weiß ausgefüllt!

„C'est pas vrai“, hauchte Valérie. „Das funktioniert! Das funktioniert wirklich! Oh, Gaston, was kannst du fühlen?“

Gaston ballte die Faust und boxte gezielt in die Luft. „HEEE!“, quietschte Philou, der offenbar an genau dieser Stelle geschwebt hatte.

„Das ist dafür, dass du mich jede Nacht mit deinem Gejaule weckst“, sagte Gaston trocken. „Und jetzt gebt mir etwas Hartes!“

Wir brauchten nicht lange zu suchen. Schon hatte Valérie an der Hauswand einen Stein entdeckt, den sie Gaston überreichte. Er warf ihn lässig zwischen seinen Händen hin und her, während er in die Luft zu steigen begann. Natürlich wollten sich die anderen Gespenster das nicht entgehen lassen und folgten ihm. Ich harrte frierend neben Valérie aus, den Kopf so weit wie möglich in den Nacken gelegt. Dabei merkte ich kaum, dass mir die blonde Perücke herunterrutschte. Mit zusammengekniffenen Augen konnte ich die Umrisse der Geister gerade noch erahnen, als sie beim richtigen Fenster angelangt waren. Gaston holte mit dem Stein aus, und es ertönte ein fernes Klirren. Inzwischen schwebten Adèle und die anderen bereits durch die Mauer, aber das schaffte Gaston wegen seiner festen Hände ja nicht mehr. Noch zweimal schlug er zu, bis das Loch in der Scheibe groß genug war. Dann verschwand er durch die Öffnung ins Labor.

Stille senkte sich über uns wie eine schwere Decke. Ich begann, vor Ungeduld auf den Zehen zu wippen, und Valérie knackte mit den Fingern. „Warum es dauert so lang?“, stöhnte sie schließlich. „Die alte Herrschaften schnappen – und wieder raus!“

Auch ich konnte mir die Wartezeit nicht erklären. „Das ist nicht gut“, murmelte ich. „Wenn sie noch länger brauchen, klingt die Wirkung des Mittels vielleicht wieder ab …“

„Und dann, deine Großeltern fallen Gaston runter!“, sagte Valérie erschrocken. „Was könnte eine feste Gespenst dabei passieren?“

Das wusste ich nicht, und ich wollte es auch auf keinen Fall herausfinden. „Ich werde hochfliegen und nachsehen, was da los ist“, beschloss ich. Valérie wirkte nicht gerade erfreut, dass sie alleine zurückbleiben sollte, aber sie nickte. Ich überließ ihr meine Jacke, und sie beobachtete mich mit großen Augen bei meiner Verwandlung. Während auf jedem Zentimeter meiner Haut schwarze Federn wuchsen, schien sich die Luft um mich herum zu erwärmen – in Wirklichkeit nahm ich als Sturmschwalbe die Kälte bloß nicht mehr so deutlich wahr. Auch meine Angst wurde ein bisschen kleiner. Mit kräftigen Flügelschlägen sauste ich zum obersten Stockwerk und war mir in diesem Moment

fast sicher, dass alles gutgehen würde. Bestimmt waren die Gespenster nur zu glücklich über ihr Wiedersehen, um sich zu beeilen …

Doch als ich auf dem Fenstersims landete, fiel meine Hoffnung schlagartig in sich zusammen. Dichter Nebel quoll mir entgegen, und ich hörte Clotilde verzweifelt wimmern. So schnell ich konnte, nahm ich wieder meine Menschengestalt an. „Was ist denn passiert?", rief ich und versuchte, durch die dicken Schwaden ins Labor zu blicken.

Adèle raste auf mich zu. „Eine Katastrophe!", jammerte sie und raufte sich das silberne Haar, sodass es in wirren Strähnen aus ihrer Turmfrisur hing. „Wir können sie nicht mitnehmen. Sie wollen einfach nicht!"

„Raphaël und Dorothée?", fragte ich ungläubig.

„Allerdings! Sie sagen, dass sie René nicht im Stich lassen werden … und Gaston ist spurlos verschwunden."

28. KAPITEL

Stunde der Wahrheit

Bei der Pflege von Tieren und Fabelwesen kam es immer wieder darauf an, auch im Chaos einen klaren Kopf zu behalten. Unsere Patienten hatten oft keine Lust, sich behandeln zu lassen, und die Kobolde machten uns mit ihren Streichen die Arbeit schwer. Normalerweise bekamen Nana und ich solche Probleme gemeinsam in den Griff. Aber jetzt – eingehüllt von Nebel, in einem fremden Labor und auf der Suche nach ein paar Gespenstern – fühlte ich mich eindeutig überfordert.

„Clotilde, hör bitte auf!", rief ich schrill. „Und Adèle, was soll das heißen: *Gaston ist verschwunden?*"

Ratlos breitete Adèle die Arme aus. „Ich habe keine Ahnung, wie das passieren konnte! Das Gespräch mit deinen Großeltern lief nicht gut, Clotilde wurde nervös, und als ich mich umdrehte, war er weg!"

„Wo sollte er denn so plötzlich – aua!" Ich stolperte über ein Hindernis und plumpste zu Boden. Nur mit Mühe konnte ich meine langen Röcke entwirren. Als ich mich dann hochstemmen wollte, trafen meine Finger auf etwas Festes.

Etwas Kaltes. Etwas, das mich packte und nicht mehr aufstehen ließ!

Mit einem ängstlichen Quietschen versuchte ich, mich zu befreien, bis zwei grellrote Lichter angingen. Gaston lag ausgestreckt vor meinen Knien und umklammerte mich mit einer Hand. „Was'n los?", murmelte er wie jemand, den man mitten in der Nacht wachgerüttelt hatte.

Adèle landete neben ihm. „Sag mal, schläfst du hier etwa?", zischte sie empört, aber ich ließ sie nicht weiterschimpfen.

„Er kann nichts dafür! Das Sedimax entfaltet jetzt seine betäubende Wirkung. Wir müssen uns beeilen, bevor man ihn gar nicht mehr wecken kann!“ Ich zog Gaston an den Händen hoch, bis er schlapp in der Luft hing. Immerhin behielt er jetzt die Augen offen, sodass sie wie rote Scheinwerfer durch den Nebel strahlten. In ihrem Licht erkannte ich den Schreibtisch, an dem meine Großeltern sonst immer gesessen hatten. Jetzt waren die Stühle dahinter leer – aber an einer Stelle ragten ein paar silberne Löckchen über die Tischplatte.

„Halte ihn wach!“, befahl ich Adèle, dann stolperte ich los. Der Nebel ließ meine Sicht immer schlechter werden, sodass ich mich mit ausgestreckten Händen vorwärtstasten musste. Ich spähte hinter den Schreibtisch, und da waren sie: Raphaël und Dorothée Lavall, zusammengekauert auf dem Fußboden. Mein Großvater hielt Dorothée beschützend an den Schultern fest, und meine Großmutter hatte mit trotziger Miene die Arme verschränkt. „Wir gehen nicht“, sagte sie. „Wer auch immer du bist, Mädchen: Du wirst uns genauso wenig umstimmen wie Adèle.“

„Aber warum wollt ihr denn hierbleiben?“, rief ich aus. „Es kann euch doch unmöglich gefallen, Renés Versuchskaninchen zu spielen!“

Raphaël schob seine dichten Augenbrauen zusammen.

„Als Gespenster sind wir zu gar nichts nütze“, sagte er, „das gefällt uns noch viel weniger! René hat versprochen, ein Medikament zu entwickeln, das unsere Luftigkeit kuriert. Dann können wir endlich wieder richtig mit ihm zusammenarbeiten!“

„Es geht ihm überhaupt nicht darum, etwas für *euch* zu tun“, widersprach ich heftig. „Er und Erin haben den Auftrag, ein Mittel zu erfinden, mit dem man Magie auslöschen kann! Und zwar nicht nur die Magie von Gespenstern. So ein Medikament wäre eine Gefahr für sämtliche Fabelwesen …“

Ich brach ab, als ich merkte, dass ich kein bisschen zu Raphaël und Dorothée durchdrang. Statt sofort zum Fenster zu eilen, blieben sie reglos hinter dem Schreibtisch hocken. Entweder, sie trauten mir nicht, oder Renés Absichten waren ihnen egal. Wenn sie Fabelwesen immer noch verabscheuten, fanden sie ein Anti-Magie-Mittel vielleicht gar nicht schlimm! Plötzlich musste ich an ihren bitterbösen Brief denken, und daran, was Dad über sie gesagt hatte: *So sind die beiden. Hart gegen sich selbst, aber noch mehr gegen andere.*

Verzweiflung stieg in mir hoch wie eisiges Wasser. Sie

füllte meinen Bauch, meine Brust … doch dann riss ich mich mit aller Kraft zusammen. Als Fabelwesenpflegerin durfte ich nicht so schnell aufgeben! Also kniete ich mich hinter den Schreibtisch und schaute meinen Großeltern direkt in die erschöpften Gesichter. „Bitte hört mir zu", sagte ich eindringlich, obwohl ich befürchtete, dass ich alles nur noch schlimmer machte. „Auch ich habe magische Kräfte, aber deswegen bin ich noch lange kein Monster oder Taugenichts, okay? Ich bin einfach eine Gestaltwandlerin, die ihre Magie liebt und behalten möchte!"

Ängstlich wartete ich auf die Reaktion. Würden meine Großeltern jetzt vor mir zurückweichen oder erklären, dass sie nicht länger mit mir sprechen wollten? Doch zu meiner Verblüffung senkte Raphaël traurig den Kopf. „Das verstehe ich", antwortete er leise. „Nur … Uns bedeutet Familie noch viel mehr als magische Kräfte. René schien der einzige Verwandte zu sein, der sich aufrichtig um uns kümmern wollte. Der Einzige, dem wir am Herzen lagen! Wie könnten wir ihn dann jetzt im Stich lassen?"

„Ich bin auch eine Verwandte!", platzte ich heraus. „Und ihr liegt mir so sehr am Herzen, dass ich euch unbedingt von hier retten will!"

Eigentlich hatte ich nicht vorgehabt, in diesem hektischen Moment davon anzufangen. Ich bezweifelte, dass die beiden mir glauben würden: Es klang zu sehr nach einem Trick, nach etwas, das ich einfach aus dem Ärmel schüttelte, weil mir nichts Besseres einfiel. Trotzdem begann Dorothées Miene, sich nach und nach zu verändern. Die harten Linien wirkten auf einmal sanfter, ihre Augen weiteten sich – und dann sah ich, dass ihre Lippen zitterten.

„Elle est une pooka!“, hauchte sie an Raphaël gewandt, und es klang, als wäre ihr gerade ein Licht aufgegangen. „Eine Gestaltwandlerin, genauso wie …“ Sie verstummte, doch jetzt hatte auch ihr Mann die Sache durchschaut. Langsam hob er seine milchweiße Hand, traute sich aber nicht, mich zu berühren. „Mädchen, du … du bist Andrés Tochter, nicht wahr?“, stammelte er.

Ich musste schlucken. „Ja, genau die bin ich. Und mein Dad wurde gerade von seinem Cousin für tot erklärt, nur damit er nichts von euch erben kann!“

Einige Sekunden lang blieben Raphaël und Dorothée so still, dass sie an Eisskulpturen erinnerten – dann hörten wir ein schrilles Jaulen. „Alaaaaaarm!“, kreischte Philou, der quer durch den Raum geflogen kam. Anscheinend hatte er vor der Labortür Wache gehalten. „Sie kommen! Die grässlichen Gespensterquäler sind auf dem Weg hierher!“

Da lösten sich meine Großeltern aus ihrer Starre. Raphaël half seiner Frau vom Boden hoch und sagte mit entschlossener Stimme: „Lass du dich zuerst nach unten tragen, *ma chérie.* Ich folge dir, sobald du in Sicherheit bist!“

„Nur, wenn du inzwischen gut auf unsere Enkelin achtgibst“, antwortete Dorothée und schenkte mir ein scheues Lächeln.

Mein Herz vollführte einen Satz. Ich hatte die beiden tatsächlich überzeugt! „Super, dann kommt bitte schnell“, drängte ich aufgeregt und schob meine Großeltern zum Fenster.

Gaston, dessen Federhut schief über seiner Hakennase hing, streckte die Hände aus. „Au...aufladen, alter Mann“, lallte er.

„Ich muss doch sehr bitten“, erwiderte Raphaël tadelnd. „Wenn hier jemand alt ist, dann du, geschätzter Vorfahr.“ Mit diesen Worten hob er Dorothée auf Gastons starke Arme, und die zwei schwebten ins Freie. Besorgt lehnte ich mich über das Fenstersims, um ihnen hinterherzuschauen. Gaston taumelte zwar ein bisschen, doch ansonsten hielt er sich wacker. Vielleicht half es ihm, dass Adèle nebenherflog und pausenlos auf ihn einredete. Trotzdem dauerte es eine gefühlte Ewigkeit, bis er unten angekommen war!

Endlich hatte Gaston meine Großmutter neben Valérie abgesetzt und begann wieder zu steigen. Vor lauter Ungeduld war ich bereits schweißgebadet. „Komm schon“, murmelte ich und erschrak über meine eigene Stimme. Erst jetzt fiel mir auf, wie still es im Labor geworden war. Philou, der eben noch gejammert hatte, spähte wieder vorsichtig in den Flur … dann schnellte er zu mir herum. „Sind fast daaaa“, zischte er. „Gleich ist es für eine Flucht zu spääääät!“

Auf Zehenspitzen hastete ich zu ihm und presste mein Ohr an die Tür. Ich hörte das Klappern von Absätzen und Tante Erins Stimme: „Unglaublich, dass du mich in Festtagsgarderobe alle Treppen hinaufscheuchst!“, schimpfte sie. „Ich garantiere dir, die Göre ist irgendwo auf dem Ball. Den wollte sie bestimmt nicht versäumen!“

„Und die Zwillinge haben sie einfach gehen lassen?“, gab Onkel René zurück. „Die ahnen doch sicher, was für uns auf dem Spiel steht! Wenn Ruby entwischt, oder wenn sie sogar *das hier* herausgefunden hat, dann …“

„Schwachsinn“, fuhr Tante Erin dazwischen. „Du siehst überall Probleme, weil du ein elender Feigling bist! Wir fangen sie nach dem Fest wieder ein, und damit hat sich die Sache.“

René knurrte etwas auf Französisch, das eindeutig ein Schimpfwort war. Ich erkannte die beiden kaum wieder! Von ihrem üblichen sanften Tonfall war nichts mehr zu bemerken – jetzt klangen sie, als wären sie zu allem bereit. Panisch drehte ich den Kopf und sah, dass Gaston soeben durchs Fenster kam. Wie in Zeitlupe hielt er Raphaël die Hände entgegen.

„Mach schon auf“, fauchte Tante Erin. „Wir verpassen da unten ja alles!“

Ein Piepsen ertönte, und ich riss instinktiv die Arme hoch. Mit aller Kraft stemmte ich mich gegen die Tür, die mein Onkel per Fingerscan entriegelt hatte.

„Klemmt“, grunzte René und rüttelte an der Klinke.

„Dieses Haus macht mich wahnsinnig“, stöhnte Erin. „Lass mich mal!“

„Ma fille?“, hörte ich meinen Großvater leise rufen,

aber ich wagte es nicht, mich noch einmal nach ihm umzudrehen.

„Du musst verschwinden“, keuchte ich. „Ihr alle! Sie haben eine Dosis von ihrem neuesten Anti-Magie-Mittel dabei!“

Entsetzt stob Philou davon, während sich jemand von der anderen Seite gegen die Tür warf. Noch ein Ruck – ein Spalt tat sich auf – und ich blickte geradewegs in Tante Erins Gesicht.

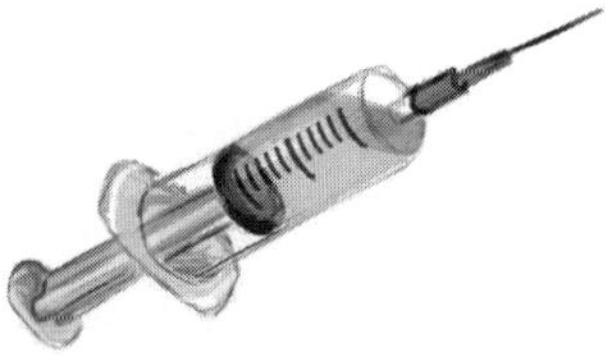

29. KAPITEL

Auf der Flucht

SIE IST ES!“, kreischte Erin so laut, dass sich ihre Stimme überschlug. „Du hattest recht, Ruby ist in unserem Labor!“

Inzwischen hatte ich die Tür wieder zudrücken können, aber ich wusste, dass meine Tante und mein Onkel jetzt gleichzeitig Anlauf nahmen. Blitzschnell wirbelte ich herum und rannte los, dann ertönte hinter mir ein Krachen. Ungebremst schossen Erin und René in den Raum und verloren das Gleichgewicht. Ich hörte, wie sie zu Boden stürzten, während ich in Richtung des Fensters kroch. Jetzt war ich froh über den Nebel, den Clotilde hinterlassen hatte.

„Wo steckt sie denn?“, jammerte René nur wenige Schritte von mir entfernt. „Und wo sind die Alten? Wenn die abgehauen sind, haben wir keine Chance mehr, unsere Forschungen …“

„Halt die Klappe!“, schrie Erin. „Hilf mir lieber beim Suchen!“

Ein Stuhl kippte um, und Onkel René schnaufte angestrengt. Inzwischen hatte ich das Fenster fast erreicht, aber verflixt, ich befand mich immer noch in Menschengestalt! Das war mal wieder typisch für meine Wandlerkräfte: Wenn ich wirklich in Panik war, funktionierten sie nie so, wie sie sollten. Für einen Moment schloss ich die Augen, um mich besser zu konzentrieren – ein gewaltiger Fehler.

„Da drüben!“ René polterte auf mich zu. „Schnell, gib ihr das Mittel!“

„Noch nicht, du Idiot.“ Erin hatte etwas aus ihrer winzigen Handtasche gezogen, und ich sah entsetzt, dass es eine Spritze war. Langsam kam sie näher, während ihr Blick ein paarmal zwischen mir und dem Fenster hin und her huschte. Sie wusste genau, was ich vorhatte. Schlimmer noch: Sie wartete nur darauf, dass ich mich verwandelte! „Na komm, meine Liebe“, säuselte sie. „Zeig uns, was du kannst. Wahrscheinlich bist du ebenso begabt wie dein Pap…“

„Aaaaaaaah“, fiel ihr jemand mit einem lang gezogenen Stöhnen ins Wort. Es klang dermaßen gruselig, dass ich zusammenzuckte – dabei hatte ich die Stimme sofort erkannt. Clotilde war aus ihrem Versteck gekommen und flutete mit wirbelnden Haaren durch den Raum. Die Augen hatte sie weit aufgerissen, und ihr Mund sah aus wie ein schwarzes Loch. Immer noch stöhnend, fegte sie ein paar Glasröhrchen von einer Kommode. Papiere flatterten durcheinander, und manche wurden sogar aus dem Fenster geweht.

„M…m…meine Unterlagen“, stotterte René, der hinter seiner Frau in Deckung gegangen war.

Erin brachte keinen Ton heraus. Kreidebleich stand sie da, während die Spritze in ihrer Hand heftig wackelte. Das war meine Chance! Noch einmal presste ich die Lider zusammen und wurde endlich von Hitze erfüllt. „Clotilde!“, konnte ich gerade noch rufen, ehe ich meine menschliche Stimme verlor. Als Sturmschwalbe floh ich durch die zerbrochene Scheibe und sauste dann im Sturzflug der Erde entgegen. Vielleicht wäre die Landung ganz fürchterlich schiefgegangen, wenn mich nicht eine Art Luftkissen aufgefangen hätte. Zwischen Adèle und Philou sank ich langsam zu Boden und verwandelte mich zurück.

„Ist Clotilde da?“, fragte ich außer Atem. „Ist ihr was passiert? Wurde sie von dem Mittel getroffen?“

Ein Nebelstreif wehte an meiner Nase vorbei. *„Mais non“*, säuselte mir ein zartes Stimmchen ins Ohr.

„Oh, ein Glück“, ächzte ich, während ich mich aufrappelte. „Wie konntest du dich nur in so eine Gefahr bringen? Stell dir vor, sie hätten deine Kräfte betäubt und dich eingefangen …!“

Abermals flüsterte Clotilde etwas auf Französisch.

„Sie sagt, es hat gemacht große Spaß, endlich wieder richtig zu spuken“, übersetzte Valérie. „Aber jetzt, die Spaß ist zu Ende. Wir müssen hier weg!“

„Kluges Kind“, lobte meine Großmutter und hakte sich bei Raphaël ein. Die freie Hand streckte sie beinahe schüchtern in meine Richtung. Ich umklammerte ihre eisigen Finger, dann ergriffen wir alle zusammen die Flucht. Als wir am Dienstboteneingang vorbeikamen, sprang Valérie auf ihr Fahrrad und schaffte es trotz des langen Kleides, in die Pedale zu treten. Dabei zog sie Gaston hinter sich her, der mittlerweile eingeschlafen war. Wie ein schnarchender, weiß leuchtender Drachen flatterte er durch die Luft. Zu gern hätte ich mich auf dieselbe Weise mitschleppen lassen – meine Beine fühlten sich an, als wären sie aus Gummi, und immer wieder stolperte ich über meine Röcke.

„Wo sollen wir denn jetzt hin?“, japste ich, nachdem ich zum dritten Mal beinahe gestürzt wäre.

„Zu meine Haus!“, rief Valérie über die Schulter, während sie den baumgesäumten Zufahrtsweg entlangrollte. „Leider, es ist nicht so nahe, aber wir können abwechseln mit das Rad. Dann verstecken wir uns für das Erste alle in mein Zimmer. Übrigens, ich bin die Tochter von eure frühere Dienstmädchen“, stellte sie sich meinen Großeltern vor.

Ein Ruck ging durch meinen Arm, als Dorothée stehen blieb. Bestürzt schaute sie zu Raphaël hoch, und der schüttelte den Kopf. „Wir können nicht zu dir, Dienstmädchens Tochter“, sagte er.

„Aber warum denn nicht?“ Ungeduldig trat ich von einem Fuß auf den anderen. „Du musst jetzt wirklich nicht spießig werden, R…Grrr…oßvater!“

Raphaël blinzelte ein paarmal, als ich das Wort endlich herausbekommen hatte. „Darum geht es nicht“, erklärte er dann heiser. „Es ist ein reizendes Angebot, aber dort vorne ist für uns Schluss.“ Er deutete zum Ende der Allee, wo die Landstraße begann.

„Leider wahr“, bestätigte Adèle. „Wir sind alle noch nicht erlöst und somit an das Grundstück der Lavalls gebunden.“

Ihre Worte trafen mich wie ein Schlag in den Magen. Himmel, wie hatte ich das bloß vergessen können?

Valérie, die eben noch so zielstrebig gewirkt hatte, bremste mit quietschenden Reifen ab. „Sollen wir hier verstecken?“, fragte sie zögernd.

Verzweifelt bemühte ich mich, meine Ratlosigkeit zu überspielen. „Ja, erst mal müssen wir von der Straße runter“, stimmte ich zu, „und nachher denke ich mir irgendwas aus!“ Es klang kein bisschen überzeugend, das merkte ich am Schweigen der anderen. Valérie schob ihr Rad zwischen den Bäumen hindurch auf den Rasen, und wir folgten ihr bis zu ein paar Büschen. Dahinter kauerten wir uns so eng wie möglich zusammen. Einige Minuten lang hockten wir bibbernd im feuchten Gras, dann hörte ich das Brummen eines Autos, das schleichend näher kam.

„Ruuuby! Liebes, wo bist du?“, schallte Erins Stimme durch den finsteren Park. Sie schaffte es, wieder so nett zu klingen, als würde sie mich bloß zum Essen rufen. „Lass bitte diesen Unsinn. Das ist alles ein schreckliches Missverständnis, und wir wollen es dir erklären!“

„Außerdem ist es viel zu kalt hier draußen“, ergänzte René mit derselben falschen Freundlichkeit. Das Auto fuhr an uns vorüber, doch nur wenige Meter weiter hörte es auf zu brummen. Vermutlich waren Erin und René jetzt bei der Landstraße angekommen und lauschten in die Dunkelheit. Ich biss die Zähne zusammen, damit sie nicht klapperten. Die Sekunden schienen sich endlos auszudehnen, bis ein Klatschen ertönte. Es klang, als hätte jemand auf das Lenkrad oder das Armaturenbrett des Autos geschlagen.

„Verdammt“, stöhnte René, „wir können unsere Gäste nicht so lange alleine lassen! Was wirft das denn für ein Licht auf uns, als neue Besitzer von Château Lavall? Das heißt, wenn wir überhaupt die Besitzer bleiben …“

„Psst!“, zischte Erin. „Behalte jetzt bloß die Nerven. Im Grunde ist noch nichts verloren, kapiert? Die zwei Alten können nirgendwohin, und eine Fähre nach Irland gibt es heute Nacht auch nicht mehr. Am besten bringen wir das Fest würdevoll, aber rasch zu Ende, und dann sollen die Leute vom Catering uns suchen helfen. Ich meine: Unsere *arme, arme* Nichte hat sich im Park verlaufen, weil sie leider zu viel vom Champagner gekostet hat!“ Den letzten Satz jammerte sie, als würde sie sich wirklich furchtbare Sorgen um mich machen.

René antwortete etwas, das ich nicht verstand. Anscheinend hatte Erins Vorschlag ihn überzeugt, denn er startete wieder den Motor. Das Brummen entfernte sich in Richtung Haus, und bald war es totenstill um uns herum. Man hörte nur das Geräusch meiner Zähne, die jetzt ungebremst aufeinanderschlugen.

„Du brauchst deine Jacke?“, wisperte Valérie.

Wortlos schüttelte ich den Kopf und zog das Ballkleid enger um meine Beine. Valéries Angebot ließ den harten Klumpen in meiner Kehle noch größer werden. Eigentlich hätte sie einfach nach Hause fahren können, schließlich ging es hier nicht um ihre Großeltern, aber sie blieb trotzdem in unserem Versteck. Bestimmt hoffte sie, dass ich gleich einen neuen Plan schmieden würde, bei dem sie mir helfen konnte … Nur leider war mein Kopf so leer wie ein ausgehöhlter Kürbis.

„Ihr solltet lieber gehen, Mädchen“, sagte Raphaël. „Es nützt doch nichts, wenn ihr hier bei uns sitzen bleibt und friert. Bringt euch in Sicherheit, und wir halten uns so gut wie möglich versteckt, bis unsere Gespensterkräfte zurück sind!“

„Wer weiß, wie lange das dauert“, protestierte ich. „Nein, wir finden schon eine Lösung, verlasst euch drauf. Ich muss nur noch ein bisschen überlegen!“ Meine Stimme klang jämmerlich, und vor lauter Zähneklappern konnte ich fast nicht mehr sprechen. „Zuerst werde ich mich aber verwandeln“, fügte ich hinzu. „Dann spüre ich die Kälte nicht so sehr.“ Ohne eine Antwort abzuwarten, schloss ich die Augen. Das Brennen kam nur langsam, als wäre es ein Flämmchen, das vom Wind fast ausgeblasen wurde. Endlich spürte ich Hundefell auf meiner Haut, meine Sinne schärften sich … und ich sprang wie elektrisiert auf die Pfoten. Es war, als hätte sich mein Körper selbstständig gemacht, vor allem mein Puschelschwanz. Heftig wedelnd drehte ich mich hin und her und schnüffelte in den Wind.

Konnte das wirklich wahr sein? Nein, ich irrte mich sicher. Nach der ganzen Aufregung spielte mir meine Hundeschnauze bloß einen Streich!

„Ruby?" Valérie schaute stirnrunzelnd auf mich herunter. „Hat dich gebissen eine Floh?"

‚Kein Floh! Ich rieche was, da ist was, oh, ich muss ganz dringend mal nachsehen!', wollte Hunde-Ruby sagen und brachte nur ein hohes Winseln zustande. Ich kämpfte noch kurz gegen die Hoffnung an, die mit aller Macht in mir hochstieg, dann verlor ich die Beherrschung. Blindlings rannte ich los, das letzte Stück der Allee entlang und ein paar Meter weiter in Richtung Hafenstadt. Dabei hätte ich fast die Scheinwerfer übersehen, die auf mich zurasten. Mit einem Satz rettete ich mich in den Straßengraben, und ein Auto brauste an mir vorbei. Als das Motorengeräusch verklungen war, wollte ich gerade weiterlaufen, da hörte ich zwei vertraute Stimmen.

„Wir hätten ein Taxi nehmen sollen." – „Glaub mir, so spät sind hier keine Taxis unterwegs. Jedenfalls war das vor vierzehn Jahren noch so." – „In vierzehn Jahren kann sich vieles ändern!"

Mein Hundekörper begann so stark zu zittern, dass ich es kaum aus dem Straßengraben schaffte. Hechelnd kroch ich die Böschung hinauf, dann sah ich sie im Licht des Novembermonds: Mam, die eine störrische Grimasse schnitt. Dad, ein absolut *menschlicher* Dad, der seufzend den Kopf schüttelte. Und hinter den beiden … ging Noah.

30. KAPITEL

Ein magisches Familientreffen

Als hätte ich Noah gerufen, drehte er den Kopf und schaute zu mir. Die Zeit schien einen Moment lang stillzustehen, während er mich reglos ansah. Ich wusste, dass man mich in der Dunkelheit kaum erkennen konnte. Vielleicht hielt Noah mich für ein völlig fremdes Hündchen, das verloren am Rand des Grabens hockte …

Endlich öffnete er den Mund, als wollte er etwas sagen, doch meine Mam war schneller. „RUBY! Oh, mein Schatz, ich bin ja so erleichtert!“, rief sie und stürzte auf mich zu. Schnell wechselte ich die Gestalt, damit wir uns umarmen konnten. Mam schaffte es, mich gleichzeitig auszuschimpfen und abzuküssen: „Was ist dir da bloß – *mwa!* – eingefallen, du Irrsinnskind? *Mwa!* Ich hab mir – *mwa!* – solche Sorgen um dich gemacht!“

„Das hat sie allerdings“, bestätigte Dad. Er schlüpfte aus einer dicken Fischerjacke, die er wahrscheinlich von Cormack geliehen hatte, und legte sie mir um die Schultern. „Es ist verblüffend, wie lange achtzehn Stunden Schifffahrt mit deiner Mutter dauern können, wenn sie sich alle möglichen Schrecklichkeiten ausmalt: Du wurdest unterwegs überfallen. Du bist erfroren. Du wurdest von einer Katze gefressen …“

„Ph! Dafür konntest du dich auf einmal in einen Menschen verwandeln, als du mitbekommen hast, dass Ruby nach Frankreich gereist ist“, gab Mam zurück. „Ich glaube, du hast dir sogar noch schlimmere Sorgen um unsere Tochter gemacht als ich.“

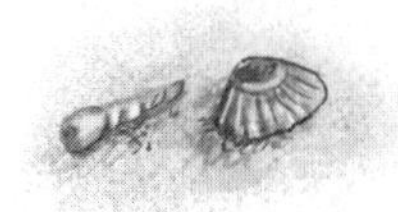

Nicht zu fassen – Mam und Dad zankten sich ja wie ganz normale Eltern! „Ihr … ihr seid zusammen mit der

Fähre hergekommen?", stotterte ich, während ich mich fühlte wie in einem seltsamen Traum.

„O ja. Eigentlich wollten wir schon früher hier sein, aber um diese Jahreszeit wird leider nicht jeden Tag eine Überfahrt angeboten. Die Warterei hat mich fast verrückt gemacht!" Wieder drückte Mam mich an sich, bis ich kaum noch Luft bekam. Das war wohl so ähnlich, wie gezwickt zu werden, und ich wachte davon nicht auf! Ganz langsam begann in mir die Hoffnung zu sprießen, dass das alles wirklich geschah.

„Und wie habt ihr herausgefunden, wo ich bin?", fragte ich mit wackliger Stimme weiter.

Meine Eltern wechselten einen Blick, dann rückte Mam zur Seite, sodass ich hinter sie sehen konnte. Dort stand immer noch Noah, die Hände in den Taschen seiner Jacke vergraben.

„Ich hab es ihnen erzählt", sagte er knapp.

„Ach so?" Mühsam rappelte ich mich auf und zupfte mein Kleid zurecht. Dabei musste ich an unser Telefongespräch denken, und an die Botschaft, die Tante Erin mir von ihm ausgerichtet hatte: *Sie kann bleiben, wo der Pfeffer wächst …* Was hatte Noah eigentlich hier zu suchen, wenn er so böse auf mich war?

„Ja, verdammt, ich hab ihnen deinen Plan verraten“, knurrte er und fuhr sich mit einer schnellen Bewegung durch die Haare. „Bevor du was sagst: Ich weiß, dass Petzen mies ist, und normalerweise würde ich das auch nie tun. Aber ich hab echt Angst bekommen, okay?!“

Jetzt kapierte ich überhaupt nichts mehr. Ein ängstlicher Noah war ja fast so schräg wie ein höflicher Kobold! „Warum denn?“, wollte ich wissen, und Noah verzog das Gesicht, als hätte ich ihm gegen das Schienbein getreten.

„O Mann, Ruby. Wegen dir natürlich! Es war total merkwürdig, dass du nach unserem bescheuerten Telefonat nicht mehr angerufen hast, und –“

„Warte mal!“, fiel ich ihm ins Wort. „Du wolltest, dass ich dich in Ruhe lasse, schon vergessen? Das hast du Tante Erin doch gesagt!“

„Blödsinn. Ich hab noch nie mit dieser Tante geredet.“

Ich starrte ihn an. „Keine … fiesen Botschaften?“

„Nein, ich schwöre!“, beteuerte Noah. „Jedenfalls nicht von mir. Aber ich hab eine fiese SMS bekommen, die mit deinem Namen unterschrieben war! Da stand drin, dass ich aufhören soll, dich zu nerven. Als ich diese Nummer trotzdem anrufen wollte, kam ich einfach nicht durch.“

„Ich hab es auch nicht mehr geschafft, dich zu erreichen", platzte ich heraus. „Erin muss unser Gespräch an einem anderen Apparat belauscht haben! Sie wusste also, dass du mich überreden wolltest, schnell nach Hause zu kommen. Darum hat sie deine Nummer in beide Richtungen blockiert!"

„Sie hat *was*?", rief Mam dazwischen, aber ich schaffte es nicht, ihr die Sache zu erklären. Jetzt hatte ich nur noch Augen für Noah, während mein Herz einen Salto nach dem anderen schlug.

Im Gegensatz zu mir wirkte Noah kein bisschen durcheinander, sondern eher so, als hätte sich ein Verdacht bei ihm bestätigt. „Ich hab zwar keinen Schimmer, was deine Tante damit bezwecken wollte", sagte er, „aber dass irgendwas nicht stimmt, hab ich sofort geahnt."

Stöhnend drückte ich das Gesicht in meine Hände. „Echt? Ich habe ihr einfach geglaubt, dass du nichts mehr von mir hören willst. Du hast am Telefon so sauer geklungen, und mir ist das Orakel von Samhain eingefallen. Dieses doofe Rosinenbrot …"

„Ruby", sagte Noah ruhig, „du bist selber ein doofes Rosinenbrot."

Verdutzt lugte ich zwischen den Fingern durch und

stellte fest, dass seine Mundwinkel sich gehoben hatten. Er grinste aber nicht spöttisch, sondern schenkte mir ein breites, offenes Lächeln. „Im Ernst“, fuhr er fort, „dass wir uns komplett zerstreiten, hätte ich mir nie im Leben vorstellen können. Das fand ich noch viel unglaublicher als …“ Sein Blick wanderte an mir vorbei, und er stockte kurz. „Äh … als einen Haufen Gespenster, die uns anglotzen“, beendete er seinen Satz.

Ich schaute zur Allee, wo ein paar weiße Gestalten aufgeregt hin und her schwebten. „Die kenn ich“, sagte ich benommen. „Gehören sozusagen zum Grundstück der Lavalls.“ Immer noch schien mein Herz zu hüpfen, und ich hätte gern noch länger mit Noah gesprochen. Am besten unter vier Augen! Aber der Anblick der Gespenster sorgte natürlich für einen Themenwechsel.

Ohne eine Spur von Angst griff Noah nach meiner Hand und zog mich über die Straße. Meine Eltern liefen neben uns her, während Mam pausenlos Fragen stellte: „Wer sind die denn? Hast du dich mit ihnen angefreundet? Sind sie so nett wie Finbar, der Gutversteckte?“

Dad blieb auffallend still. Erst in der Allee begriff ich, was mit ihm los war. Mein Hirn schien überlastet zu sein, sodass es viel langsamer arbeitete als sonst! Nun machte sich ein mulmiges Gefühl in mir breit, und den anderen ging es wohl ebenso. Selbst Philou hielt ausnahmsweise den Mund.

Mein Vater blieb wie angewurzelt stehen und holte tief Luft, als wollte er schreien – dann fragte er im Flüsterton: „Seid ihr das, *Maman et Papa*?“

31. KAPITEL

Nach all den Jahren

André“, hauchte meine Großmutter und blinzelte, als könnte Dad sich gleich in Luft auflösen. „Mein Sohn! Nicht zu fassen, dass du nach Hause zurückgekehrt bist!“

Dad brauchte eine Weile, um eine Antwort zu finden. Er stand zwar immer noch in seiner typischen kerzengeraden Haltung da, aber sein Gesicht wirkte längst nicht so beherrscht wie sonst. „Das begreife ich nicht“, sagte er endlich und schluckte hörbar. „Wieso seid ihr denn noch hier? Rubys Freund meinte auf der Reise hierher, ihr beide wärt bereits ..."

„Tot?", ergänzte Raphaël kühl. „Ganz recht, genau das sind wir. Aber es macht ja keinen großen Unterschied für dich. Wir hätten schon die letzten vierzehn Jahre lang tot sein können, ohne dass es dir aufgefallen wäre!"

Dorothée schnalzte missbilligend mit der Zunge. Sie wollte Raphaël mit dem Ellenbogen in die Seite stoßen, doch sein Bauch war offenbar nicht so fest wie seine Gliedmaßen. Der Arm meiner Großmutter flutschte darum einfach durch ihn hindurch, und Raphaël schien es gar nicht zu bemerken. Er und Dad waren vollkommen damit beschäftigt, einander verbittert anzustarren.

„Natürlich macht euer Tod einen Unterschied für mich", protestierte Dad. „Wie kannst du so etwas sagen? All die Jahre habe ich mich doch nur von euch ferngehalten, weil ihr ausdrücklich keinen Kontakt mehr wolltet! Ich soll euch nie wieder unter die Augen kommen, habt ihr mir geschrieben. Und dass ihr mich enterben werdet ..."

„Mais non, was für ein Unsinn!", polterte Raphaël. Auf einmal leuchteten seine Augen in demselben Rot wie die von Gaston. „Das hätten wir niemals getan. Eine Familie

muss zusammenhalten, auch dann, wenn es Streit gibt! Deshalb waren wir ja so erschüttert, als du einfach verschwunden bist. Wir dachten, du wärst ähnlich selbstsüchtig geworden wie mein Vater, und niemand braucht einen zweiten *Loup-Garou*!"

„Trotzdem haben wir immer gehofft, dass du irgendwann zurückkehrst", sagte Dorothée und zog seufzend ihren Ellenbogen aus Großvaters Seite. „Das könntest du auch in unserem Testament nachlesen, mein Sohn."

„A…aber", stammelte Dad, „warum habt ihr mir dann geschrieben, dass …"

Noah räusperte sich und trat einen Schritt vor. „Ich will mich ja nicht einmischen", sagte er, „aber das erinnert mich total an die Sache, die Rubys Tante mit uns beiden abgezogen hat."

Ich riss die Augen auf. „Stimmt genau! Wahrscheinlich haben Erin und René diesen bösen Brief an Dad geschrieben, damit er nie wieder zurückkommt. Das gehörte alles zu ihrem Plan …"

„Eine Plan, über die viele hier noch nichts wissen", erinnerte mich Valérie. Damit hatte sie es geschafft, den Streit zwischen Dad und Großvater fürs Erste zu beenden. Alle schauten mich fragend an, und ich holte tief

Luft. So schnell ich konnte, berichtete ich von der Jagd auf das Erbe, dem Pakt mit Mrs Silverton und der Lüge über Dads Tod. Mam und Noah unterbrachen mich hin und wieder mit ungläubigen Ausrufen, aber Dad sagte kein einziges Wort. Er hatte die Fäuste geballt, und seine Kiefer mahlten wie bei einem ausgehungerten Ghul. Vor lauter Wut musste er wahrscheinlich dagegen ankämpfen, sich zu verwandeln.

„Da habt ihr's", sagte er rau, als ich mit meiner Erzählung fertig war. „Wir wurden Teil eines niederträchtigen Plans, weil wir zu stolz und zu trotzig waren, um uns miteinander zu versöhnen!"

Raphaëls Augen glühten immer noch. „Versöhnen?", wiederholte er. „Als ob du das jemals wirklich gewollt hättest, André. Gefälschter Brief hin oder her, du hattest doch längst mit uns abgeschlossen."

„Und wie könnte ich euch jetzt bitte schön das Gegenteil beweisen?" Verzweifelt hob Dad die Hände – da hatte ich einen Geistesblitz.

Mit zwei Schritten war ich bei Valérie und griff in die Tasche meiner Jacke, die sie immer noch trug. Zuerst geriet mir das Gänseblümchen für Felicity zwischen die

Finger, dann ertastete ich Papier. Mit einem aufgeregten Flattern in der Brust zog ich den Umschlag hervor. „Den hab ich von zu Hause mitgenommen. Tut mir leid, Dad", sagte ich schnell. „Aber vielleicht sollten Großmutter und Großvater deine Nachricht endlich lesen!"

Dad antwortete nicht, doch er machte auch keinen Versuch, mich zu stoppen. Also holte ich eine zerknitterte Seite aus dem Umschlag und hielt sie meinen Großeltern hin. Gerne hätte ich erfahren, was in dem Brief stand, aber er war bestimmt auf Französisch. Deshalb beobachtete ich Raphaël und Dorothée nur angespannt beim Lesen, und ihre Mienen gaben leider rein gar nichts preis. Scheinbar gefühllos ließen sie ihre Blicke über die Zeilen huschen, dann schauten sie einander kurz an.

Im nächsten Moment wurde Dad von vier Gespensterarmen umschlungen. „Oh", keuchte er überrumpelt, „n… na so was. Ihr seid ja wirklich *sehr* fest …"

„Beinahe fest genug, um dich zu zerquetschen!" Schimmernde Tränen rollten über Großmutters Wangen, aber gleichzeitig musste sie lachen. „Ein Glück, dass wir dich nach all den Jahren noch einmal in den Arm nehmen können, du sturer Bock! Ich schätze, zumindest dafür müssten wir Erin und René dankbar sein."

Wir anderen standen gerührt um die drei herum. Adèle zog ihr Spitzentüchlein hervor, um sich die Nase zu putzen, und Clotilde gelang ein Herz aus Nebel. Die andächtige Stimmung wurde aber schon bald von Philou zerstört. „DA-HA-HAAA!“, heulte er und zeigte auf die Füße der eng umschlungenen Lavalls. „Könnt ihr das sehen? Seht ihr dasselbe wie der gute alte Philouuu?“

Staunend klappte ich den Mund auf. Rund um meine Großeltern hatte sich ein Leuchten ausgebreitet, das an das Feenlicht auf der magischen Pflegestation erinnerte! Es kroch immer weiter an Raphaël und Dorothée hoch, bis sie vollständig davon eingerahmt wurden. Für eine Weile strahlten sie wie riesige Lampions, ehe der goldene Schein wieder verblasste.

Adèle fächelte sich mit ihrem Tüchlein Luft zu. „Du meine Güte“, ächzte sie, „ich glaube, ihr seid erlöst! Das war also die Aufgabe, die ihr bei eurem Tod unbedingt noch erledigen wolltet: eine Versöhnung mit André! Jetzt dürft ihr gehen, wohin ihr wollt. Wenn ihr möchtet, sogar ins Licht …“

Die anderen Gespenster raunten im Chor, nur meine Großeltern ließen sich kein bisschen beeindrucken. „Papperlapapp“, sagte Raphaël, „das ist wirklich das Allerletzte, was wir jetzt vorhaben.“

„Richtig“, bestätigte Dorothée und klang dabei fast so resolut wie Nana. „Zuerst wollen wir auf Château Lavall für Ordnung sorgen! Dabei hilfst du uns doch bestimmt, nicht wahr, mein Junge?“ Sie streckte sich und tätschelte Dad zärtlich die Wange.

Der versuchte trotzdem, eine grimmige Miene aufzusetzen. „Und ob ich das tun werde“, brummte er. „René und seine Frau feiern immerhin gerade meinen Tod! Bin gespannt, wie schnell sie sich aus dem Staub machen werden, wenn ich gleich im Ballsaal auftauche …“

„Nur nicht so voreilig“, kommentierte eine heisere Stimme. Gaston hatte sich anscheinend von der Wirkung des Sedimax erholt. Er schwebte auf uns zu, schob seinen Hut in den Nacken und enthüllte ein schauderhaftes Grinsen. „Wir dürfen die Gespensterquäler nicht einfach davonkommen lassen. Erst mal verdienen sie eine ordentliche Portion Rache, harharhar!“

Adèle schlug ihm mit ihrem Spitzentüchlein auf die Hutkrempe. „Du halte lieber noch einen Schönheitsschlaf, Monsieur Grausig“, sagte sie streng. „René soll mitsamt seiner Familie verschwinden, das genügt. Danach kann André sich in Ruhe um Château Lavall und die Firma kümmern!“

Erschrocken schaute ich wieder zu Dad. „Heißt das, du wirst hierbleiben?“, fragte ich. „Etwa für immer?!“

Jetzt ließ mein Vater seine grimmige Miene fallen. „Selbstverständlich nicht“, entgegnete er schnell. „Sobald ich einen guten stellvertretenden Geschäftsführer gefunden habe, komme ich euch besuchen. Lange würde ich gar nicht von Patch Island wegbleiben wollen ... Erinnerst du dich an unser Gespräch in der Küche?“, fügte er mit gedämpfter Stimme hinzu. Sofort fielen mir seine Worte vom Abend des großen Sturmes ein: *Ich will dabeisitzen, wenn du deine Schulaufgaben machst, und mit Keela spazieren gehen.* Dad lächelte ein bisschen schüchtern, während er seinen Blick einmal zu Mam und dann wieder zu mir huschen ließ. Ich verstand genau, was er damit sagen wollte: Die Firma und das riesige Haus waren ihm längst nicht so wichtig wie wir. Erleichtert nickte ich, während Mam die Augenbrauen hob.

„Gespräch in der Küche? Wovon redet ihr da bitte?“, fragte sie.

„Lass dir das von unserer Tochter erzählen“, wich Dad aus. „Oder besser: Ich erzähle es selbst, wenn ich wieder bei euch bin. Aber bis dahin habt ihr ohnehin jede Menge zu tun. So viel, dass Ruby meine Abwesenheit kaum bemerken wird! Nicht wahr, *ma petite*?“

„Kann ich mir nicht vorstellen“, sagte ich, ohne zu überlegen.

Noah gluckste leise. „Ruby, denk noch mal scharf nach.“

„Hm?“

„Etwas, das ganz dringend in Ordnung gebracht werden muss“, versuchte Dad, mir auf die Sprünge zu helfen.

„Wie zum Beispiel, dass ich dich in diesem irren Kleid noch nicht fotografiert habe“, ergänzte Noah. Er zückte sein Handy, ließ mich dann aber bloß auf das Display schauen.

Beim Anblick des Hintergrundbilds wurde ich von einer Woge aus Heimweh überrollt. Es zeigte Noah und mich, mit Schmuggel an der Leine, grinsend vor der unzerstörten Tierarztpraxis … und da, endlich, fiel bei mir der Groschen.

„Eine neue Praxis ist das Erste, was von meinem Erbe bezahlt werden soll“, verkündete Dad, während ich ihn noch sprachlos anstarrte. „Betrachte es als Geschenk für dreizehn verpasste Geburtstage. Ich bin mir sicher, deine Großeltern sind damit absolut einver…“

Weiter kam er nicht. Ich sprang an ihm hoch, schlang die Arme um seinen Hals und drückte ihm vor lauter Freude die Luft ab. Erstaunlich, aber wahr: Wenn etwas richtig, *richtig* Gutes passierte, hatte ich sogar mehr Kraft als zwei feste Gespenster zusammen!

32. KAPITEL

Glamour, Glanz und Glibberschleim

Patch Island schien sich von seiner schlechtesten Seite zeigen zu wollen.

Seit wir am vergangenen Nachmittag mit Cormacks Kutter zurückgekehrt waren, hatte ich keinen Sonnenstrahl gesehen. Es stürmte zwar nicht, aber ein unaufhörlicher Nieselregen malte alles grau in grau. Auch jetzt, als ich in meinem Bett die Augen aufschlug, war ich von tristem Dämmerlicht umgeben. Das Trommeln gegen die Fensterscheibe ließ keinen Zweifel daran, was mir heute bevorstand:

Gelangweilte Pflegetiere, die besonders viel Aufmerksamkeit wollten.

Spaziergänge mit Schmuggel, bei denen ich mir fast die Nase abfror.

Der Geruch von nassem Hundefell im ganzen Haus.

Schlamm unter meinen Gummistiefeln, auf meiner Hose, in meinem Haar …

Kurz schloss ich noch einmal die Augen, während ich mir das alles vorstellte. Dann stieg ich aus dem Bett und huschte schlotternd vor Kälte ins Badezimmer, um zu duschen. Ich musste allerdings feststellen, dass es kein heißes Wasser mehr gab, und dass meine Jeans auch nach einer Nacht auf der Heizung klamm geblieben waren. Tief durchatmend betrachtete ich mein blasses, etwas zerknautschtes Gesicht im Spiegel und – *strahlte.*

Das Glück begann in meinen Zehenspitzen, kribbelte mir die Beine hoch und weiter in meinen Bauch, bis es mich ganz und gar ausfüllte. ICH KONNTE DIESEN TAG KAUM ERWARTEN!

Trotz der steifen Jeans hüpfte ich leichtfüßig wie eine

Fee aus dem Badezimmer und stieß vor der Treppe mit Noah zusammen. Auch er sah ziemlich verfroren aus, und sein Grinsen war ebenso breit wie meines. „Erst Tee, dann Tiere?“, fragte er.

Am liebsten hätte ich ihn umarmt, aber ich hielt mich zurück. Im selben Moment kam nämlich mein gähnender Bruder herangeschlurft. Er trug einen lila-grünen Pullover, den Tratschtanten-Tilda für ihn gestrickt hatte, und seine Haare waren noch feucht vom Duschen.

„Hey“, begrüßte ich ihn. „Dann hast du also das ganze warme Wasser verbraucht, du Stinkstiefel!“

„Das war mein gutes Recht“, entgegnete Flynn würdevoll. „Immerhin hast du die letzte Woche in einer Art Schloss zugebracht, wo es bestimmt zwei oder drei Badezimmer gab.“

„Oder vierzehn“, rutschte es mir heraus.

Flynn erstarrte mit weit offenem Mund. Obwohl ich am vergangenen Abend stundenlang von meinen Erlebnissen berichtet hatte, waren ein paar Details noch unerwähnt geblieben.

„Aber nur einen einzigen Pool“, sagte ich, schob mich an meinem verdatterten Bruder vorbei und lief die Treppe hinunter. Das Glückskribbeln in mir wurde mit jedem

Schritt stärker. Ich fühlte mich fast wie am Weihnachtsmorgen, als ich die Tür zur Stube öffnete. Zwei struppige Köpfe fuhren zu mir herum: Nana, noch unfrisiert und im Bademantel, machte gerade Feuer im Kamin, während Schmuggel sie streng überwachte.

„Verflixt, ihr Kinder seid schon auf?", fragte meine Oma. „Ich wollte hier erst ordentlich einheizen, sonst holt man sich ja Frostbeulen …"

Mit schnellen Schritten durchquerte ich den Raum und schmiegte mich an sie. „Guten Morgen, allerliebste Nana!", flötete ich.

„Gleichfalls, allerschrecklichste Enkelin", gab sie zurück, während sie einen Arm um meine Schultern legte. Seit ich ihr mein Abenteuer gebeichtet hatte, schien sie mich abwechselnd mit Vorwürfen und Liebe überschütten zu wollen. „Hoffentlich hast du wegen deiner Gewissensbisse ganz mies geschlafen", fügte sie etwas brummig hinzu.

Ich versuchte, möglichst zerknirscht dreinzuschauen, aber Flynn machte mir einen Strich durch die Rechnung. „Von wegen. Wir haben sie bis zum Dachboden schnarchen gehört!", behauptete er, während er zusammen mit Noah in die Stube kam.

„Allerschrecklichste Enkelin", wiederholte Nana kopfschüttelnd – doch ich merkte genau, dass sie sich ein Lächeln verkniff. Seit wir uns keine Sorgen mehr um die Praxis machen mussten, sah Nana um Jahre jünger aus! Leise pfiff sie vor sich hin, während sie noch ein bisschen Feuerholz in den Ofen schob. Die Jungs deckten inzwischen den Frühstückstisch, und ich schnippelte Gemüse für die Pflegetiere. Gerade wollte ich Schmuggel ein Stück Karotte schmackhaft machen (er musterte mich, als hätte ich nicht mehr alle Tassen im Schrank), als eine kurze Melodie ertönte.

„Ha!", sagte Noah und schaute auf sein Handy. „Irgendwie schräg: Um diese Zeit haben wir doch sonst immer Andrés Futternapf gefüllt, und jetzt schreibt er eine Mail."

„Du hast eine Nachricht von meinem Dad?", fragte ich verblüfft.

„Nein, *du* hast eine Nachricht von deinem Dad! Bevor wir abgereist sind, hat er mich noch schnell gebeten, dir endlich ein E-Mail-Postfach einzurichten. Du warst garantiert eine der letzten Dreizehnjährigen in Irland, die keines haben. Und kein Handy, nebenbei bemerkt. Dabei hätte uns das viele Probleme erspart!"

Ich legte die Stirn in Falten, um genauso mürrisch auszusehen wie der alte Fergus. „Neumodischer Firlefanz“, kommentierte ich mit krächzender Stimme, ehe ich auf das Display linste. „Was schreibt er denn?“

Noah räusperte sich. *„Ma chè-re Ruby“*, las er in einem Französisch, das sogar noch schlechter war als meines. *„Ich hoffe, ihr seid heil zu Hause angekommen. Um ehrlich zu sein, fehlt mir Patch Island jetzt schon, aber hier gibt es wirklich einiges zu klären. Bevor ich mich in die Arbeit stürze, wollte ich dir kurz berichten, wie die Sache mit Erin und René ausgegangen ist: Die beiden wären fast in Ohnmacht gefallen, als ich auf ihrem Ball erschienen bin! Zuerst haben sie noch versucht, Wiedersehensfreude zu heucheln, aber das hat ihnen niemand abgekauft. Also wollten sie möglichst schnell verschwinden – mitsamt ihren neuesten Forschungsergebnissen. Vor der Tür zum Labor wurden sie allerdings gestoppt. Dort gab es zufällig gerade ein Familientreffen, das nichts für schwache Nerven war …“*

Bei dieser Vorstellung musste ich kichern. „Die guten alten Gespenster. Das hat dem Grausigen Gaston sicher Spaß gemacht!“

„Ist das der mit den Händen?“, fragte Noah.

„Und mit den Augen“, bestätigte ich.

„Und mit den Haaren und Zähnen, nehme ich an“, sagte Flynn ein bisschen ungeduldig. „Liest du jetzt weiter?“

Aber dazu kam Noah nicht mehr. Im nächsten Augenblick flog die Tür auf, und eine pitschnasse Felicity kam hereingeschwirrt. Als sie sich schüttelte, wurden Regentropfen durch die ganze Stube geschleudert. Schmuggel grunzte missbilligend, wie um zu sagen: *Rotzgöre, so was darf eigentlich nur ich.* Doch zum allerersten Mal achtete Felicity gar nicht auf ihn.

„Rubyleins Mam … schickt mich“, rief sie außer Atem. „Sie glaubt … es ist jetzt so weit!“

Flynn ließ einen Stapel Toastscheiben fallen. „Das Ei?!“, japste er.

Noch bevor Felicity antworten konnte, stürmten wir alle in den Flur. Hektisch zogen wir Stiefel und Jacken an, und Nana schnappte sich ihre Notfall-Arzttasche aus dem Schrank. Wir hatten zwar damit gerechnet, dass dieser Moment bald kommen würde – deshalb war Mam über Nacht auf der magischen Pflegestation geblieben –, aber wir benahmen uns trotzdem wie aufgescheuchte Hühner.

„Warum hat Keela denn nicht angerufen?“, fragte Nana, als wir uns in einem wilden Kuddelmuddel durch die Haustür quetschten.

„Wollte sie ja, aber es gab keinen Empfang!"

„So viel zum Thema Handy", rief ich Noah zu, während er und Nana sich auf unsere Fahrräder schwangen. Wir besaßen nur zwei, doch Flynn und ich wollten den Weg sowieso lieber als Tiere zurücklegen. In Fuchs- und Hundegestalt jagten wir durch die Regenschleier, angeführt von Felicity, deren Flügel geradezu rotierten. Erst nachdem wir uns am Nordstrand zurückverwandelt hatten, holten die anderen uns ein.

Nana riss die Schuppentür auf. „Ist es schon da?", fragte sie mit ihrer energischen Tierärztinnen-Stimme, doch ich wusste, dass auch sie total aus dem Häuschen war. Man begegnete eben nicht alle Tage einem Seeungeheuer – schon gar keinem frisch geschlüpften!

Mam lehnte sich aus der Meerjungfrauen-Abteilung und winkte ab. „Ihr kommt gerade noch rechtzeitig!"

So schnell wir konnten, rannten wir zu dem künstlichen Strand. Seit meine Eltern und Noah aufgebrochen waren, um mich aus Frankreich zurückzuholen, lag das Ei wieder hier in einer der Badewannen. Felicity hatte sich bereit erklärt, darauf achtzugeben – unterstützt von einigen äußerst seltsamen Babysittern. Der Kobold mit der gebrochenen Nase hatte seinen Freunden von unserem besonderen Schützling erzählt, und die kleinen Männlein wollten das Ei jetzt nicht mehr aus den Augen lassen. Sie benahmen sich fast wie Bauer Orin, wenn eines seiner Schafe ein Lämmchen erwartete.

„Das Ei hat grad gewackelt, kommt alle angedackelt!", krakeelten sie, während sie herumhopsten wie Popcorn in der Pfanne. „Das Monster wird gleich schlüpfen! Kommt alle ange… hüpfen!"

„Muss euch nicht peinlich sein", sagte Noah großzügig, der die Kobolde sonst immer wegen ihrer schlechten Reime neckte. „Wir sind alle ziemlich nervös." Er zog mich an seine Seite, dann schauten wir gespannt in die Badewanne. Das Ei wackelte tatsächlich. Es wippte sogar derart heftig hin und her, dass das Meerwasser in alle Richtungen schwappte!

„So etwas hat es noch nie gemacht", raunte Mam andächtig. „Das Kleine scheint nur darauf gewartet zu haben, dass wir alle wieder hier sind …"

„Oder es ist besonders schnell gewachsen, weil ich mich so flattertastisch gekümmert habe!", sagte Felicity. Stolz hielt sie eine Hand in die Wanne, um das Ei zu streicheln – und schreckte zurück. In der Schale war ein gezackter

Riss aufgetaucht, der rasch größer wurde. Man konnte sogar schon erkennen, dass sich dahinter etwas bewegte!

Vor lauter Aufregung zerquetschte ich beinahe Noahs Finger. „Was glaubt ihr, wie es aussieht?“, flüsterte ich. „Wahrscheinlich schimmert es so türkisblau wie die Eierschale, oder? Ich stelle mir glänzende Schuppen vor, eine Drachenschnauze, winzige spitze Zähne …“

Im nächsten Moment brach das Ei auseinander. Wir schnappten alle nach Luft, dann wurde es still. Mit kugelrunden Augen starrten wir das Wesen an, das unter der Schale zum Vorschein gekommen war.

Das Wesen klappte den Mund auf. „Wäähh“, machte es in klagendem Ton.

„Komisch“, murmelte Flynn. „Genau dasselbe hab ich auch grade gedacht.“

Ich warf ihm einen vorwurfsvollen Blick zu, brachte aber kein Wort heraus. An dem Ungeheuer glänzte und schimmerte rein gar nichts, und seine Haut zeigte keine Spur von Türkis! Es hatte nicht mal eine drachenartige Form. Im Grunde war es nur ein grauer Knubbel mit einem breiten Maul und Triefaugen.

„Dieses Baby ist … wunderschön“, hauchte Felicity und strahlte in die Runde. „Findet ihr nicht auch?“

Mam räusperte sich. „Nun ja. Es kommt sowieso nur auf die inneren Werte an.“

„Außerdem wirkt das Kleine sehr gesund“, ergänzte Nana.

„Puddingklecks und Glibberschleim, das soll ein Ungeheuer sein?!“, krähten die Kobolde deutlich weniger charmant.

Verständnislos schüttelte Felicity den Kopf. „Was habt ihr denn erwartet?“, fragte sie. „So sehen die Babys von Seeungeheuern nun mal aus!“

Inzwischen hatte der Knubbel begonnen, die Eierschale zu fressen. Dabei verschluckte er sich, hustete und spuckte schleimiges Wasser über den Wannenrand.

Und zwar auf meine Gummistiefel. Auch ein bisschen *in* meine Gummistiefel, um genau zu sein.

Noah prustete los. Ich merkte, dass er sich das Lachen eigentlich verkneifen wollte, aber mein Gesichtsausdruck war anscheinend zu komisch. „Sorry, Ruby“, stieß er hervor und hob entschuldigend die Hände. „Ich musste an das französische Schloss mit den vierzehn Badezimmern und dem Pool denken. Im Vergleich dazu kommt dir das Leben hier wohl nicht sehr glamourös vor, was?"

Jetzt wandten auch die anderen sich zu mir: Nana, die ihren zerschlissenen Bademantel unter der Jacke trug; Mam mit reichlich Sand in den wirren Haaren; Flynn in seinem grellen Pullover und natürlich die Kobolde, von denen einer rülpste und ein anderer in der Nase bohrte. Sie alle schienen auf ein Geständnis zu warten, wie sehr ich Château Lavall vermisste …

Aus der Badewanne drang abermals ein klägliches Wimmern, und da wusste ich plötzlich, was ich zu tun hatte. Wie von selbst streckten sich meine Arme nach vorn, um den Knubbel aus dem Wasser zu heben. Erstaunlicherweise hörte er sofort mit seinem Gejammer auf. Er schmiegte sich sogar zufrieden an meine Schulter, während ich verkündete: „Felicity hat recht, es ist wirklich wunderschön." Ich stoppte kurz, dann musste ich so breit lächeln, dass es in meinen Wangen spannte. „Nicht nur das Seeungeheuer, sondern *alles* hier. Und ich würde es gegen nichts auf der Welt tauschen wollen!"

Kira Gembri wurde 1990 als zweitältestes von fünf Kindern in Wien geboren. Dieser schönen Stadt blieb sie auch nach ihrem Studium der Vergleichenden Literaturwissenschaft treu. Ihre Liebe zu Büchern teilt sie mit ihrer kleinen Tochter, die ganz fest an Märchen glaubt. Fabelwesen hausen übrigens keine bei ihr – aber ein Kater, der in seinem früheren Leben definitiv ein Kobold war.

Verena Körting wurde in Köln geboren und wuchs auch dort auf. Nach dem Kommunikationsdesign-Studium an der FH Düsseldorf zog sie nach Hamburg und arbeitete dort als Grafikdesignerin, was ihr aber auf Dauer zu langweilig war. Seit 2010 illustriert sie, mittlerweile hauptberuflich, für verschiedene Kinderbuchverlage. Sie lebt und arbeitet in Köln.

Auch Fabelwesen brauchen Hilfe

Band 1
ISBN 978-3-7432-0459-1

Band 2
ISBN 978-3-7432-0460-7

Band 3
ISBN 978-3-7432-0461-4

Band 4
ISBN 978-3-7432-0952-7

Band 5
ISBN 978-3-7432-0953-4